Sonya
ソーニャ文庫

狼マフィアの正しい躾け方

八巻にのは

JN132265

イースト・プレス

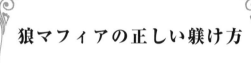

contents

序章

その少女は、リカルドにとっては憎い敵のはずだった。

しかし薄暗い地下牢の中、石の壁にもたれながらぐったりと座り込む少女は、あまりに小さく弱々しい。

彼女の傍《かたわ》らには、人買いとおぼしき男たちが五人ほど立っている。その手に握られたナイフが少女に向けられていると気づいたリカルドは、小さく舌打ちをした。

「こんな娘を誰が欲しがるのかと思ったが、まさかあんたが依頼主だとはな」

ナイフを少女に突きつけていた男が、リカルドを振り返る。顔に浮かんだ下卑《げび》た笑みに気づき、どうやら面倒な輩《やから》に仕事を頼んだらしいと気がついた。

「ドン・サルヴァトーレ。あんたなら倍は出せるだろう？」

「わざわざ遠くの街から運んできたんだ、そのぶん金をもらうのは当然だよな」

男たちが喚《わめ》き立てる声にうんざりしながら、リカルドは背後に立つ部下へ視線を投げる。

「シャオ、仕事を頼むときはもう少しマシな人間を選べ」

「そう言われましても、急だったもので」

暗闇に身を潜めながら、答えた部下のシャオに反省の色はない。

「そもそも、あなたに喧嘩《けんか》を売るような馬鹿がこの世にまだいるとは思わないでしょ？」

「ここにいるだろ」

「絶滅危惧種ですね」

「ならいっそ、この世から消しちまうか」

淡々とした声で告げながら、リカルドは男たちのほうへと向き直る。その瞳には冷たい殺意が宿り、薄い唇からは鋭い牙が覗いた。

ただならぬ気配を察知し、男たちはようやく相手を間違えたと気づいたようだ。

「シャオ、片付けは任せるぞ」

そんな言葉が響いた直後、なんの前触れもなくリカルドの姿が消えた。次の瞬間彼の近くにいた男が石の壁に叩きつけられ、がっくりと動かなくなる。

あまりの速さに誰一人動けない中、倒れた男の側に現れたリカルドだけが優雅な動きでスーツの襟元を正す。

「次はどいつだ？」

その言葉で、男たちは仲間を倒したのが彼だと気づいたようだ。そこに時間差が生まれるのも、無理はない。

リカルドの動きは人の目で追える速さではないのだ。

彼は、誇り高き狼の血を引く獣人だ。毛皮を持たない人族以上の身体能力を持ち、腕力も脚力も恐ろしく強い。故に男たちは戦《おのの》くことさえできず、さらに一人が激しい蹴《け》りによって鉄格子ごと廊下まで吹き飛ばされた。

その後続いて二人が地面に殴り倒され、残るのは少女にナイフを向ける男だけになる。

「……こ、この娘がどうなってもいいのか！」

残った男は恐怖のあまり、ナイフを振り回しながら喚き立てる。自分が最低の選択をしたことに、彼は気づいていないようだ。

「やりたいなら好きにしろ」

一方リカルドは動揺さえしない。ただ静かに男を見据え、気怠《けだる》げな仕草で頬《ほお》についた返り血を拭う。

「で、でも、この女を方々捜《ほうぼうさが》していたんだろ！」

「探していたが、殺したいなら殺せばいい」

覇気《はき》のない声で言えば、男は戸惑いながら少女の首元に刃を近づける。しかしナイフを持つ手は震え、少女の首筋にほんのりと血が滲《にじ》んだ。

「俺はその娘を殺すために探していた。だから、死んだってかまわねえ」

「は、はったり……だろ！」

「なら、試してみろよ」

リカルドはためらいもなく男へと近づく。

震えるばかりで何もできない男の胸ぐらを摑《つか》み上げれば、あまりに容易《たやす》く身体は持ち上がった。男は少女とナイフは投げ出したが、リカルドの眼差しから殺意は消えない。

「ただし、俺は楯突《たてつ》く奴《やつ》には容赦《ようしゃ》しねえ。理解したなら、今すぐ金を持って消えろ。二度とその面《ツラ》見せるな」

摑み上げた男を、リカルドは背後にいる部下たちへと放る。

自ら手にかけるのが面倒でそうしたが、シャオ以外の部下たちは血の気も多くリカルドに仇《あだ》なす者に容赦がない。

この街から消える前に軽く仕置きをされるかもしれないと思ったが、自分には関係ないことだと目を背けた。

好きにしろと軽く手を振れば、部下たちはリカルドが倒した男たちを嬉々として引きずっていく。それにシャオも続き、牢屋に残されたのは少女ただ一人となった。

「おい、生きてるか？」

尋ねたが、答えはなかった。

ぐったりと倒れ込んでいる少女の目は開いているので意識はありそうだが、答える気力がないのだろう。

少し面倒に思いながら、リカルドは彼女の前にしゃがみ込む。

そこで初めて、少女がゆっくりと視線を上げた。

（相変わらず、こいつは薄汚くてちっぽけな存在だ）

リカルドの記憶が正しければ少女は今年で十八になるはずだが、枯れ木のように痩《や》せ細った顔や身体を見たかぎり、実年齢よりだいぶ幼く見える。

かつては長かった黒い髪は短く切られ、見ようによっては少年のようだ。

「……俺を覚えているか？」

虚《うつ》ろな瞳を向けてくる少女に、彼は問いかける。

彼女は顔を上げ、そして僅《わず》かに首をかしげた。

「わからなくて当然か。俺はもう、あの頃とは違う」

ぼろ布のような服を纏《まと》う少女とは違い、リカルドの装いは隙がなく完璧だった。

身に纏う物はスーツからコート、革靴から時計に至るまですべてが最高級品で、それを着こなす立派な体軀《たいく》からは威厳が満ちあふれている。

だが何よりも彼の力強さを引き立てているのは、獣人としての佇《たたず》まいだ。

狼と人の要素を持つリカルドは、白色の立派な耳と尾を有している。

艶やかな毛並みはうっとりするほど美しく、仕立てのいい服と完璧に調和をしていた。

その上三十七という年相応の色気を帯びた顔には、危険な影がある。

「俺の名はサルヴァトーレ」

名を口にすれば、少女の顔に小さな恐怖がよぎった。

「サルヴァトーレって、交易都市を牛耳《ぎゅうじ》っているマフィアの……」

「そう、そのサルヴァトーレだ」

交易都市カーゴ。

獣人と人が混在するその都市には多くの物と人が流れてくるが、そのどれもが曰くつきのものばかり。

国を追われた犯罪者、故郷を失い行き場のない難民、名を揚《あ》げたいならず者たち——。

普通の街では暮らせぬ者たちが集《つど》い、作り上げたその街は、どこの国にも属さぬ無法地帯だと言われている。

そんな都市を仕切っているのが『サルヴァトーレ』と呼ばれるマフィアの組織だった。

都市には他にもいくつかのマフィアが存在しているが、実質その頂点に立つのがサルヴァトーレファミリーである。

そしてそのファミリーのドンこそ、このリカルドなのだ。

「なぜ、サルヴァトーレファミリーが私を……？」

「それは、『コレ』を外すためだ」

右手の袖をまくり、リカルドは手首にはまった腕輪をさらす。

リカルドの完璧な装いを崩す唯一の存在は、赤銅色に鈍《にぶ》く輝いている。

「コレに見覚えがあるだろう」

静かな声で問うと、少女が息を呑む。同時に、そこで初めて彼女の目に光が宿った。

「まさか、あなたは……」

「そうだ。俺はかつてお前に虐《しいた》げられ、奴隷《どれい》にされたリカルドという名の『犬』だ」

憎々しげに言い放ち、リカルドは鋭くとがった爪を少女の首元にあてがう。

「お前は俺の誇りを踏みにじり、仲間を、すべてを奪った。その報いを受けてもらう」

あとほんの少し力を入れれば、少女の首筋は容易く裂かれ血が噴き出す。それを彼女も察したのか、震えをこらえながらゆっくりと目を閉じた。

怯《おび》えて叫ぶかと期待していたリカルドには、この反応は少し不服だった。

「ずいぶん殊勝《しゅしょう》だな」

「あなたの望みは、すべて受け入れるべきだと思って……」

「なら、どんなことでもすると？」

「……あなたが望むことは、なんでもします」

そこまで言うなら、最悪の苦痛を与えようとリカルドは少女の前に膝《ひざ》をつく。

「ならば――」

痛みを与え、恐怖の中で死ねばいいと願いながら彼はゆっくりと口を開いた。

「――俺に〝お手〟をさせろ」

しかし望みを口にした瞬間、少女がきょとんとした顔で目を開く。

「いま、なんて？」

尋ねられ、リカルドも違和感を覚える。しかしその違和感の正体に、彼はまだ気づけずにいた。

「お手だ。あと〝おかわり〟もさせろ」

「お、お手？」

少女がつられたように手を出した瞬間、リカルドの右手が少女の首筋から離れ、小さな手のひらの上にぽんと乗る。

その瞬間、今まで眉一つ動かなかった凜々《りり》しい顔が驚きに歪んだ。

(いや、待て待て待て!!)

自分はいったい何をしているのかと、誰よりもリカルド自身が一番驚愕する。

「なんだこれは!?」

「お、お手です。あとはえっと、おかわり？」

次は左手が、手のひらの上に乗る。

「違う、そうじゃない！」

「でもあなたがしろって……」

「ちがう、俺の望みは……。望みは、〝よしよし〟だ」

言いながら、リカルドは少女に垂れた頭を突き出す。

「……よ、よしよし？」

「しろ」

「は、はい……」

おずおずと伸ばされた手が、リカルドの頭を撫《な》でる。途端に得も言われぬ心地よさが全身に広がり、リカルドはピンと立った耳を倒し、尾をぶんぶんと振り始めた。

「もっと右も撫でろ」

「こ、ここ？」

「そこだ」

さらに尾が大きく揺れ、心地よさそうなうなり声が喉からこぼれる。

そうしてしばしよしよしを堪能した後、リカルドははっと我に返る。

「いや違う！　なんだこれは、貴様何をした⁉」

顔を上げ、リカルドは少女から離れ背後の壁まで飛び退く。その姿は、先ほど男たちを殴り飛ばした冷酷なマフィアと同じ人物とは思えなかった。

そしてそんな自分に、誰よりも彼自身が驚いている。

「い、言われたとおりにしただけです」

「魔法か？　貴様魔法が使えるのか⁉」

「いや、魔法なんて私には……」

「ならなぜこの俺が……。殺したいほど憎んでいる小娘によしよしなどねだる！」

そして尻尾まで振ってしまうのだと憤慨《ふんがい》したが、リカルドの意志に反して尾はいつまでも幸せそうに揺れ続けたのだった。

第一章

「今度の愛人は、これまでとずいぶん感じが違うな」

不躾《ぶしつけ》な視線と台詞《せりふ》で、頭上で輝く豪華《ごうか》なシャンデリアをぼんやり見ていた少女——サフィーヤは我に返った。

「さすがに、今回の女は趣味が悪すぎないか？」

「まあ気まぐれなお方だ、どうせ一週間と持たず別の女に変わるさ」

「いやでも、あの方がこの屋敷に女を連れてきたのは初めてだぞ？」

「じゃあこれがドンの本命か？」

怪訝《けげん》そうな表情を浮かべているのは柄が悪い男たちばかりで、その大半は獣人だった。厳つい顔から放たれる不躾な視線に、サフィーヤは思わず身体を小さくする。

男たちとの間には五メートルほどの距離があるが、人に注目されることに慣れない彼女は離れていても恐怖を感じてしまう。

「いや、それはねぇだろ。ドンには似合わねぇ女だ」

男の一人がしみじみと言えば、違いないと笑いが起こる。

(確かに、あの人にもこの場所にも私は似合わない……)

サフィーヤが今いるのは、交易都市カーゴの中心にあるリカルドのアパルトメントだ。

五階建てのアパルトメントは貴族の邸宅を改装したもので、前門が高い壁に囲まれているため入り口こそ無骨だが、一歩敷地の中に入ればその豪華さには目をむくばかりだ。

三つの棟からなるアパルトメントはすべてリカルドの所有物で、中庭やプールまでついている。室内の調度品はすべて高級品で、壁には名のある画家の作品がいくつも飾られていた。

そんな豪華なアパルトメントの一室に、サフィーヤは昨日から軟禁されている。

あのまま牢屋で死ぬとばかり思っていたのに、なぜだかリカルドは彼女をこのアパルトメントに連れてきた。

そして服と寝床と食事を与え、しばらくここで過ごせと言われたのだ。

その言葉をかけて以来顔を見せない彼に代わって、使用人や見張りたちはサフィーヤを客人として扱っている。

とはいえ妙だとは思われているらしく、食事のために部屋を出るたび不躾な視線を向けられ、笑われるのが常だった。

しかしそれに腹を立てたりはしない。笑われて当然なのは、自分が一番わかっている。

食堂のテーブルに座り、磨き上げられた銀食器に映る自分の顔を見て、サフィーヤはそっとため息をつく。

屋敷のメイドの手によって風呂に入れられ、最低限の身だしなみは整えてもらってもなお、サフィーヤの容姿は凡庸《ぼんよう》以下だ。

金になるからと切られてしまった短い髪は傷《いた》みが酷いし、アメジスト色の瞳は不安と寝不足でくすみ、目の下には大きなクマもできている。

与えられたルビーレッドのドレスは鮮やかだが、痩せすぎていて胸も小さなサフィーヤの体形には全く合っていない。露出度の高いデザイン故、胸元の寂《さび》しさが強調され、より貧相な印象を与えてしまっていた。

日頃から満足に食事を取っていなかったせいで、サフィーヤは十八とは思えぬほど発育が悪く子供に見えるほど華奢《きゃしゃ》だ。それを不憫《ふびん》に思ったのかメイドたちは今朝も豪華な朝食を運んでくるが、彼女が口にできたのはスープとパンが精一杯だった。

卵料理や豚の腸詰めなどの肉料理はおいしそうに見えるが、手をつける勇気はない。見かねて「もうよろしいのですか？」と給仕が尋ねてくるが、サフィーヤは頷《うなず》き部屋に戻ることにした。

食堂を出て、一目で高価とわかる絵画や美術品が並ぶ廊下を歩いていると、なんだか夢の中にいるような気分になる。

（もしかしたら、私はもうとっくに死んでいるのかも）

ほんの数日前まで、サフィーヤの生活は辛く過酷だった。

ある事情から故郷と行く当てを失っていた彼女は、死にかけていたところを旅芸人の一座に拾われて以来、巡業の旅に同行していた。

拾われてからの約二年、サフィーヤは雑用係として、奴隷のようにこき使われていた。もう少し容姿が良かったり、秀《ひい》でた芸があれば人前に出ろと言われたのだろうが、残念ながら彼女はどちらも持ち合わせていない。

故に任されたのは、一座が飼育している動物の世話だった。

一座の行う演目は美しい女性たちと動物を使った曲芸が中心で、中でも世にも珍しい白虎が目玉だった。しかしこの白虎は飼育員を何度も食い殺すほど凶暴で、なぜだかサフィーヤにしか懐かなかったのだ。

おかげで捨てられずにすんだものの、白虎を含む動物の世話から舞台で使う小道具や衣装の製作や修理など、任された仕事はあまりに多かった。

その上与えられる食事は少なく、なおかつそれをサフィーヤは動物たちに分け与えていた。一座は彼らの餌代をケチり、満足な食事を与えていなかったのである。

結果、彼女は発育が遅れるほどの栄養失調に陥っていたが、一座の者たちは見て見ぬふりだ。

そんな日々が永遠に続くのだと思っていた矢先、サフィーヤは突然男たちにさらわれリカルドの元に連れてこられた。

そして奇妙な邂逅《かいこう》のあと、彼女はまだ殺されずにいる。

とはいえ、それもいつまで続くかわからないと考えながら部屋に戻ると、閉めたはずの扉が開いていた。

誰かいるのだろうかとそっと中を窺い、はっと息を呑む。

部屋の中いたのは、リカルドだったのだ。最初の夜に牢屋で会って以来、彼がサフィーヤの前に現れたのは初めてだった。

こちらに背を向け、ベッドの側に腕を組んで立っている姿を見ていると、懐かしくも苦い記憶を思い出す。

（大きな背中、あの頃と同じだ……）

今は立派なスーツで隠れているけれど、その下には美しい筋肉に覆われた逞《たくま》しい背中があることをサフィーヤは知っている。

それを初めて見たのは彼女が十歳のときだ。一座の元に身を寄せるよりもさらに前、とある場所で彼女はリカルドと共に暮らしていた。

そしてそのとき、彼女はあの広い背中によくおぶわれた。

当時もサフィーヤの生活は過酷で、奴隷のように働かされては倒れることを繰り返していた。それを見かね、彼がベッドまでよく運んでくれたのだ。

そのたびに申し訳ないと思ったけれど、彼はいつも気にするなと笑ってくれた。優しくて温かい笑顔に、いったい何度救われたことだろう。

けれど今の彼にはかつての穏やかさはない。

腕輪のはまった右の手首を摑み、こちらを振り返った顔には忌々《いまいま》しそうな表情が浮かんでいる。

「話がある、早く部屋に入れ」

目が合ってもリカルドの表情が変わることはない。それに落胆を覚えながら、サフィーヤは彼が指さしたソファーに腰を下ろした。

リカルドは少し離れた場所に立ったまま、近づいてこなかった。

もう少し近くで彼の顔を見たいと思っていたサフィーヤは、少しがっかりしてしまう。

(でも、近づきたくない気持ちはわかる……)

リカルドの様子を窺いながら、サフィーヤは牢屋でのやりとりを思い出す。

自分を殺すと言ったとき、彼の目に浮かんだ殺意は本物だった。けれど待っていたのは、あの滑稽《こっけい》なやりとりである。あのときは言われるがままに撫でてしまったけれど、彼の顔に浮かんだ後悔の色を見れば、異常な事態であったことは察せられた。

そしてその原因がサフィーヤにあると、リカルドは考えているのだろう。

「……相変わらず、貧相な身体だな」

遠巻きにサフィーヤを眺めながら、リカルドが吐き捨てるように告げる。

わかっていたことだけれど、彼に冷笑されると胸の奥が刺すように痛んだ。

「あまり食事をとっていないと聞いたが、ここの料理はお姫様の口には合わないか？」

「私は、お姫様なんかじゃ……」

「確かに、お前は昔から姫と呼ぶに値しない存在だったな」

嘲《あざけ》る声が、サフィーヤの心をなおも抉《えぐ》る。

(昔は、こんなに冷たいことを言う人ではなかったのに……)

ただ一人、彼女を『姫』と呼んでくれた人だったのにと目を伏せた。

(でもきっと、この人の態度や心を凍らせてしまったのは私だ……)

だからもう二度と、彼は笑いかけてくれることはない。そう思っていても、彼女の心はかつて見た温かな笑顔を探してしまう。

そんな愚かさを抱えながら様子を窺っていると、おもむろに彼が纏っていたスーツの上着を脱いだ。シャツとベストだけになると彼の逞しい身体のラインがよく見え、なぜだか落ち着かない気持ちになる。

(なんだか、昔よりもさらに逞しくなったみたい)

初めてリカルドと会ったとき、彼は一介の傭兵《ようへい》だった。当時から彼の体軀は抜きん出てよかったが、今のほうがより大きく見える。そこに堂々とした雰囲気が加わると、まるで王のような風格さえ今のリカルドは有していた。

いや実際、彼は王なのだと思い出す。

ドン・サルヴァトーレ。その名前は、遠い異国の地でも有名だった。

荒くれ者たちを束《たば》ね、無法地帯となっていた交易都市カーゴを発展させたマフィアのドンの存在はこの大陸中に知れ渡っている。

この交易都市カーゴは元々、闇市が発展してできた都市だ。

カーゴのある『タチアナ』と呼ばれる地域は、大きな二つの大陸を繋《つな》ぐ細長い半島で、元々多くの都市国家が乱立していた。

国家間の関係は決して悪くはなかったが、タチアナを挟むように広がる二つの大国が戦争を始めたことで、平和は終わりを迎えた。大国同士の争いが各地に飛び火した結果、間に跨《またが》るタチアナは戦火の中心となり、巻き込まれた国は次々滅んでしまったのだ。

その後、国を失った者たちは焼け残った集落や農村に身を寄せ、そこから新しい街が次々生まれた。そうした街の多くを仕切っているのは、リカルドのように傭兵団からマフィアへと転じた組織だった。

中でも『御三家』と呼ばれる三つの組織が、タチアナのほとんどを牛耳っている。

空族として名をはせ、空を使った交易で勢力を拡大している『バスティアファミリー』。

農村部に拠点を置き、ワインを用《もち》いた交易で財をなす『オスティーナファミリー』。

遥か東の大陸から移住し、兵器開発と裏賭博で財をなす『グワンファミリー』。

御三家と呼ばれる彼らは他の弱小組織とは違い、それぞれが長い歴史を持つ。そして彼らは戦争中に密輸や兵器の売買で私腹を肥やし、それを足がかりにこのタチアナの地に根ざしたのだ。

国々なき後、タチアナの土地を奪おうとした大国にとってマフィアたちの出現は面白くなかったようだ。しかし御三家の資金と軍事力は、馬鹿にできない。

御三家のほうも大国と争っても利益はないとわかっており、彼らは周囲の国々に賄賂を送る代わりにタチアナの自治を黙認させ、この地で商売を続けている。

そうして力をつけた御三家の後を追うように、昨今では大小様々なマフィアが乱立し、タチアナには百以上の組織がある。

そして多くの組織が、利権を得ようと狙っているのがこのカーゴだった。

カーゴは元々この辺りの都市国家を繋ぐ交易の要《かなめ》とされた街だ。近代的な建物が多く並んでおり、戦争の爪痕も少なく、かつての街がほぼそのまま残っている。

なおかつ南方の大陸へのアクセスも良く、さらに海を挟んだ東方への玄関口『マリナ湾』もほど近いため、異国からも多くの人と物がやってくる場所だ。

周辺都市だけでなく異国からの交易品もさばけるとなれば、物も人も集まるのは当然だった。その上街を治めていた国家が滅んでからは法も秩序もないため、訪れる客も品も選ばないときている。

結果多くの闇市が生まれ、利権を狙うマフィアたちが次々に集まってきたのだ。

そのせいで、かつてのカーゴは毎日のように血で血を洗う抗争が繰り広げられ、治安の悪化は深刻化していた。

そんなとき、突然どこからともなく現れ、争いを終わらせたのがリカルドだった。

当時、カーゴで最も大きかったマフィアの組織を、リカルドは数人の部下と共に壊滅させたと言われている。

組織には約三百人の幹部と構成員がいたとされるが、それが一晩にして皆殺しにされたのだ。

そして彼らの金や利権を奪い、リカルドは自分こそがカーゴの支配者だと名乗りを上げたらしい。

その後、三つの組織を壊滅させた頃には、リカルドの圧倒的な強さに誰しもが戦《おのの》き、同時に魅了された。

彼らは残酷で暴力的だったが、卑怯なことはしなかった。

どんなときもまっすぐに相手と向き合い、力ですべてをねじ伏せる。刃向かう者には容赦しないが、素直に従った者には対価を与え仲間になりたいと言えばあっけないほど簡単に受け入れた。

そんな振る舞いを見て、マフィアたちはもちろん都市に住む者たちも彼こそがこの街を統べる者だと直感し、次第にリカルドの下につく者は増えていった。

そんな彼は、かつてタチアナを治めていた絶対的な王『サルヴァトーレ四世』と重ねられるようになった。彼は自分の素性《すじょう》を明かさず名乗らなかったから、王から取られたサルヴァトーレという名が、彼の呼び名となった。

それがサルヴァトーレファミリーの始まりとなり、今や彼の部下は末端まで含めると千人を軽く超える。

そんな部下たちを束ねたのち、リカルドはマフィアたちが徴収していた金を使い都市と周囲の街道を整備し、カーゴをより発展させた。

交通網はもちろん学校や病院といった公共事業も立ち上げ、下手な国よりもよっぽど福利厚生が充実していると評判だ。

この地方の自治を狙っていた御三家はいい顔をしていないが、リカルドがまとめ上げたマフィアは今や軍隊並みの統率力と武器を携《たずさ》えており、下手に手出しはできない。

その上で、あえてリカルドは御三家にも多額の賄賂を送っているらしい。金で解決できることは解決し、恩を売ることによって余計な争いを減らしているのだろう。

その結果、都市は安全かつ急速に発展し、カーゴの自治も平和に保たれている。

未だにカーゴの利権を狙う輩も多いが、他の町からやってくるマフィアとの抗争が起きたとしても、リカルドと彼の組織に敵《かな》う者はいない。

そんな話を聞いたとき、サフィーヤはまさか自分が知るリカルドだとは思わなかった。けれど再会した彼を見れば、聞いた話が嘘《うそ》でないことはすぐにわかる。

（確かにリカルドなら、マフィアの一つや二つ簡単に壊滅させてしまいそう）

そんなことをぼんやり考えていると、リカルドがシャツの腕をまくり手首にはまった腕輪を露出させた。

高価な衣服や靴を身につける中、その腕輪だけが浮いている。サフィーヤが見つめると僅かに赤黒く光るそれは、今では珍しい魔法を帯びた呪具『魔法具』の一種である。

「この腕輪のせいで、俺がどんな苦痛を味わってきたかわかるか?」

静かな声で問いかけながら、リカルドがゆっくりと近づいてくる。

「お前に騙《だま》され、腕輪をはめられ、奴隷に……駄犬に堕《お》とされた俺の気持ちを、お前にわからせてやる」

憎しみのこもった眼差しを受け止めきれず、サフィーヤは思わず顔を伏せる。

(私は騙したわけじゃない。それにリカルドを傷つけたかったわけじゃない)

彼を傷つけたいと思ったことなど、一度もない。

むしろ初めて会ったときから、サフィーヤは誰よりもリカルドが好きだった。

でもそれを、自分の本心を口にはできなかった。言えば彼はサフィーヤの気持ちを真っ向から否定し、砕《くだ》くだろう。

それに耐えられるほど彼女は強くない。それに実際、リカルドを傷つけてしまったことは事実なのだ。ならば怒りも恨《うら》みも、この身で受け入れるべきなのだという気がした。

「……許されないことをしたのは、わかっています」

震えながらもサフィーヤはゆっくりと顔を上げた。鋭い眼差しを静かに受け止めると、僅かにリカルドがたじろぐ。

「あなたが望むなら、私は命だって差し出すつもりです」

「前は、俺を利用してまで生き永らえようとしたのに、どういう心境の変化だ?」

「私にはもう故郷も家族もない。生きていても、いいことなんて一つもないから……」

口ではそう言いつつ、本当は一つだけいいこともあった。

今、目の前にリカルドがいること。憎しみがこもっていたとしても、その瞳をもう一度見られたことはサフィーヤの人生に訪れた久々の幸福だといえるだろう。

ただそれは、口にはできないことだ。

「俺を駄犬に堕としてまで手に入れた命を、簡単に手放すのか」

憎々しげに顔をしかめ、リカルドはサフィーヤに手を伸ばす。

指が首筋に食い込み、息苦しさを感じたが彼女はじっと耐えた。

「抵抗くらいしろ、さもなきゃお前の首は容易く折れるぞ」

「しません。だってあなたは、それを望んでいるのでしょう？」

サフィーヤの言葉に、リカルドは苛立ったように舌打ちをする。

「そうだ。俺が望んでいるのはお前の死だけだ。だから今度こそ、しくじるわけにはいかねえ」

憎しみの言葉と殺気を叩きつけられながら、サフィーヤは静かに目を閉じた。

息苦しさは増していくのに、不思議と恐怖は感じなかった。

むしろいつになく穏やかな気持ちで、ゆっくりと意識が遠ざかっていく。そんな彼女の脳裏に、遠い故郷と懐かしい思い出が不意に蘇《よみがえ》る。

これが走馬灯だろうかと考えるサフィーヤが最後に見たのは、かつて見たリカルドの笑顔だった。

◇◇◇

砂漠の都『アリアーナ』。

タチアナとは大海を挟んだ東方大陸の南部、巨大な砂漠に囲まれたオアシスの側に、そう呼ばれる小さな都があった。

タチアナ同様戦争を繰り返す国々の狭間にありながらも、巧みにその顔色を窺い、南方交易の拠点として栄えた都である。

交易で栄えた都市という点でもカーゴと同じだが、文化も街の作りもアリアーナは酷く前時代的だった。

カーゴは高い建物が建ち並び、車や路面電車も走っている近代的な都市だが、アリアーナを形作るのは遺跡とオアシスだ。

そしてこの街には、今もなお魔法の名残が息づいていた。

魔法とは、今は亡き『竜』や『妖精』といった生き物が用いた不思議な力だ。

魔法を扱う生き物が滅んでから千年以上の時が経《た》つが、アリアーナには妖精たちが魔法で作り上げた遺跡が残っている。そんな遺跡を用い、約二百年前にアリアーナの都はできた。

古くから砂漠の地を治める騎馬民族の長が自ら王を名乗り、オアシスの側に建つ遺跡を掘り起こし、巨大な王宮へと建て替えたことが都市の起源とされていた。

王宮は彼らの住まいであり、オアシスを独占するための砦《とりで》でもあった。

巨大な砂漠を移動するには水が必要不可欠だったが、アリアーナの周りは水源の数が極めて少ない。故に砂漠を旅する者にとってオアシスの水は大変貴重で高価だったのだ。それを独占し、富を得た王は息子たちと共に都を発展させた。

そんな砂漠の都が、サフィーヤの古い故郷であった。

しかし、故郷と呼び懐かしむ気持ちは欠片《かけら》もない。なぜならアリアーナの中で、彼女は異端だったのだ。

サフィーヤはアリアーナの第一王子と、奴隷であった母の間に生まれた。

二人は彼女が生まれてすぐ病気で亡くなり、幼いサフィーヤは王宮の片隅で密かに育てられた。

両親のことを、サフィーヤはよく知らない。

特に母の情報は少なく、西にある帝国の貴族だったが、家の没落と共に奴隷として売られたらしいという情報がすべてだ。

一方父の話は、乳母からよく聞かされていた。

アリアーナ王には、当時サフィーヤの父の他にも六人の王子がいた。

しかし残念ながら治世の才能を持つ者は、第一王子である父以外にいなかったらしい。

王はその才能に目をかけ可愛《かわい》がったが、結局父は期待を裏切り奴隷の女を娶《めと》って国を出るとまで言い出したのだ。

王はサフィーヤの母を憎み、その娘であるサフィーヤは殺されてもおかしくはなかったが、手を下されなかったのは彼女が父によく似ていたからだろう。

そのおかげで父が住んでいた離宮で育てられたが、王は一度もサフィーヤを愛さなかった。

顔を見に来ることもほとんどなく、あてがわれた使用人も乳母ただ一人だけ。

またアリアーナでは各王族が一人は騎士を持つしきたりがあったが、彼女にあてがわれたのはまだろくに剣も持てないような見習いだった。

ナディーンというその騎士は年若く未熟で、いつも上官から酷く殴られていた。無能と罵《ののし》られ、故にサフィーヤの騎士となったようなものだ。

けれどサフィーヤにとって、ナディーンは優しくて頼りになる兄のような存在だった。

年老いた乳母と共に身の回りの世話をしてくれたのも彼で、そのたび感謝すれば、『私を人として見てくれるのはあなただけです』と嬉しそうにしてくれた。

そしてそんなナディーンと共に、父が作った書庫で過ごすのが幼いサフィーヤにとって最も心安らぐ時間だった。

どうやらサフィーヤの父は学問が好きだったらしく、様々な学術書や異国の本を集めていた。

彼が一番興味を持っていたのは考古学らしく、アリアーナの遺跡から発掘された魔法に関する本や物品の収集も趣味だったらしい。書庫の奥には魔法具の飾られた部屋も残されており、そこがサフィーヤの遊び場でもあった。

残された品々には今も魔法の力が宿っており、中には物を破壊したり、人の心をねじ曲げてしまうような危険な物もあったが、どれも人が容易く扱える物ではないため、サフィーヤが触れても誰も何も言わなかった。たぶんそうした物が残されていることを知る者すら少なかったのだろう。

魔法に縁がある土地に住みながら、アリアーナの王族たちは過去の遺物に全く興味がなかったのだ。

そんな中、唯一魔法に関心を持っていたのはサフィーヤの父で、彼は魔法に関する手記や書物をいくつも残していた。

そうしたものに触れ、父の想いや魔法具の中に眠り続ける魔法の気配を感じ、悠久の時に思いを馳せることがサフィーヤは好きだった。

彼女は祖父である王の言いつけで、離宮の外に出ることを禁じられていた。だから、父の残した本と魔法具で、窮屈《きゅうくつ》な日々を紛らわせていたのだ。

そしてそんなサフィーヤの姿に、王はいつしか息子を重ね合わせるようになった。

サフィーヤが異国の本を早くから読み解いていると知ると、父と同じ家庭教師をつけ、学問を教えることにしたのだ。

愛されずとも祖父を慕っていたサフィーヤには嬉しい心遣いだったが、それを快く思わない者もいた。父の兄弟とその家族を中心とした、他の王族たちである。

無能な王子たちは、王がサフィーヤに目をかけていることに不安を感じていた。それに彼女は父に似て聡明《そうめい》で、教師からは才女だと毎日褒められていた。

特に語学が堪能《たんのう》で、僅か六つで大人が読むような本を読み解き、他国の言葉や魔法に関する古代妖精語まで理解できるほどになっていたのだ。

そしてそんな彼女の噂《うわさ》は、次第に王宮外にも広がり始めた。

きっかけはナディーンだ。サフィーヤのことは口外してはならないと言われていたのに、彼は仲間の騎士に自分の主はとても有能なのだと自慢してしまったのである。そこからサフィーヤの情報が漏れ、尾ひれがつき、気がつけば国民は彼女こそがアリアーナを治めるべきだと言い出した。

当時、老いた王は政《まつりごと》への関心をなくし、若い王族たちは民を顧《かえり》みぬ政策ばかりを打ち立てていた。そんなときに現れたサフィーヤの存在は、国民にとって希望に見えたのだろう。

だが人々の希望は、サフィーヤにとっての悲劇となった。

民衆の声に王族たちは不安と不満を抱き、さらに王が本気で彼女を後継者に推挙《すいきょ》するのではと疑い始めたのだ。疑惑は王への反感を生み、王宮の空気は少しずつ悪くなっていく。

それが争いの火種になりかねないと王は危惧し、ついに彼は大きな決断をした。

サフィーヤが七つのとき、王は彼女を離宮から出し、召使いの身分に落とすと決めたのである。

年老いた王には、周囲の圧力に屈する以外に、無用な争いを退ける方法が思いつかなかったのだ。

サフィーヤの乳母とナディーンだけが異を唱えてくれたが、王は心を変えなかった。それどころか、王は「自分に背《そむ》く気か」と二人に酷い罰を与えたのである。

特にナディーンはサフィーヤの話を誇張して拡散し、国民を揺動したという罪にも問われた。彼に科されたのは、アリアーナで死刑の次に重い罰だった。

サフィーヤは止めようとしたが許されず、ナディーンは罪人として顔を焼かれ、灼熱《しゃくねつ》の砂漠に放り出されたのだ。

死刑よりはマシだと言われているが、実際砂漠から生きて帰って来た者はいない。

それでも生きていることを願ったが、結局ナディーンはサフィーヤの前に二度と姿を見せることはなかった。

『私の命に背くということは、こういう目に遭《あ》うということだ』

王がそう言って笑うのを見て、サフィーヤはすべてを受け入れるほかないのだと悟った。

自分のせいで、大切な人を傷つけさせてはいけない。祖父の恐ろしさと、顔を焼かれて苦しむナディーンの姿は、彼女にとってあまりにもつらい戒《いまし》めとなった。

そしてサフィーヤはすべてを奪われ、召使いの身分へと落とされた。

事情を知る他の召使いたちは同情的だったが、彼らとて他人を助ける余裕はない。サフィーヤ自身も誰かが酷い目に遭うのは嫌だと思っていたので、自然と孤立していった。

そんな彼女を見て喜んでいたのは、王族たちだ。

彼らに毎日のように手を上げられ『お前は奴隷だ』『生きる価値もない人間なんだ』と言われ続けるうちに、抗《あらが》う気持ちは完全に消えていた。

愚かな王子と娼婦《しょうふ》が生んだ姫だと馬鹿にされ、お前のせいで両親や騎士は死んだのだと言われ続けてきたサフィーヤは、一時でも姫のように扱われたことこそが間違いだったと思うようになっていったのだった。


だが、そんな日々に変化が訪れたのは、サフィーヤが十歳になった頃だ。

その頃、周辺諸国では戦争が激化し砂漠地帯でも戦闘が度々起きていた。

戦火の足音が聞こえつつも、アリアーナの国軍はあまりに貧弱で、王族たちはいつ攻め込まれるかと怯えてばかりいた。

そんなとき、王子の一人が北方の獣人たちを雇うことを提案した。

獣人とは、獣と人の血を併せ持つ流浪《るろう》の民のことである。類稀《たぐいまれ》なる身体能力を有しており、彼らの多くは傭兵として戦争に参加し、稼ぎを得ていた。

獣人たちは気の合った仲間と『群れ』と呼ばれる集団を作り、金さえ積めば国でもマフィアでも誰にでも仕える。そんな彼らなら、アリアーナの防衛にうってつけだと思ったのだろう。

運良くアリアーナは資金だけは潤沢にあったため、王は傭兵の中でも名の知れていた群れをさっそく国に招いた。

その群れのボスとして、やってきたのがリカルドだった。

当時の彼は今よりももっと若く、野性的で荒々しい風貌だった。リカルドの群れは女も男も厳つい見た目だったが、風貌に反して礼儀正しい者が多かった。

だがアリアーナの人々は、少なからず傭兵団を嫌悪していた。アリアーナでは獣人は珍しかったし、動物はみな家畜であるという考えが浸透していた故だろう。

王族の中には獣が人のように振る舞うなんて気味が悪いと忌諱《きい》する者もおり、それが態度の端々から滲み出ていた。しかしリカルドはそれを軽く受け流し、金がもらえるならばと仕事を請け負ったのだ。

代わりに王は彼らに住む場所と召使いを与え、そのうちの一人にサフィーヤも含まれていた。卑《いや》しい召使いは野蛮な獣にこき使われるのがお似合いだと、王族たちは考えていたようだ。

彼らの下卑た考えによって、その日からサフィーヤは週の半分をリカルドたちのキャンプで暮らすことになった。彼らがキャンプを張っていたのは、都の南端にある朽《く》ちた遺跡の中だった。

そこで最初にリカルドに会ったとき、サフィーヤはその風貌に驚いた。

短く刈られた黒い髪は涼しげだったが、彼は大柄で鋭い顔立ちだったし、その口からは牙が覗いていた。初めて目の前に立たれたときは、あまりの怖さに小さく悲鳴を上げてしまったほどだ。

『怖がるな。取って食いやしねえよ』

けれど怯えるサフィーヤを見て、リカルドは優しく声をかけてくれた。大きな身体を精一杯小さくして、視線を合わせてくる彼は少し可愛くも見えた。

まじまじと彼を見ていると、サフィーヤは腰から伸びるモフモフの尻尾に気がついた。穏やかに揺れている尾に目を奪われていると、『触るか？』と彼は笑った。

思わず手を伸ばすと、長くてモフモフした毛がサフィーヤの肌をくすぐった。

こそばゆくて、でも気持ちがよくて、サフィーヤは思わず何度も何度も手で撫でてしまった。けれどリカルドは嫌な顔一つせず、されるがままになっていた。

『アリアーナでは、お前みたいな子供も働かせるのか？』

『奴隷や召使いは、働くのが仕事です』

『近頃は、お前さんくらいのガキを奴隷や召使いにするのを禁止してる国もあるんだよ』

『アリアーナでは子供も働きます。それに、私は卑しい生まれだから仕事も多いんです』

サフィーヤの台詞が気になったのか、リカルドは彼女のことを聞きたがった。

普段は自分のことなど語らないのに、なぜだか彼には今までの生い立ちを話していた。

すべて話し終えてから、事情を知れば彼もまた自分を蔑《さげす》むかもしれないと気づいて後悔したが、リカルドは嫌悪も侮蔑《ぶべつ》もない穏やかな眼差しを向けてくれた。

『姫さんに世話してもらえるなんて、すげぇ好待遇だな』

それどころか彼は笑って、サフィーヤの前に跪《ひざまず》いたのだ。

『躾《しつけ》のなってねぇ野良犬だが、姫さんのために精一杯働かせてもらおう』

その姿は傭兵というより騎士のようで、サフィーヤは思わず彼に見惚《みと》れてしまった。

サフィーヤはもう王族ではないし、騎士を持つことも許されない。でももし自分が本当の姫だったら、彼のような騎士が欲しい。

そんな思いと共に胸に愛《いと》おしさと切なさが込み上げ、泣きたいような気分になった。

でもサフィーヤの瞳から涙がこぼれることはなかった。辛い日々が長かったせいで、泣く方法を忘れていたのだ。

同様に彼女は感情の表し方も忘れていたから、可愛げもない顔で黙ってリカルドの尻尾を撫でることしかできなかった。

そんな彼女を不憫に思ったのか、リカルドは暇を見つけてはサフィーヤをかまってくれた。サフィーヤに優しくすることで、リカルドが乳母たちのように酷い目に遭うかもしれないと恐れたこともあるが、彼はその不安を笑い飛ばした。

『俺がいなけりゃ誰がこの国を守る？　それに、俺の顔を焼けるのはあの太陽くらいのもんだ』

そんな台詞でサフィーヤを安心させた彼は、たわいない用事で彼女を呼び出して、街に連れ出してくれるようになった。

サフィーヤがろくに食べ物を与えられていないのを知ると食事や菓子を買い、それを食べながら街を歩くひとときくらいは、年相応の子供のように振る舞えと笑った。

同じ年頃の子供がどう振る舞うのかサフィーヤにはよくわからなかったけれど、彼に言われるがまま菓子を食べたり、手をつないで街を散策するのは楽しかった。

戦争により交易が途絶え始め、街には少しずつ活気がなくなりつつあったが、それでもリカルドと一緒なら世界は輝いて見えた。

『なあ、姫さん。この戦争が終わったら、あんたも俺の群れに入るか？』

そんな毎日の中でも、サフィーヤが一番幸せだったのは、リカルドにそう誘われた夏の日だろう。

オアシスの木陰でジュースを飲みながら涼んでいたとき、不意に彼が真面目な顔で言ったのだ。

『でも、群れは獣人しか入れないのでしょう？』

『どんな群れを作るかはボスである俺が決める。だから俺が入れたいと思えば人間だって入れる』

『じゃあ、私も？』

『俺の群れは家族だ。そして俺は、姫さんとも家族になりたい』

いらない子だと、忌《い》み子だと言われ続けてきたサフィーヤにとって、リカルドの言葉は信じがたいものだった。

驚きのあまり何も言えずにいると、彼は初めて会ったときのようにしゃがみ込み、身体を小さくしながらサフィーヤと視線を合わせてくれる。

『でも、どうして私と家族になりたいんですか？』

『姫さんは優しいしかわいい。……あと、よしよしも上手い』

『よしよし？』

『俺は、あんたによしよしされるのが好きなんだ。尻尾や頭、耳をこんなに上手に撫でる奴には会ったことがねぇ』

『本当？　私が一番ですか？』

『一番だ。だからこれからも、俺のこと撫でてくれよ』

牙を見せながら明るく笑うリカルドの言葉は、この日からサフィーヤの願いになった。

彼の群れに入ること、そしてずっとリカルドをよしよしすること。

そんな日が本当に来ますようにと、毎晩星に祈った。

彼女の祈りが届いたのか、リカルドの群れは着実に戦果を上げ、アリアーナの都は未だ戦火を免れ続けていた。

国々は砂漠地帯での戦闘を有利に運ぶため、アリアーナを手中に収めようとそれぞれが進軍を始めたが、主力の兵器が砂漠地帯では役に立たず苦戦を強いられていたのだ。

前時代的なアリアーナとは対照的に、当時の大国は都市も兵器も近代化し、特に戦車と呼ばれる移動型兵器の活躍はすさまじかった。

しかし当時の戦車は砂と熱に弱く、どうしても歩兵戦が中心となる。そうなると獣人たちの身体能力には敵わず、銃弾さえ避ける彼らの前になすすべもなく破れていったのだ。中でもリカルドの戦いぶりは抜きん出ていて、群れの仲間から彼の活躍を聞くのがいつしかサフィーヤの楽しみになっていた。

戦いの話は怖くもあったけれど、リカルドの戦いぶりを想像すると胸が躍《おど》った。そんな男から家族になりたいと言われたことで、自分に対して少しずつ自信を持てるようにもなっていた。

——けれどそんな日々も長くは続かなかった。

リカルドに、クーデターの疑いがかかったのである。

そしてそれがアリアーナの崩壊とリカルドとの別離に繋がることを、当時のサフィーヤはまだ知らなかった。

◇◇◇

砂と、太陽と、苦い記憶——。

その中で自分は死ぬのだろうとサフィーヤはぼんやりと思っていた。

でもリカルドとの優しい記憶の中で死ねるのなら、きっと悪くない。そんなことを考えすべてを投げ出そうとしたとき、不意に何かが顔を撫でた。

心地よさとくすぐったさに、優しい記憶が霧散する。

「……な、なんですかこの状況は⁉」

その上、子供の情けない悲鳴が聞こえてきて、サフィーヤは意識を覚醒させる。

驚いて目を開けると、最初に飛び込んできたのは揺れる白い尾だった。

それに鼻先をくすぐられ、くしゅんと小さなくしゃみをしたところで、彼女は自分がまだ死んでいないことに気づく。

(私、どうして……)

不思議に思いながら身体を起こそうとするが、何かがサフィーヤに縋《すが》りついているせいでままならない。

『行くな、まだくっつき足りねえ』

「……へ？」

獣のうなり声が響くと同時に、頭の中にリカルドの声がこだまする。

魔法のような現象に驚きながら自分の身体を見ると、お腹の上に大きな狼がポスンと頭を乗っけていた。

「ドンが……誇り高き我々の首領《ドン》が、犬の姿をさらすなんて……」

そんな状況に戸惑う声と共に、一人の少年がリカルドに飛びつく。

少年もまた獣人で、顔も身体も獣の要素が強い。白い虎の獣人らしく、驚きのあまり斑《まだら》の尻尾と、長い髭《ひげ》をピンと立てていた。

「獣人の誇りを忘れたのですか？　獣に偏った姿になるなんて愚の骨頂ですよ！」

『放せシャオ！　俺はサフィーヤにくっついて、よしよししてもらうんだ！』

「ひ、人の言葉まで忘れてしまうなんて……」

『どけ！　嚙《か》み殺すぞ！』

本気で怒り出すリカルドを見かねて、サフィーヤが慌ててシャオと呼ばれた少年の手を摑む。

「い、一度放したほうがいいと思います。彼、嚙み殺すって言ってます」

「……ドンの言葉がわかるんですか？」

「頭に響いてくるんです。それで彼、本気で怒っているみたいで……」

サフィーヤの言葉に、シャオは慌ててリカルドから腕を放す。

「言葉が聞こえるというと、これもまた腕輪のもたらす力ですか……」

ブツブツと何か言いながら、シャオはゆっくりと後退する。途端にリカルドが満足げに鼻を鳴らし、サフィーヤの腕に鼻先を押し当ててきた。

『よしよし、しねえのか？』

「……し、したら怒りますよね？」

『怒らねえよ。むしろ嬉しい』

子供のような物言いで懇願《こんがん》されると無下にはできず、恐る恐るリカルドの頭を撫でる。

獣の姿となった彼はとても巨大で、腕を大きく動かさないとしっかりと撫でられない。

それが少し大変だったけれど、満足げに揺れる尾を見ているとずっとこうしていたいと思ってしまう。

（いやでも、これは絶対に彼の本心じゃない……）

リカルドがサフィーヤによしよしをねだったのは、遠い過去のことだ。

それに、こうして獣の姿ですり寄ったことを彼はきっと後悔するだろう。

以前一度この姿を見たが、そのときのリカルドは獣の姿をさらしたことを恥じ、死にたいと願うほど絶望していた。その光景を思い出すと、今も胸が痛む。

「しゃ、シャオ……さん？　よければ、毛布を取っていただけますか？」

「え、毛布ですか？」

「リカルドの身体にかけてあげたいんです。この姿を私に見られるの、本当は嫌なはずだから」

サフィーヤの言葉に、シャオは驚いた顔でしばし固まる。けれどすぐに毛布を取ると、それを手渡してくれた。

「ほら、これをかけてください」

『かけたら、もっとよしよししてくれるか？』

「好きなだけしますから、ちゃんと毛布をかぶってくださいね」

約束すれば、彼はされるがまま毛布に包まってくれた。

その隙間から覗く鼻先をそっと撫でると、幸せそうなうなり声が聞こえてくる。

あまりの愛らしさに思わず笑ったとき、小さく跳ねる身体に合わせて首筋に鋭い痛みが走った。

思わず呻くと、リカルドが毛布をはねのけ彼女の首筋を見る。

『おい、その怪我《けが》はどうした！　誰にやられた！』

それまでの温厚さが嘘のようにいきり立つリカルドを見て、サフィーヤは恐る恐る首筋に手を当てた。

そこからは僅かだが血が流れていて、触れた指先が赤く染まる。

(そうだ、これはさっきリカルドが……)

強く首を絞められたとき、爪が食い込んだのだろう。それをぼんやり思い出していると、リカルドの顔に動揺が走った。

『これは俺が……。でもなぜ、俺が……』

頭にこだまする声は、戸惑いに震えていた。瞳は悲しそうに揺れ、謝るようにくぅんとか細い鳴き声が響く。

『俺は殺したくねえのに。サフィーヤを大事にしたいのに、どうして……』

「そ、そんな声を出さないでください。その気持ちは、きっとこれのせいです」

腕輪のはまった右の前足をそっと持ち上げると、指先にピリピリとした刺激が走る。肌を刺す感触は、もしかしたら魔法の力なのかもしれない。

「この腕輪が私を主だと錯覚させているんです。でもそれは幻で、本当のあなたは……」

『俺はサフィーヤが好きだ。錯覚じゃない』

「でも……」

『だって俺は──』

何か言いかけたところで、突然リカルドの目が見開かれた。

穏やかだった顔つきに険《けわ》しさが増し、巨体がサフィーヤの元からぱっと離れる。慌てた様子で毛布を咥えたかと思えば、毛深い身体が瞬く間に人に近いものへと変わった。

「……貴様、また俺を辱《はずかし》めたのか」

続いて聞こえてきた声は、人のものだった。

そんなつもりはなかったと言いたかったが、こちらを見つめるリカルドがほぼ全裸であると気づいた瞬間、声が全く出てこなくなる。

雑に毛布をかぶっただけの彼は、色々なものが丸見えなのだ。

この年まで異性の裸に縁がなかったサフィーヤにとっては、あまりに衝撃的だった。

物言えぬ彼女に代わり、いきり立つリカルドに毛布を巻きつけたのはシャオだ。

「……ドン、あの、洋服が」

「わかってるが、どこで脱いだか記憶がねえ」

「すぐに探させます」

「いやいい。どうせ今までだって裸みたいなもんだろ」

「でも、お嬢さんが戸惑うかと」

「そもそも、俺を犬にしたのはあいつだろう」

そこでもう一度睨《にら》まれ、サフィーヤはようやく我へと返る。

「ご、誤解です。気がついたら、くっつかれていて」

「くっつく、だと……」

「首を絞められて、意識が飛んでいる間に、そうなっていて……」

説明すれば、リカルドが首の傷に気づいたようだ。

「……確かに、お前を殺そうとした記憶はある」

「それを、止めるつもりはなかったんです」

言いながら、サフィーヤはそっと首から流れる血に触れる。たいした量ではないし、血管は逸れているため致命傷にはならなそうだ。

それを喜ぶべきか悲しむべきか悩んでいると、リカルドが彼女へと近づいてきた。

距離が近づいたことに驚いていると、彼は毛布の端を裂きそれを首の傷に押し当てる。

「あの、なんで……」

「この腕輪のせいか、お前が傷ついていると落ち着かねぇ」

「でも、私は死んだほうが……」

「こんな傷じゃ死なねえだろ。それに、もう一度試して犬にされるのはごめんだ」

そこでリカルドがシャオに視線を投げると、彼は手当てに使う品をすぐさま持ってくる。

ついでに持ってきた服をリカルドに押しつけた後、シャオはサフィーヤをソファーに座らせ首の手当てをし始めた。

消毒をして包帯を巻く手つきは、子供とは思えぬほど手慣れている。

それに驚いているのを気づかれたのか、シャオの愛らしい顔に得意げな色が浮かぶ。

「僕は、こう見えても医者なんです」

「えっ、でもまだ子供……ですよね？」

「僕も、ドンと同じように魔法にかかっているんです」

言いながら、シャオはズボンの裾をまくり上げる。すると足首の辺りにリカルドがしている物とよく似た形状の足輪がはまっていた。

「ドンの物は心を変えますが、僕の魔法具は容姿を変える物なんです。なのでこう見えて、彼よりも年上なんですよ」

それが本当なら、三十近く容姿が若返っているのだろう。そういえば父の残した魔法具の中にも、姿を変える魔法が宿る鏡などがあった気がする。

とはいえ、それらが発動したところは見たことがなかったので、ついまじまじとシャオを観察してしまう。

そんなサフィーヤに、舌打ちをしたのはリカルドだ。

「ずいぶん間抜けな顔をしてるが、お前魔法の類《たぐ》いには詳しいんじゃねえのか？」

「詳しくはないです。父の残した魔法具や本は、見たことがありますけど……」

「見ただけじゃなくて、使えるだろ」

「つ、使えません」

「じゃあこれは、どう説明する」

皮肉めいた言い方をして、リカルドが忌々しそうに腕輪を撫でる。

「ごめんなさい。あなたにはめてしまったときは、その効果さえ知らなくて……」

むしろわかっていたら、彼にこんな物をはめるわけがない。

今でこそ可愛く甘えてくる程度だが、魔法の腕輪ははめた相手を永遠に服従させるものなのだ。

主に奴隷に用いるもので、そうした魔法具が多いことは父の残した書物から知っていたけれど、リカルドにはめた物がそうだとサフィーヤは全く気づいていなかった。

それに腕輪をはめるように言ったのも、アリアーナの王であるサフィーヤの祖父だった。

そしてその当時のことを、彼女は苦い気持ちと共に思い出す。


腕輪をもらったのは、リカルドがクーデターを企《たくら》んでいるという根も葉もない噂が囁《ささや》かれ始めた頃だ。

彼にそんな気がないのは一目瞭然だったが、獣人を恐れる国民の気持ちと彼の圧倒的な強さが不安を呼び、それを煽《あお》るように王族の一部が噂を肯定し始めたのだ。

　またアリアーナへの侵攻が落ち着き始め、彼らの出番が減ったことも排除する動きに拍車をかけたのだろう。

　居ても立ってもいられず、ある日サフィーヤは祖父に噂を否定してほしいと直談判した。召使いになって以来、祖父と話すことはほぼなかった。だが彼の給仕を任されたとき、勇気を出し彼女はリカルドの無罪を訴えたのである。

　煩《わずら》わしい顔をされるかと思ったが、意外にも王はサフィーヤの言葉に理解を示した。

　その表情は彼女を王女として扱っていた頃のものに近く、祖父の中に自分への情はあったのだと喜んだ。

　しかしその数日後、祖父はサフィーヤを呼び出し『リカルドの処刑が決まった』と告げたのだ。

　嘆願が届かなかった絶望に暮れつつも、そのときはまだ僅かな希望があると思い込んでいた。祖父の顔には悲哀が浮かび、リカルドに同情も示した。処刑は本意ではないと言い、国の恩人であるリカルドを殺したくないとまで言ったのだ。

　訥々《とつとつ》と語る祖父は嘘を言っているようには見えず、だからこそサフィーヤはリカルドを助ける方法はないかと尋ねてしまった。

『ならば、お前が逃亡の手助けをしてやるとよい。捕縛は明朝、それまでに国の外に逃げれば追いかけようもない』

　そんな言葉だけでなく、祖父は街の外に出る秘密の抜け道を教え、逃亡資金として王族の所有する高価な品をいくつかサフィーヤに手渡した。

そしてその中に、魔法の腕輪も含まれていた。

『この腕輪は特別な物だ。だからリカルドに、お前が直接渡しなさい』

祖父は腕輪を手渡すとき、そう念を押した。

『はめた相手と特別な絆《きずな》を結ぶ腕輪だ。お前はリカルドを慕っているようだし、別れが寂しければこれを彼にはめてやるとよい。そうすればいずれまた、魔法がお前たちを結びつけるだろう』

そんな特別な腕輪を与えられたことに戸惑いつつも、仰ぎ見た祖父の顔は優しげだった。

だからサフィーヤはすべてを信じ、腕輪を手にリカルドの元へと向かったのだ。

事情を説明すると彼と彼の仲間たちは憤《いきどお》ったが、王の計《はか》らいに渋々怒りを収めた。

元々この国の狭量《きょうりょう》さは知っていたし、この結末を予想していたのかもしれない。

彼らは夜の闇に紛れ、国を出ることを決めた。そしてその案内役として、サフィーヤは彼らを先導することとなった。

祖父から教えてくれた道は古い地下の遺跡を通るもので、国の外にある枯れたオアシスへと続いている。

道は荒れ果てていたが、獣人であるリカルドたちならば容易い道だ。そこならば人目にもつかないし、少ない時間で群れが一度に移動できる。

唯一の懸念は複雑な道をサフィーヤが無事に案内できるかどうかだが、恩人たちのためならと、入り組んだ道を彼女は必死に進んだ。

リカルドと彼の群れだけは無事に逃がしたい。彼女の思いは、ただそれだけだった。

そして努力は実を結び、夜明け前に出口が見える場所まで一行は無事たどり着いた。

砂漠へと続く広い通路に出たとき、間近に迫った別れにサフィーヤの歩みが乱れた。それに気づき、リカルドがそっと彼女を抱き寄せてくれた。

『なあ、もしお前が望むならこのまま俺たちと国を出るか？』

問いかけに、サフィーヤは信じられない気持ちで彼を見つめた。

『俺の家族にならないかって前に言っただろ。忘れたのか？』

戸惑うサフィーヤに微笑《ほほえ》みかけ、リカルドはいつものように彼女に視線を合わせてくれる。美しい金色の瞳に見つめられると、今すぐにでも彼の胸に飛び込み連れて行ってほしいと希《こいねが》いたかった。

しかし素直に甘える勇気が、このときのサフィーヤにはなかった。

リカルドの家族になる価値が自分にあるのか。いずれ彼も自分を嫌い、見限る日が来るのではないか――。

そんな思いが渦巻き、伸ばしかけた手を慌てて下ろす。そして代わりに、彼女は祖父からもらった腕輪を取り出した。

『……私は行けない。でもいつか会えるように、お守りをあなたにつけてもいい？』

サフィーヤの言葉に、リカルドは寂しげな顔をした。

『もしもう一度会えたら、今度こそあなたの家族になるから』

彼は何か言いたげに口を開いたが、先を急ごうとせかす仲間の声が言葉を遮る。

夜明けが迫っているのだと気づき、焦《あせ》ったサフィーヤは許可を待たずリカルドの手首に腕輪をはめた。

いつかまた彼と会えるように、そのときは今度こそ彼の家族になれますように。

彼女の胸にあったのは、悪意のない純粋な願いだけだった。

『……グッ――――ッ!!』

だが腕輪をはめた直後、リカルドは腕を押さえながらその場に頽《くずお》れた。

凜々しい顔が苦悶《くもん》に歪み、激しい咆哮《ほうこう》が口から迸《ほとばし》る。

何が起こったのかと驚いたサフィーヤを、誰かが抱き上げたのはそのときだった。

仰ぎ見ると、彼女をリカルドから引き剝《は》がしたのは黒い覆面の男だった。不気味なその装いは、王が持つ特別な騎士の装束に似ていた。

『影の騎士』と呼ばれるその騎士たちは、表に出すことができない汚れ仕事を一手に引き受ける王の親衛隊だ。

影の騎士は王の命令でしか動かず、王が命じればどんな任務も厭《いと》わない。

それを思い出した瞬間、ようやく祖父が自分を騙したのだと気がついた。

けれど恐怖と怒りに震えるサフィーヤの頬を、撫でる騎士の手つきは妙に優しかった。

『よくやりましたね、姫様。これで、こいつは本物の犬に成り下がる』

サフィーヤを抱き上げた影の騎士が、満足げな声と共に目元を細めた。

どういう意味かと問おうとしたとき、リカルドの身体が不自然に歪む。

彼の異変に気づいて駆け寄った仲間たちを突き飛ばし、悶え苦しむ彼の身体が徐々に獣へと変わっていく。

人の要素が消え、代わりに全身を漆黒の毛が覆い、口が裂けていく様は異様だった。

『獣人は獣に堕ちることを一番嫌うというが、確かにこれは醜《みにく》く無様な姿だな』

影の騎士の言葉に、獣へと転じたリカルドが忌々しそうにうなる。

今にもこちらに飛びかかってきそうだったが、それよりも早く影の騎士はサフィーヤを抱えたまま後方へと飛び退いた。

そのとき、突然耳に小さな痛みが走り、サフィーヤは驚く。耳たぶに触れると硬い石のような物が指先を擦ったが、その正体を探る間はなかった。

『安心してください。これであなたは王女に戻れる』

影の騎士がそう言うと、身体が思うように動かなくなる。

『あなた……は……？』

『私はあなたのための騎士です。だから抵抗せず、私に言われるがまま動けばいい。そうすれば、今度こそ幸せになれますから』

意識も揺らぎ始め、自分が自分でなくなっていくような感覚に恐怖が芽生えた。

けれどもう、自分ではどうすることもできない。

『さあ、私の言葉を復唱し、あの者たちを幸せの糧《かて》といたしましょう』

しかしその恐怖すらいつしか消え去り、彼女の自我は少しずつかき消されていく。

自我と共にリカルドへの愛情も削り取られ、代わりに自分のものではない意識が彼女の心に入り込んできた。

『さあ彼に言っておやりなさい。——永遠に私の犬となれ、と』

乞《こ》われるがまま、サフィーヤは影の騎士の言葉を復唱する。

その次の瞬間、彼女は自分を見失い意識は完全なる闇に呑まれたのだ。


そしてその後、サフィーヤが意識を取り戻したのは四年近い歳月が経ってからだった。

その間の記憶はなく、彼女は遠い異国で一人倒れていた。

大きな怪我を負い、動けなくなっていた彼女が旅芸人の一座に拾われたのはその直後のことだ。

リカルドの姿は側になく、故郷が戦争で滅びたということを知ったのは目覚めてさらに半月ほど経った頃だ。

アリアーナの王族は死に絶え、国民の多くもまた道連れになったと聞かされたが、サフィーヤが気になったのはリカルドとその仲間のことだけだった。

しかし遠い異国の地に身一つで放り出されていた状態では、彼らを探すことなどできはしない。だからサフィーヤはただ、彼らが生きて無事でいることだけを願っていた。

けれどリカルドの反応と彼を取り巻く状況を見るかぎり、無事でいたとは到底思えない。

(アリアーナで、きっとリカルドは酷い目に遭ったんだ……。そしてきっと、そのきっかけは私だ……)

あの腕輪をはめてしまった後、自分がしたことについては今もまだ思い出せない。

でも彼は自分の誇りと仲間をサフィーヤが奪ったと言った。その言葉と自分を見下ろす冷たい眼差しを見れば、取り返しのつかないことをしたのはわかる。

しかしその詳細を尋ねる勇気は、今のサフィーヤにはなかった。

自分の罪を知り、向き合いながら死ぬべきだとわかっていても、そうできない自分が情けない。

「……ごめんなさい」

申し訳ない気持ちが募り、口からは弱々しい謝罪の言葉がこぼれる。

こんな言葉一つでは欠片ほどの償《つぐな》いにもならないとわかっていても、自然と謝罪の言葉が重なっていく。

「……泣くな、お前にそんな顔をされると腕が痛む」

どこか苦しげな言葉にはっと顔を上げたところで、サフィーヤは自分が泣いていることに気がついた。

涙なんてもう長いこと流さなかったのに、リカルドを捉えようとした瞳はかすみ、喉の奥からは勝手に嗚咽《おえつ》がこぼれ出す。

泣き方を忘れていたくらいだから、もちろん止め方もわからない。

それでも彼を不快にさせたくなくて慌てて涙を拭っていると、小さな舌打ちが響く。

「ああくそ、また身体が勝手に……」

忌々しそうな言葉を口にしながら、側に近づいてきたリカルドが再び獣の姿になる。モフモフの毛並みを押しつけるようにサフィーヤに寄り添い、彼は鼻先で涙を強く拭う。

「これは、俺の意思じゃねぇからな」

姿は獣だが、こぼれた言葉は人のものだった。不本意そうな、忌々しそうな声だったが、身を寄せてくる仕草はあまりに優しい。

だから余計に涙が止まらなくなって、サフィーヤは小さく洟《はな》をすする。

それを見かねたように大きな尾が彼女に巻きつき、あやすように撫でた。

「……ごめん、なさい……」

「謝らなくていいから涙を止めろ。そうしねぇと、お前にキスでもしそうな勢いだ」

「きす……？」

小さく首をかしげた直後、長い舌がサフィーヤの唇をペロリと嘗《な》める。

驚きで涙が引っ込み、彼女はぽかんとした顔でリカルドを見つめる。彼もまたしばし硬直した後、悔しそうなうめき声をこぼした。

「……俺が、こんな小娘の唇を」

「……ご、ごめんなさい」

「だから謝るな」

「でもあの、おかげで涙は引っ込みました」

「ならもっと元気そうな顔をしろ。そうしないと、俺の身体が勝手にお前を心配する」

「それも、腕輪のせいですか？」

「この腕輪はお前を主人だと認識し、守り慈《いつく》しもうとする。俺の思いとは関係なくな」

この状況は、やはりリカルドにとって不本意なものなのだろう。それはわかっていたし解放してあげたいが、久しぶりの涙はサフィーヤの余力を奪ってしまい、元気を出すどころかぐったりと身体から力が抜け始める。

「おい、大丈夫か……？」

うつむくサフィーヤに、リカルドが不安そうに尋ねる。

慌てて「大丈夫」と告げたが声はかすれてしまい、これでは逆に腕輪を刺激してしまいそうだ。

「ドン、少し彼女を休ませましょう。あまり食べていないようですし、このままでは会話もままならない」

「食事は与えていたはずだが？」

「食べられる精神状態ではないのでしょう。とにかく一度休息を取らせなければ、死んでしまうかもしれない」

薄れていく意識の中、シャオの言葉にサフィーヤは小さな希望を見い出す。

「……なら、私……このままでいい……」

今度こそリカルドの望みを叶《かな》えられると思った矢先、怒りに満ちたうなり声が響く。

「勝手に死ぬなんて許すか。お前は俺が、この手で引き裂くと決めてるんだ」

「でも……」

「今は眠れ。起きたら、無理にでも食事をしてもらう」

叱《しか》られるように言われると、サフィーヤは頷くほかはない。

するとそこで、シャオが穏やかな笑顔でこちらを覗き込んでくる。

「何か食べたい物はありますか？　好きな物なら、食欲もわくかもしれませんよ」

尋ねられ頭に浮かんだのは、かつてリカルドが作ってくれた麺《めん》料理だった。

リカルドの故郷でよく食べられたというパスタという麺を初めて食べたとき、こんなにもおいしい物が世の中にあるのかと驚いた。

そしてサフィーヤがあまりにおいしそうに食べるから、彼は折を見てはそのパスタを作ってくれたのだ。

「……レモンの味がする……リカルドの……」

けれど限界にきた意識では料理名を思い出せず、声もついには途切れてしまう。

そのまま目を閉じると、サフィーヤは眠りへと誘われる。

「わかったよ、しかたねぇから作ってやる」

意識が途切れる寸前、聞こえてきた声は泣きたくなるほど優しかった。

夢か、もしくは腕輪が出させた偽《いつわ》りの声かもしれないが、彼の優しさを感じながら眠りにつくひとときは、悲しいほどの幸福感を彼女にもたらした。

第二章

　厨房に立つなどいったいどれくらいぶりだろうかと考えながら、リカルドは鍋の中で煮える湯をぼんやり眺めていた。

「ドン・サルヴァトーレ。料理なら我々が作りますので」

「いい」

「しかし、パスタくらいすぐにでも……」

「いいと言っている」

　いつものくせで屋敷の料理長を軽く睨むと、彼は恐怖に引きつった顔で厨房を飛び出した。ようやく一人きりになりほっと息をつく反面、今頃料理長は首でもくくる覚悟をしているかもしれないと思うと、もう少し優しく言うべきだったかと反省する。

（……優しくか、柄にもねえな）

　パスタを茹《ゆ》でるのと同じくらい、それは近頃のリカルドには縁がないことだった。

彼はこの交易都市の王であり、裏社会を牛耳るマフィアの首領なのだ。

誰かに優しくすることも、自分の行いを省《かえり》みることも、ましてや誰かに手料理を振る舞うなんてこともすべきではない。したくもないと、思っていた。

自分の弱さと優しさのせいですべてを失ってから、彼は感情の大半もなくした。でもそれが、今になって蘇りつつあるようだと気づき、煩わしさを感じる。

(優しさどころか、怒りと後悔さえ俺の中には残ってねぇと思ってたのにな)

そうした感情を思い出し始めたのは、サフィーヤが生きていると知ったときだ。

アリアーナで、彼は一度すべてを失った。

この腕輪をはめられ、犬に堕とされ、そのあと起こった悲劇は軽々しく思い出せないほど辛い記憶だ。

幸運なことに彼はアリアーナでの過酷な日々を生き抜いたが、すべては元には戻らなかった。

そしてすべての元凶であるサフィーヤがアリアーナと共に火の中に消えたとき、リカルドの過去や怒り、後悔や悲しみもすべて灰となり、彼は抜け殻《がら》となった。

以来物事への執着をなくし、流れるままにただ生きていた。

それはサルヴァトーレという名をつけられた今も変わっていない。この街にたどり着き、マフィアの首領になったことだって彼の意思ではないのだ。

無気力になりながらも、彼は同じ過《あやま》ちだけは繰り返したくないと願っていた。

故に強くありたい、誰にも己を踏みにじられたくないという気持ちが自然と身体を突き動かし、リカルドは自らに刃向かってくる者には容赦がなかった。

そしてたまたま、流れ着いたカーゴで喧嘩を売ってきたのがこの街で一番大きなマフィアの幹部だったのだ。

人々は、リカルドが利権と力を得るためにマフィアを壊滅させたと思っているが、真相はそんな立派なものではない。発端は、歩いているときに肩が当たったとか、その程度のたわいのないことである。

難癖《なんくせ》をつけてきた幹部を殴り飛ばしたせいで組織から目をつけられて、次から次へと差し向けられる刺客をいちいち倒すのが面倒で、いっそ全員まとめて殺してしまえと事務所に乗り込んだら、誰かが勝手にリカルドをマフィアたちに立ち向かう挑戦者のように扱い出した。

結果、街中のマフィアたちに襲われるようになり、仕方なく返り討ちにしているうちになぜか彼を慕う者が集まり始めたのだ。

その過程でシャオなどの仲間に出会い、気がつけば彼は王座の前に立たされていた。

マフィアになりたいと、望んだことは一度もない。

けれどその地位を拒むのも面倒で、ただ流れに身を任せていたら、この交易都市の王にまでなっていた。

そして時は流れ、さらに無気力になったリカルドはすべてがどうでもよくなったが、彼の地位は強固になるばかりだ。

何事にも執着せず、富にも興味がないので手に入れてしまった金を部下たちの会社や事業に投資していたら、どういうわけかそれらが上手く回り、今では使い切れないくらいの資産になっている。

普通のやり方では使い切れないからと賭け事などをしてみるが、何をやっても負けが来ない。馬鹿みたいに儲かるばかりで、ドン・サルヴァトーレは喧嘩でもギャンブルでも負けなしだと慕う者が余計に増えたほどだ。

彼を慕う者の中には有能な人材が多く、おかげでこの交易都市は日々発展しているが、リカルド自身は現状を冷めた目で見つめていた。

どんな成功を前にしても、リカルドの心は凪《な》いだままだったのだ。

もはや何が起きても自分の心は動かず、喜びや驚きを感じることもなく日々は過ぎていく。生きることが面倒になればなるほど人生は上手く回るなんて、皮肉もいいところだ。

（なのにまさか、こんなことになるとはな……）

煮え滾《たぎ》った湯の中にパスタを放り込みながら、リカルドは手首にはまった腕輪に目を落とす。

自分を犬に堕とし、平伏させるこの腕輪は、失われていた情動をも蘇らせたらしい。

そして腕輪にそんな力があるとは思っていなかった。

（こんなことなら、あいつのことなど探さなければよかった……）

カーゴに来てから、この腕輪が反応したことは一度もなかった。故にリカルドはサフィーヤが死んだと思っていたし、生きていたとしても探すつもりなどなかったのだ。

けれど数週間前、同様の魔法具をつけているシャオが「腕輪の魔法が力を増している」と言い出した。

魔法がまだ生きているならば、腕輪をつけた相手も生きている。それがもしリカルドに仇なす者に与したら、彼も組織もただではすまないとシャオは主張した。

腕輪がもたらす効果を、リカルドは身を以《もっ》て知っている。だからこそ彼はサフィーヤを探し出すよう命じたのだ。

連れてこられた少女は相も変わらず貧弱で、この手で容易く殺せると思った。再会したときは腕輪もおとなしくしていたし、軽く首をひねれば終わるはずだったのだ。

でも結果、リカルドはこうしてサフィーヤのためにパスタなんぞを茹でている。

（解せねぇ……）

そう思っても、彼女が食べたいと言ったレモン味のパスタソースまで律儀に作ってしまっている。

苛立たしげに尾を振っていると、背後に気配を感じた。

警戒するまでもなく、それがサフィーヤであることを腕輪が教えてくる。そのせいで、怒りを表現していた尾が嬉しそうな揺れ方になってしまい、苛立たしさが増した。

「……起きたのか？」

不機嫌な声と共に、リカルドは振り返る。けれどそこで苛立ちは霧散し、彼は思わず身動きを止めた。

小さく頷く少女は、なぜだか彼のシャツを着ていた。大きすぎるのでワンピースのようになっていたが、どう見てもそれ以外の服を着ていない。

それを見た途端全身の毛がぶわっと膨《ふく》らみ、普段は無感情な顔が戸惑いに揺れる。

「お前、服はどうした！」

サフィーヤの側にすっ飛んでいくと、彼女は小さく首をかしげただけだった。

「なぜそんな……それは、俺の服だぞ」

「これだけ側に置いてあったので、着ろということかと……」

ドレスは用意していたはずなのにと思いつつ、脳裏に浮かんだのはシャオの顔だ。

最初こそリカルドの変化に戸惑っていたくせに、今はどこか二人のやりとりを楽しんでいるような節がある。

彼女が脅威になると言った張本人のくせに、リカルドが彼女に振り回されている姿を見てコロッと態度を変えたあたり、絶対面白がっている。

これも奴の仕業《しわざ》に違いないと思いつつ、当人の姿が見えないため怒ることもできない。

「あの、湯が吹きこぼれそうです」

その上サフィーヤのほうも自分がどれほど危うい格好をしているかわかっていない。

のんきに湯の心配をしている彼女に忌々しい気持ちを覚えつつ、ひとまずこの場は自分しかいないからと叱るのは後回しにする。

手元に注がれた視線を感じつつ、リカルドはパスタを仕上げる。

「……おいしそう」

その声は、獣人の耳でもかすかにしか聞き取れないほど小さかった。

あまり感情のない声だが、たぶんこれは喜んでいる。

そんなことを察してしまう自分に腹立たしさを感じつつ、リカルドは出来立てのパスタを皿によそって側のカウンターに置いた。

側に置いてあった椅子を皿の前に置けば、サフィーヤはおずおずとそこに座る。

「食え」

命令すれば、彼女はそっとフォークを握った。

パスタをすくい上げる腕は枯れ木のように細く、いくつものアザが見える。シャツから覗く足を見ればこちらにもアザや傷が多く、彼女がまともな生活を送ってこなかったのは明らかだ。

(俺をさんざん利用して、生き永らえて、摑んだ結果がこれか)

痩せ細った身体を見て、胸の内に宿ったのは猛烈な怒りだった。

それをサフィーヤにぶつけ、細い身体を叩き折ってしまいたいとまで思う。

なのにパスタを頬張る彼女を見た瞬間、煮え滾った怒りが突然消え失せた。

「やっぱり、おいしい」

リカルドを見て、彼女は僅かに目を細めた。笑みと言うにはささやかすぎるが、確かに彼女は笑っていた。

それを見た途端怒りはすべて消え去り、尾が穏やかに揺れる。

「……なら、残すな」

不機嫌な声をなんとか絞り出したが、全身が少女の笑顔に喜んでいる。

（くそ、これも腕輪のせいだ……）

サフィーヤの喜びを、まるで自分の喜びのように錯覚させる腕輪が憎い。けれど身体も、そして心の一部も抗えない。

「……あとこれも作ったから、食え」

先に用意していたスープを取り出せば、生気のなかった少女の瞳が輝く。

（そういえば、こいつは意外と食いしん坊だったな）

ろくな食事を取っていなかったせいか、幼い頃のサフィーヤはどんなものでも「おいしい」と喜んで食べた。

それが愛らしくて、色んな物を買い与え料理を作ってやったときのことを思い出す。

不意に蘇った記憶はあまりに温かくて、少し戸惑った。そもそも傭兵をしていたときの記憶は、ずいぶん前に捨てたはずだったのだ。

特にサフィーヤに関するものはもう二度と思い出すまいと思っていたのに、こんな些細《ささい》なことであふれてしまうのかと唖然とする。

そうしているうちにサフィーヤはスープにも手をつけ微笑んだ。

無垢《むく》な笑顔が幼い頃の彼女に重なり、慌てて視線を剥がした。

(なんだか、毒気を抜かれる……)

胸の内には彼女への怒りがくすぶり、今もまだ殺してやりたいという気持ちは強い。

しかし自分を陥れ、犬として扱ったサフィーヤと今の顔がなぜだかしっかりと重ならない。あげくに、側にいると浮かぶのは彼女と笑い合った日々ばかりだ。

辛い日々を思い出さぬよう無意識に蓋をしているのか、それとも腕輪がこれ以上の怒りを抱かぬよう魔法をかけているのかもしれないが、なんともやりづらい。

ただでさえ久々に蘇った感情に戸惑っているのに、これ以上混乱させせないでほしいとため息をつく。

そのままうなだれていると、どこか心配そうな視線を感じた。

「お仕事、大変なんですか……？」

気遣うような声に、心が不快にざわめく。

疲れさせているのはお前だと皮肉の一つでも言ってやりたいのに、目が合った途端言葉はどこかへ消えてしまった。

不安げな瞳は、リカルドへの気遣いと心配であふれている。

「別に、疲れてねぇよ。仕事って言うほどの仕事はしてねぇからな」

今のリカルドの仕事は、ただ黙って部下たちを見守ることばかりだ。

闇市の仕切りから裏賭博、土地転がしからまっとうな公共事業まで、組織が手がける仕事は多岐に渡る。それらはすべて部下に任せているし、基本的にリカルドは関与しない。もちろん事業内容や売り上げには目を通しているが、それぞれがやりたいと願うことに金を出すのが仕事の八割だ。

何か問題が起きれば対処するが、自主性に任せ口を出すことはほとんどない。

荒っぽい連中も多いが、彼の部下たちは存外真面目で根はいいから、放っておいてもあまり問題は起きない。中には商才がなく借金苦から荒事に走る奴もいるが、大事になる前にシャオなどが上手くいなし、まとめてくれている。

だからリカルドは日々回ってくる書類をぼんやり眺め、必要なら金を用意し、時々酒の席に顔を出すくらいのことしかしていない。

そんな事情をポツポツと話してから、なんで身の上話を聞かせているのかと我に返る。その上サフィーヤは、彼の話を聞いて妙に嬉しそうにしている。

「今も、みんなに慕われているんですね」

「慕ってるんじゃなくて、怖がってるだけだろ。俺の怒りを買ったら殺されると思ってるから、必死に金を稼いでくるだけだ」

この街に来てからは誰かに怒ったことなど一度もないのだが、元来鋭い顔立ちなので無感情だと怒っているように見えるらしい。その上最初に派手に暴れすぎたせいで、自分の意に沿わない相手には冷酷な男だと思われている。

実際、一度手が出ると止まらないのは事実だ。特に自分や部下に仇なす者には容赦がなく、命を奪うことにもためらいはない。その姿が今も焼きついているから、皆リカルドを怒らせないようにと必死なのだ。

（そういえば、こいつにも最初は怖がられたな）

だから傭兵時代はなるべく笑っていたことを懐かしく思い出す。サフィーヤが怖がらないように、近づきやすいようにと考え、振る舞いにはかなり気をつけていた。

そう思うと、気遣いのない今の自分を、彼女は恐ろしく思っているのだろうか。そんなことを考えながら少女を見つめれば、彼の意図を探るように小さな頭が斜めに傾く。

自分が何かしたのかと不安がっているようだが、恐れ怯える様子はない。それを心地よく思いかけて、慌てて彼女から目を逸らした。

（やっぱりなんか変だ……。こいつも俺も、のんきに見つめ合える関係じゃねえのに）

まるで、間に横たわる辛い過去などなかったかのように、二人を取り巻く空気は穏やかだった。そこに居心地の良さを感じる自分に戸惑いつつ、サフィーヤが食事をする様子をリカルドはチラチラと観察する。

料理を少しずつ口にする仕草は小動物のようでいつまででも見ていたくなるが、穏やかな時間は長くは続かなかった。

サフィーヤの胃はかなり小さくなっているのか、ほどなくして食事の手が止まる。

しかし残すのが惜しいと思っているようで、彼女は懸命に食事を続けようとしているようだった。

「無理して食うな。食えるだけでいい」

「でも……」

「いつもと比べたら十分食ったほうだ。そこまで胃に優しいもんでもねえし、残しても許してやる」

わざわざ許可まで出したのに、サフィーヤはなぜか悲しそうな顔でリカルドが遠ざけた皿を眺めている。

「……最後かもしれないから、全部食べたいです」

目を伏せたままフォークをぎゅっと握りしめ、彼女はか細い声でこぼした。

「別に最後の晩餐《ばんさん》ってわけじゃねぇだろ。今すぐ殺してやりたいが、あいにく腕輪が邪魔しやがる」

「でも、これは最後だから」

今まではリカルドが何か言えばすぐ押し黙ったのに、彼女はなおも声を上げ、遠ざけたパスタとスープを見ている。

「あなたが作ってくれたものは、残したくない」

その瞳が僅かに濡れていることに気づき、リカルドは狼狽《ろうばい》する。

「だから泣くな！　泣かれると、こいつがうるさいんだ！」

腕輪は主の悲しみをリカルドの心に伝え、サフィーヤを慰めろ、慈しめと訴える。

案の定身体は勝手に動き、少女の身体をぎゅっと抱きしめてしまった。

「スープは取っておけばいいし、パスタだってまた作ってやるから」

「でも、私に料理を作るのは嫌でしょう……？」

「嫌だが、泣かれるほうがもっと困る」

「泣きたくて、泣いているわけではなくて」

「だとしても止める方法を覚えろ、さもないと……」

「さもないと？」

何が起こるのだろうという顔で、サフィーヤがリカルドを見上げる。

その途端、自然と彼女の唇に意識が吸い寄せられた。

泣きやめと念じながら、自分らしくもない優しい仕草で唇を奪う。

パスタの味がするキスは全く色気がない。なのにもっと深く、いつまでもしていたいと思ってしまう。

やつれた頬に手を添え、慈しむように撫でながら唇を二度三度と啄《ついば》む。こうした経験がないのか、サフィーヤは戸惑ったまま固まっている。

そのせいで深い口づけはできなかったけれど、顔の角度を変えながら何度もキスの雨を降らせていると、強ばっていた身体がリカルドの胸にそっと寄り添った。

（この感じ、久しぶりだ……）

かつて、幼いサフィーヤはリカルドにだけすべてを許した。いつも何かに怯え、他者とは一線を引いていたくせに、彼にだけは無邪気にすり寄ってきた。

(それが愛らしくて、俺は……)

捨てたはずの感情が蘇りかけ、リカルドは慌てて過去を振り払う。そして腕輪が見せるまやかしの優しさを捨てるためにサフィーヤから離れようとした。

だがそのとき、強く結ばれていた彼女の唇が僅かに開いた。気づいた瞬間、勝手に舌が滑り込み、戸惑い震える小さな舌を絡め取る。

「……ん、……あ……ッ」

サフィーヤが発した驚きの声は、あまりに甘い。

離れなければという思いは消え、より深く口腔《こうくう》を犯《おか》す。唾液をこすり合わせながら舌を絡め、歯列をなぞり、息苦しいと訴えるささやかな声を吐息ごとすべてを貪《むさぼ》った。

「……ぅ、ン……ンっ……ふ……」

少女の小さな頭を抱え、口づけから逃れようとする動きを阻みながら、リカルドは小さな唇を味わい尽くす。

(ああクソ……、こんなガキに俺は……)

初めてキスをする子供のように、口づけに夢中になる自分の愚かさが腹立たしい。

やめたいのに、やめられない。

相反する気持ちが胸に渦巻くと共に、身体の奥が熱を持つ。

リカルドは、性欲が強いほうではなかった。この街に来てからは特に、子をなすことへの執着も消え、女にもまるで興味がなくなった。

時折起きる生理現象を解消するために何度か女を抱いたが、肉体は高ぶっても心はいつも凪いでいた。

けれど今は、どうしようもなく目の前の少女を犯したい。その身体に己を突き入れたいと、肉体より先に心が震え、サフィーヤを求めている。

「……この女だけは、御免だと思っていたのに」

キスの合間に憎々しげな本音がこぼれる。しかし身体の熱は冷めず、頭は彼女を犯すことでいっぱいになっていく。

「だ、だめ……」

抑えきれない衝動に囚われかけた瞬間、小さな手がリカルドの胸を押し返す。

ささやかな抵抗だったが、拒絶の言葉は彼に理性を取り戻させた。

「もう、泣きやんだ……から……」

はっと顔を遠ざけると、潤んだ瞳が切なげにこちらを見ている。

無垢な少女は、どうやら涙を止めるためにリカルドがキスをしたと思い込んでいるらしい。その純粋さとは裏腹に、長いキスで呼吸を乱す顔には女の色香が漂っている。

それを見た途端再び身体が疼《うず》いたが、彼を遠ざけようと必死になる腕が衝動を抑えてくれる。

先ほどの行為は、やはり腕輪によるものなのだろう。だからこそ彼女が拒めば止まるのだと痛感し、忌々しさに歯を食いしばる。

「くそ、こんなものがあるから俺は……！」

腕輪をきつく握りしめ、今すぐにでも外してしまいたいと憤る。

だがそれはできないとわかっていた。それでもなお引きちぎってでも外したいと思った瞬間、腕輪が突然激しい熱を持つ。

「……ぐっ――！」

なんの変哲もない腕輪が、形状を変えたのは直後のことだった。

しみを上げながら鋼が裂け、腕輪は蛇の形となる。まるで命が宿ったかのように動き出した腕輪は、牙をむきながらリカルドの肌を焼き、腕を這い始めた。

（しまった、こいつは……意思にも反応するんだった……）

こらえきれない痛みに苦悶の声を上げ、リカルドはその場に頽れる。

銃弾の雨を食らったとき以上の痛みに、脂汗が浮かび視界が揺らぐ。このままでは今の姿さえ保てなくなるかもしれないと思ったとき、倒れた彼にサフィーヤが駆け寄った。

「腕輪が、痛むんですか……？」

「……ああ、外そうとすると、……痛みで止めようと…ッ…する……」

今までも幾度となく外そうと試みたが、そのたびに腕輪がもたらす痛みは酷くなっている。

故に、リカルドはサフィーヤを探したのだ。

腕輪を外すよりも、主を殺すほうが容易いと信じて。

「こうなったら、しばらく……止まらねぇ……」

途切れ途切れの説明になったが、サフィーヤは事情を察したらしい。

苦しむリカルドをしばし呆然《ぼうぜん》と見つめ、悔しそうに唇を噛む。

（くそっ、なんて顔してやがる……）

はめたのは自分のくせに、苦しむ顔をするのが解せない。

それどころか、サフィーヤはリカルドを焼く灼熱の蛇に手を伸ばした。

「お願い、彼を苦しめないで……！」

悲痛な声と共に彼女が腕輪に触れた途端、肉が焼ける嫌な匂いが濃くなっていく。

同時にサフィーヤの口から悲鳴がこぼれ、リカルドは息を呑んだ。

（まさか、主さえ……拒むのか……！）

腕輪を外そうとするたびに魔法で肌を焼かれたが、サフィーヤにもそれが及んでいるのは間違いない。

「……彼を、解放して……」

それでもなお、サフィーヤは腕輪を握り懇願する。

彼女の顔色が悪くなっていくのを見て、リカルドは華奢な身体を慌てて突き飛ばした。

（苦しめるなら、俺だけにしろ……！）

そんな思いと共にサフィーヤから腕を遠ざけると、いつもは長引く激痛がゆっくりと引き始める。腕輪の形状も元に戻り、焼かれた肌もすぐに癒《い》え始めた。獣人は元来丈夫で、特にリカルドは治癒力が高いのだ。

「……止まり……ました……？」

けれど、サフィーヤはそうもいかない。

焼け爛《ただ》れた手を震わせながら、彼女は苦しげな顔で問いかけた。

「他人の心配してる場合か！　なんですぐ手を放さなかった！」

「だって……私のせいだから……」

「だとしても、こんな無茶するんじゃねぇ！」

先ほどは突き飛ばしてしまった身体を、リカルドは抱き上げる。そのまま急いで医務室に運べば、薬品の整理をしていたシャオが血相を変えて近づいてきた。

「あなた、今度は何を？」

「俺じゃねぇよ、とにかくすぐ手当てしろ！」

事情を説明しながらサフィーヤを医療ベッドに横たえると、彼女が涙に濡れた瞳でこちらを見る。

「また、泣いて……ごめんなさい……」

そんなくだらないことで謝るなと言いかけたが、痛みに耐えきれなくなった少女はそこで意識を飛ばしてしまう。

思わず小さな身体に取りすがろうと腕を伸ばしたが、それより早くシャオに尻尾ではたかれた。

「治療しますから、そこをどいてください」

「こいつは、大丈夫なんだろうな」

「それを確認するんでしょう」

リカルドを押しのけ、シャオはサフィーヤの手を観察する。

「……命に別状はないでしょうが、これは痕《あと》が残りますね」

すぐに処置するが、それでも痛みはしばらく続くだろうと言われ、リカルドは息を呑む。

（なんで、結局お前のほうが傷ついてんだよ……）

最初に焼かれたリカルドの腕には、もはや傷一つない。けれどこの少女の小さな手のひらは、一生爛れたままなのだ。

彼女が傷つくことを喜ぶべきなのに、胸に込み上げるのは不快感ばかりだった。

◇◇◇

誰かが、優しく頭を撫でている。

慈しむように、哀れむように、髪を撫でる大きな手のひらにサフィーヤは心地よさを感じていた。

ずっとそうしてほしかったけれど、優しい手はゆっくりと遠ざかってしまう。

切なさから目を開けると、サフィーヤは薬の匂いがする広い部屋に寝かされていた。部屋は暗く、雨が窓を叩く音が心地よく響いている。

「……目、覚めたか？」

静かな問いかけに、サフィーヤは声のほうへと身体を傾ける。

見れば、ベッドの端にリカルドが腰掛けている。先ほど頭を撫でてくれたのは彼の手のひらだろうかと考えながら、彼女は小さく頷いた。

「具合はどうだ？」

「具合……？」

「何が起きたか、覚えてねぇのか？」

尋ねられて、ようやくキッチンでのことを思い出す。

恐る恐る視線を下げると、包帯に覆われた自分の手が見えた。

痛みはないが、少し火照《ほて》っているような気がする。

「痛み止めは打ったが、もうすぐ切れる頃だとシャオが言っていた」

「……シャオさんが、治療を？」

「そうだ」

「あなたも、傷を治療したんですか？」

質問を重ねると、リカルドは虚を衝かれるような顔をする。

それから困ったように眉間に皺《しわ》を寄せ、彼はシャツの袖をまくり上げた。

腕に傷はなく、サフィーヤはいまさらのようにリカルドの治癒力のことを思い出す。

「よかった……」

傷一つない肌に、そっと手を伸ばしてしまったのは無意識だった。

でも腕に触れる寸前、僅かな痛みで我に返り慌てて手を引っ込める。

触れようとしたことを咎められるかと思ったが、リカルドは心配そうな顔でサフィーヤのほうに身体を傾けた。

「痛むのか？」

「……大丈夫です」

「無理しなくていい」

「すこし、ずきっとしただけです」

動かさないようにすれば痛みは感じない。だから大丈夫だと繰り返せば、ひとまず彼は信じてくれたらしい。

ほっとしつつ、今もまだリカルドの手首に巻きついている腕輪をサフィーヤは見つめる。

「それ、取るのは難しそうですね……」

思わずこぼすと、彼もまた腕輪を見つめる。

「色々試したが、物理的に外すのは無理だろうな。力尽くじゃ取れねぇし、刃物や銃弾さえ弾き返しちまう」

「……私が死んだら、取れるんでしょうか」

祖父の言葉がどこまで本当かはわからないが、腕輪は絆を結ぶものらしい。ならばその根元を立てば、魔法も消え腕輪はただの飾りに戻るかもしれない。

そんな思いを抱くが、リカルドは難しい顔をした。

「だとしても、無理だろう」

「どうして？」

「腕輪が——俺が、それを許さない」

言いながら、リカルドがゆっくりとサフィーヤのほうに身体を倒す。

驚きで動けなくなった彼女の身体を、逞しい身体が抱き寄せたのはそのときだ。隣に寝転がりながら、大きな身体は縋りつくようにサフィーヤを包む。

「俺はお前を殺せなかった。そしてもし代わりに誰かが殺そうとしても、きっとさせねぇだろうな」

「あなたが、防いでしまうから……？」

「そんな気がする。だって見てみろ、お前のことが憎くてたまらねぇのにこのざまだぞ」

ため息交じりの声に、サフィーヤはそっと凜々しい顔を窺う。

「お前が傷ついたのを見て、馬鹿みたいに取り乱した。ほっときゃいいのにシャオのところに連れてっちまうし、お前が目を覚ますまで側から離れることもできなかった」

「なんだか、ごめんなさい……」

「謝るくらいなら、あんな無茶するな。お前の手、もう綺麗にはならねえぞ」

「いいんです。元々、綺麗な手じゃないし」

「嘘つくな。綺麗だったし、全然大丈夫じゃねえだろ」

何気ない言葉に、サフィーヤの胸が小さく弾む。

（綺麗……？　私の手が……？）

戸惑いを見透かしたように、リカルドが小さくうなる。

「お前の身体は綺麗だ。だから傷だらけになるのは見てられねえ」

告げる声は、どこまでも苦しげだ。

きっとそんなことを思うのは、腕輪のせいだろう。

自分を憎むリカルドが、綺麗だなんて本心から思うわけがない。

そう思っていても、どうしようもなく喜んでしまう自分にサフィーヤは戸惑った。

「だから、俺に殺されるまでその身体は大事にしろ。傷つくところを見ると、腕が痛む」

「さっき、みたいに……？」

「そうだ。だから腕輪を外して、俺に殺されるまで綺麗なままでいろ」

あの痛みを知った今は、彼の言葉を無下にはできない。

むしろ自分はもっと傷つくべきだし、リカルドができないなら何か別の方法で苦しみを与えられるべきだと思っていた。

でもそれが回り回ってリカルドを苦しめるというなら、もう少し自分を大事にすべきなのかもしれない。

「あなたが望むなら、そうします」

「そうしてくれ」

声には安堵の色が浮かび、身体に巻きついていた腕から少し力が抜ける。

そのまま離れていくかと思ったけれど、大きな身体はまだサフィーヤを捕えたままだった。何かまだ懸念があるのだろうかと思い、リカルドが離れない理由を考えながら彼の相貌を窺う。

いつになく近い場所にある彼の顔は、何かをこらえるような表情を浮かべていた。

サフィーヤがじっと見つめると眉間に刻まれた皺《しわ》が増え、小さなうなり声がこぼれる。

「お前、それわざとか？」

「何がですか？」

「そんな顔で、俺を見てどうするつもりだ」

どうすると言われても、サフィーヤは困ってしまう。

「腕輪が、また何か悪さをしているのかと気になって」

「見なくていい」

「でも、苦しそうな顔をしているから心配で」

「それはお前が、可愛い顔で見るからだろ!!」

可愛いと言われ、思わずぽかんと口を開ける。

「くそっ、そういう間の抜けた顔もかわいい……」

「へ……？」

「あ、クソ……あああ！」

リカルドの顔に浮かぶ絶望の文字を見て、サフィーヤはこれもまた腕輪が悪さをしているのだと気づく。

「……こんなこと、言いたくねぇのに」

「わ、わかってます」

「しゃべるな。お前は声も可愛い」

「す、すみません……」

「可愛い。ああくそっ、こんなこと言いたくねぇのに可愛い！　なんだこれ……口が、口が勝手に！」

目に手を当て、サフィーヤを見ないようにしながらリカルドは悶える。

「言っておくが本心じゃねえからな。お前を可愛いだなんて……だなんて……」

「大丈夫です。可愛くないのはわかってます」

「いや、お前は可愛い。そこは自覚しろ」

真顔で言ったかと思えば、今度は真っ赤な顔で再び悶え出す。

端から見ると異様な光景だが、腕輪のせいだと思うと少しかわいそうだった。

（でも、どうして急に褒め言葉を連呼するようになったんだろう）

無理やり外そうとしたせいで、何か魔法の効果が変わってしまったのだろうかとサフィーヤは悩む。

「首をかしげるな。可愛くて死にそうになる」

「ご、ごめんなさい……」

「ごめんなさいも可愛いから、とにかく今はしゃべるな」

「あ、はい……」

言ってから、慌てて口を手で押さえる。その仕草をまた可愛いとのたうつリカルドは、先ほどとは別の意味で苦しそうだった。

（腕輪、一刻も早く取ってあげないと……）

けれど先ほどのことを思うと、安易に触れることもできない。

（でも魔法は必ず解く方法があるって、父の本で読んだ気がする）

ただその方法は様々で、魔法や魔法具でそれぞれやり方は違うのだ。それらが書かれた本がアリアーナにはあったなと思い、サフィーヤははっとする。

「あ、あの……アリアーナは今どうなっているんでしょうか？」

思わず尋ねると、悶えていたリカルドが怪訝そうな顔をする。

「戦争で焼け落ちただろ」

「それは王宮もですか？」

「……お前、覚えてねえのか？」

尋ねられ、サフィーヤは記憶がないことを言うべきか悩む。何も思えていないと言えばまた怒りを買うかもしれないが、隠していてもいずれ知られてしまう可能性はある。

ならば嘘をつくのはやめようと決めて、サフィーヤは頷く。

「……いつから、覚えていない」

「腕輪をつけた後は、もうほとんど」

「じゃあお前は、俺にしたことを覚えてねえのか!?」

「ご、ごめんなさい……」

いつになく荒々しい声に身をすくませる。そのまま叱責《しっせき》されるかと思ったが、返ってきたのは重いため息だった。

「……したことも覚えてねえのに、ずっと謝ってたのかよ」

「私のせいで酷い目に遭ったのは、わかったので……」

腕輪をはめたせいで、リカルドが苦しみだしたことまでは覚えていると付け加えれば、彼は何かを探すような目でサフィーヤをじっと見つめた。

「でも、忘れてしまったことは反省しています。ちゃんと、罰も受けるつもりです」

「じゃあ、俺が死ねって言えば死ぬのか？」

「あなたがそう望むなら」

ためらいもなく答えると、リカルドが舌打ちをする。

今の言葉でも機嫌を損ねるなら、いったいなんと言えば彼を怒らせずにすむのだろうかと悩むが、答えは出ない。

　仕方なく黙ってリカルドを見ていると、彼は何か言いたげに口を開いた。

　だがすぐにまた口を閉じ、黙り込んでしまう。しばらく何か考え込んでいたようだが、結局話を戻すことを選んだようだ。

「……それで、アリアーナがどうした？」

「アリアーナの王宮に、魔法具について書かれた本があったんです。それが残っていないかなと思って」

「まさか、腕輪を外す方法も書かれているのか？」

「わかりません。古代妖精語で書かれていたので、内容はほとんどわからなくて」

　それに最後に見たのは、もうずいぶん昔だ。

「でも一部でも読めるのか？　あれは、かなり難しい言語だと聞くぞ」

「アリアーナの王宮には、父の残した妖精語の辞書もあったんです。小さな頃、その辞書を読むのが好きで、簡単な妖精語なら少し読めます」

「じゃあ本さえあれば、腕輪を外す方法は見つかるかもしれないのか」

　僅かな希望が見え、リカルドの表情が明るくなるが、すぐにまた彼は暗い顔に戻る。

「……しかし困ったな。あの国は、空爆にやられてほとんど焼け落ちてる」

「くうばく？」

「最近じゃ兵器は地を這うものから空を飛ぶものに変わった。お前が記憶を失っている間にアリアーナは大国の怒りを買い、空から爆弾を落とされたんだよ」

「そして、滅びてしまったんですか……？」

「都のほとんどが消失し、残りは砂の下だろうな。俺も、生き延びられたのは運が良かったからだ」

サフィーヤの想像以上に、アリアーナの最後は酷いものだったのだろう。そこでリカルドが死ななくてよかったと思いながら、つい逞しい胸に額《ひたい》を押し当ててしまう。

本当は両手でリカルドに触れ、そのぬくもりと鼓動を感じたかったが怪我をした手ではそうもいかない。

「……しかし『スカルズ』なら、見つけられるかもしれねえな」

「すかるず？」

「俺の部下だ。顔と声はうるせぇが、元スパイらしくて捜し物は無駄に上手い」

そいつに任せようと言って、でかしたと褒めるように、リカルドの大きな手がサフィーヤの短い髪を撫でる。

途端に恥ずかしさと喜びで胸がいっぱいになり、サフィーヤは耳まで真っ赤になる。

「時間はかかるだろうが、探させよう」

「腕輪を外す方法、書いてあるといいですね」

「今度こそ、こいつとおさらばしてやる」

嬉しそうな顔を見ると、サフィーヤもまた気持ちが弾む。

それに気づいたのか、リカルドが少し怪訝そうな顔をした。

「お前、腕輪が外れたら自分が殺されること、ちゃんとわかってるか？」

「わかってます」

「ならなんでにやついてる」

「リカルドが嬉しいと、私も嬉しいから」

素直に答えると、なぜだかそこでまたリカルドが悶え出す。

また可愛いと言いたくなる魔法にかかってしまったのかと慌てていると、彼はベッドから派手に転がり落ちた。

「リカルド？」

「その名前を呼ぶな！」

「あ……」

自然と彼の名を呼んでいたことに気づき、慌ててうなだれる。

「もう、呼びません」

「それは困る!!」

「呼んだほうが、いいですか……？」

「そうだ！　いや、違う！　今のは腕輪が……！　くそっ、ややこしい！」

床に座り込み、リカルドが長い髪をかきむしる。

「……なら、ドン・サルヴァトーレと呼んだほうが？」

「それも嫌だ。お前には名前を呼ばれてぇ……」

その主張は、彼の本心か腕輪が言わせているものか、よくわからない。

でも自分をじっと見つめる目は、リカルドという呼び名を欲しているようだった。

「じゃあ、リカルド？」

「……ああ、それでいい」

諦《あきら》めたような声を聞きながら、サフィーヤはもう一度心の中で「リカルド」と彼の名前を呼ぶ。

かつてのように笑顔で返事をしてくれるわけではないけれど、それでも名前を呼べることが嬉しかった。そのまま何度も何度も心の中で名前を呼んでいると、また一つ大きなため息をリカルドがこぼす。

「そんな、何度も呼ばなくても聞こえてる」

「……へ？」

「口に出さなくても、これのせいで呼ばれてるのはわかるんだよ。昔もそうやって、俺を呼びつけてただろ」

「そう、なんですか？」

「そうだ。呼びつけて、それでお前は……」

何か言いかけたが、リカルドは口をつぐむ。そしてサフィーヤのほうも、彼の言葉を深く考える余裕はなかった。

（じゃあ、今の……全部筒抜けだったってこと？）

少なくとも十回は呼んでしまったと気づき、サフィーヤは真っ赤になってうなだれた。

「そんなに、俺の名前が呼びたかったのかよ」

「……はい」

もう隠していても仕方がないので、渋々頷く。

馴れ馴れしすぎると叱られるかと思ったが、リカルドは無言で立ち上がった。

その顔は怒っているわけではなさそうで、ほっとする。

けれど気が抜けたせいか、今度は徐々に手が痛みだしてきた。なんだか身体も怠《だる》く、少し熱が出ているのかもしれない。

「とりあえず休め」

不調を察したように、リカルドはサフィーヤに横になるよう促す。

「本が届くまでに身体を治してもらわないと困るからな。妖精語が読めるなら、お前に解読を頼むことになるだろうし」

「頑張ります」

「外す方法を見つけるまで、寝かせてやらねえから覚悟しとけよ」

念を押すように顔を近づけ、そんなことを言われるとなぜだかサフィーヤはドキドキしてしまった。

もう一度「頑張ります」と繰り返した声は震えてしまったけれど、リカルドは怒らなかった。むしろ真っ赤になって戸惑うサフィーヤを見るなり口元を手で覆い、何かをこらえるように小さくうなる。

「……ここにいると、また妙なこと言っちまいそうだから部屋に戻る」

「は、はい……」

一人残されるのは寂しかったけれど、嫌がるリカルドを引き留めることはできない。

側にいてほしいと願うことで腕輪が反応しないようにと、サフィーヤはぐっとこらえる。

（大丈夫。私は一人で大丈夫）

今は眠って、傷もちゃんと治して、今度こそリカルドの役に立とうと自分に言い聞かせながらサフィーヤは目を閉じた。

そうしていると睡魔が訪れて、ほどなくして彼女の意識は途切れる。

しかしその後またすぐ手の痛みで目が覚めた。とはいえ完全に覚醒したわけではなく、夢現《ゆめうつつ》のまま、痛みに声がこぼれる。

「……全然、大丈夫じゃねぇだろ」

そのとき、誰かがサフィーヤの頭を優しく撫でた。

心地よさのおかげで痛みは引き、また眠りに誘われる。

ほどなくして再度痛みだして目が覚めたが、そのたびに大きな手がサフィーヤから痛みを遠ざけてくれた。それを何度となく繰り返すうちに痛みは消えて、ようやく心地よい夢の中へと引きずり込まれた。

そのときもまだ誰かが頭を撫でてくれていた気がするが、それが現実なのか夢なのかサフィーヤにはわからなかった。

◇◇◇

指先をくすぐるかすかな吐息に、リカルドはただじっと耐えていた。

彼が今いる部屋は、アパルトメントの片隅にあるシャオのテリトリーだ。それゆえ背後からシャオのにやつく視線を感じるが、下手につつけば彼を喜ばせるだけだと思って、黙ってサフィーヤの寝顔を見つめていた。

時折顔をしかめるのは、きっと火傷《やけど》の痛みのせいだろう。そのたびそっと頭を撫でているうちにかれこれ四時間は経過している。なんとなく側を離れられないまま、もう十回は様子を見に来た部下を追い返していた。

そして今もまた一人、視線だけで『出て行け』と追い出せば、こらえきれないとばかりにシャオが吹き出す。

「いやはや、サフィーヤさんにぞっこんですね」

「……茶化すな。それに声も出すな、サフィーヤが起きる」

とっさにこぼれた一言に、クスクスと笑う声を忌々しく思いながら、リカルドはそっと小さな頭から手を放す。

「今のは腕輪が言わせた台詞ですか？　それとも、あなた自身の言葉ですか？」

「うるせぇよ」

振り返りながらきつく睨み返したが、シャオは楽しげに笑うだけだった。

それにイライラしながら、今度こそこの場を離れようとしたとき、不意に頭の中に寂しげな声が響く。

【……リカルド】

振り返ると、眠るサフィーヤの眉間に僅かな皺が寄っている。

傷が痛むのか、悪い夢を見ているのかわからない。その両方かもしれない。

（くそ、……なんでまた、こいつの声が聞こえるようになったんだ）

渋々ベッドに腰掛け、親指で眉間の皺をほぐすようにそっと額を撫でる。途端にサフィーヤの顔はほころび、あどけない寝顔を手にすり寄せてくる。

そうしていると寝息が深くなり、声も聞こえなくなった。今度こそ痛みも消えたのだろう。これでしばらくはゆっくり休めるに違いないとほっとした瞬間、シャオの笑い声がすぐ後ろで響く。

「……なんだよ」

「ドン・サルヴァトーレのデレ期を微笑ましく見守ってるだけです」

「は？　デレ期……？」

「冷酷非道で名を馳せる、身も心も凍てついたマフィアのドン・サルヴァトーレがまさかこんなにも骨抜きになるとは」

「抜かれてねぇよ。全部これのせいだ」

そう言って腕輪を持ち上げたが、シャオはリカルドの顔から目を離さない。

「だとしても、端から見ればそうとしか思えません。本当に、この子があなたを陥れた相手なんですか」

「そうだ……」

断言したものの、語尾はいつもより少し弱くなった。

その理由は、先ほどサフィーヤから記憶がないと聞かされたせいだろう。

（でも俺に腕輪をはめたのはこいつだ。それに、その後だって……）

頭をよぎった苦い記憶に、胃がキリキリと痛む。それが顔に出ていたのか、シャオが医者らしい顔でリカルドを見上げた。

「よかったら、話を聞きましょうか？」

「その必要があるか？」

「どんな荒事でも眉一つ動かさなかったあなたが、この少女と再会して以来常に戸惑い怒っている。それは異常としか思えませんし、主治医としては心の問題を疑います」

「心じゃなくて腕輪の問題だろ」

「その両方ですよ。そして問題があるなら僕は治療したい。あなたに何かあれば、この都市は滅んでしまいますしね」

安なんです」

「大げさではありません。この都市もサルヴァトーレファミリーも、あなたという絶対的な王によって成り立っている。そしてそれを、あなたの過去とこの少女が壊すのではと不安なんです」

「大げさだな」

リカルドを見つめる眼差しは真剣で、彼は容易く目を逸らせない。

見た目は子供だが、相手は自分より年上なのだとわかるのはこういうときだ。

「あなたが過去を語りたくないのは察しています。でも主治医である私にくらい打ち明けてはどうですか？　この状況とあなたの問題を解決する糸口になるかもしれませんよ？」

「……別に語りたくないわけじゃねぇ」

「でも今まで、あなたは誰にも自分のことを話してこなかったではありませんか」

「ただ、面倒だっただけだ。最近じゃ部下たちが過去をねつ造して武勇伝まで作ってやがるし、完全に機会を逃したというか……」

「確かに、あなたは亡国の王子だなんていう輩もいますね」

「そんなたいそうなもんじゃねぇよ。俺はずっと、こいつの犬だったんだ」

サフィーヤの眠りが深いのを確認してから、リカルドはゆっくりと言葉を選ぶ。

彼が過去を語るつもりだと察したのか、シャオは側にあった椅子を引き寄せて座った。

小さな彼に椅子は大きく、ちょこんと座る姿は愛らしいが、その眼差しは精神科の医師かカウンセラーのようだ。

（いや、実際こいつは医者か）

　そしてこう見えても、彼は組織の三番手でリカルドの副官でもある。そんな彼にならばすべてを打ち明けてもいいだろうと改めて思い、リカルドは重い口を開く。

「数年前に、モラグ大陸で大きな戦争が起きただろ？　こいつは、そのときに滅んだ国のお姫様なんだよ」

「……というと、アリアーナですか？」

「ああ。そして俺は、彼女に飼われていた犬だった」

　腕輪を見つめながら、リカルドは彼女との出会いを端的に話す。

　かつて傭兵をしていたことや、アリアーナに雇われたこと。

　サフィーヤに懐かれていたことはあまり言いたくなかったが、語っているうちにその辺りの事情は勝手に口からこぼれてしまう。

「こいつに興味を引かれたのは、たぶん同情と哀れみからだった。……身内のせいで奴隷同然に育てられて、それを当たり前だと受け入れて、健気に生きてるこいつを助けてやりてえと思ったこともある」

「でも、その好意を彼女は裏切った？」

「最悪の形でな」

　クーデターの疑いをかけられ処刑間近だと知らされたあのとき、自分なら国外へ逃がせるといったサフィーヤをリカルドは信じた。

けれど彼女は逃げ場のない場所に彼らをおびき寄せ、この腕輪をはめたのだ。

「あいつは、王の言いなりだった。腕輪を使って俺を犬に堕とし、挙げ句の果てに『お前の仲間を殺せ』とまで言いやがった」

「そんなことを言う子には見えませんが……」

「でもこいつは、王からの恩赦《おんしゃ》をもらうために俺たちを裏切ったんだ。もちろん必死に抵抗したし、仲間たちも助けようとしてくれたが……」

命の危機を感じたサフィーヤは、腕輪を使ってリカルドの心を無理やりねじ曲げた。

「腕輪の力は今よりずっと強くて、気がつけば心さえ乗っ取られた」

そんなリカルドに、彼女は仲間を殺すように命令したのだ。

その直後の記憶は曖昧《あいまい》だ。ようやく我に返ると彼は血まみれで、その口には引きちぎった仲間の腕を咥えていた。

「絶望する俺を見てこいつは嬉しそうに笑ってた。その後も腕輪を使って俺を傀儡《かいらい》にし、戦場に駆り出され、時には王族の前で曲芸をさせられたこともある」

腕輪をはめられてから約二年間、彼は毎日のように屈辱を与えられ続けたのだ。

「そしてついには自分の家族まで殺させ、王座まで得ようと画策した」

「じゃあ、まさかこの子はアリアーナの女王だったんですか？」

「ほんの僅かな間だったがな……」

血にまみれた王座につき、微笑むサフィーヤはいつもリカルドを足下に侍らせていた。

あえて獣の姿に変身させ、足置きのように扱われたこともある。

当時を思い出すと、今でもはらわたが煮えくりかえる思いだ。

「こいつは俺のすべてを奪い、獣人の誇りを踏みにじった。だからできるならこの手で、殺してやろうと思ってた」

「でも、腕輪がそれを許さないんですね」

「ああ。……でも殺せねぇのは、俺の中に迷いがあるからかもしれん」

サフィーヤを撫でながら、リカルドは自分の中にあるその迷いに目を向ける。

「……なぜだか今は、別のことも思い出すんだ。俺を犬のように扱うくせに、こいつは夜になるたび俺の名前を呼んでた。……出会ったころのように、甘ったれた声で」

特に腕輪をはめてすぐの頃、サフィーヤはよく悪夢にうなされていた。

恩赦を得たサフィーヤは、召使いから王族へ身分を戻され宮殿で何不自由ない暮らしを謳歌《おうか》していた。そこで彼女は欲に溺れ、ついには王座を欲するまでになったのだ。

なのに眠りにつくと、サフィーヤはいつも苦しそうに喘《あえ》いでいた。

無視したいのに腕輪はそれを許さず、結局リカルドは側に寄り添ってしまう。そしてそのたびサフィーヤは僅かに目を開け、ほっとした顔で微笑み彼の名を呼んでいた。

声で、心で、リカルドと呼ぶ切なげな声は今もまだ耳の奥に残って離れない。

「王に取り入り、贅沢《ぜいたく》な暮らしをするために腕輪をつけたんだと思ってた。でも甘ったれた声を聞くと、『これは再会するためのお守りだ』って言ってたのも、本心なんじゃねぇかって気がして混乱した」

腕輪をつける前と後で、サフィーヤはあまりに変わりすぎたのだ。

同じ顔で、同じ身体なのに、彼女が二人いるようなそんな気さえした。

でも理由を探る前にアリアーナは焼かれ、サフィーヤもまた炎の中に消えてしまった。

リカルドは運良く生き延びたが、腕輪は反応しなくなり彼女は死んだと思っていた。

今思えば、彼が完全に壊れたのはサフィーヤを失ったときかもしれない。腕輪は機能を停止する前、主を失った喪失感を彼に深く刻んだのだ。

自由になったのに、生きる気力はもはやなかった。だが獣人は無駄に頑丈で、容易くは死ねない。その後あてどない旅を続け、最終的にこの交易都市に流れ着いた。

（非情になりきれねえのは、あのときの痛みがまだ残ってるからかもな……）

痛みがあるからこそ、今もなんだかんだ世話を焼いてしまうのかもしれない。

殺したいほど憎いのに、リカルドはまだサフィーヤに夢を見ている。

あれはサフィーヤの本心ではなかったのではないか。何か理由があったのではないかという気がしてしまうのだ。

「彼女に、当時のことを尋ねてみましたか？」

「聞いてみたいが、記憶がないらしい」

ため息交じりに言えば、シャオは哀れむような顔をサフィーヤに向ける。

「もしかしたら、彼女にとっては忘れてしまいたいほど辛い記憶だったのかもしれませんね」

「勝手なもんだな。俺をさんざん酷い目に遭わせたくせによ……」

自分だけすべて忘れ、そのくせリカルドの恨みを察すると抵抗もせず身を差し出そうとする。そこに殺したいほど憎んでた頃の面影が欠片もないから、こちらは迷い戸惑うのだ。

「なあシャオ。記憶を無理やり引き出すことはできるか？」

「……薬や催眠術を使えば可能でしょうが、おすすめはしません。蓋をしているとしたら、何か理由があるはずですから」

「こんな弱いガキじゃ、きっと耐えられねぇか……」

アリアーナで彼女が何を考え、どうしてあんなことをしたのかリカルドは知りたかった。けれど無理やり問い詰めたり、自分のしたことを聞かせたら、今度こそ自害しかねない儚《はかな》さがサフィーヤにはある。

(いっそ自分で死んでくれれば、腕輪から解放されるのかもしれねぇが……)

魔法のせいで、リカルドはサフィーヤに少なからず愛着を覚えている。そんな状態で彼女が死ぬ姿を見れば、またあの喪失感が自分を襲うかもしれない。たぶんそれを、一番恐れているのだ。

(俺も、とんだ腰抜けだな……)

そしてそういうところを腕輪につけ込まれ、もてあそばれているような気がする。

「再会した瞬間、殺せてりゃあな」

馬鹿なことをしでかしたが、あのときはまだ憎しみのほうが勝っていたし、彼女との過去さえちゃんと覚えていなかった。

けれど結局、サフィーヤを殺さず屋敷にまで招き入れてしまった。

そして日に日に、腕輪は偽りの愛情をリカルドに植えつけている。それが温かな記憶を呼び起こし、大きな迷いを生んでいる。

そんな心の内側を、リカルドはシャオにすべて語った。

シャオは自分より年上だし、こう見えて人生経験も豊富だ。

だからこの迷いを打ち消し、サフィーヤを殺せる覚悟を与えてくれるかもしれないと思ったのだ。

だがリカルドの話を聞き終えたシャオは、真面目な顔で予想外の答えを提示した。

「なら今は、腕輪の好きにさせましょう」

「おい、好きにってお前……」

「再会した時点で殺せないなら、今は到底無理でしょう。それに偽りでも、あなたの中に芽生えた感情を殺せば、きっとあなたの心もただではすまない」

「心配せずとも、もう俺の心は死んだも同然だ」

「けど今は、ちゃんと生きてるように見えますよ？」

そんなことを言ったあと、シャオはわざとらしく悩ましげな顔を作る。

「まあ非情なドン・サルヴァトーレの変わりようにがっかりする者もいるとは思いますが、

医者としてはあなたには身も心も健康でいてほしいので」

「がっかりする？　なんでだ？」

「だって孤高の銀狼とか痛い二つ名までつけられているあなたが、自分よりうんと年下の少女に『よしよししろ！』とか言ってるんですよ、割とドン引きですよね」

「あれは、腕輪が……！」

「だとしても、端から見たらただのド変態ですよ」

「おいっ！」

「でもそうやって素直になることで、腕輪の魔法が弱まる可能性だってある。僕もこの足輪をつけられたときは外そうとして事態を悪化させましたが、受け入れてからは、だいぶ落ち着いている」

「俺の腕輪もそうだと？」

「可能性はあります。少なくともあなたの意思を完全に乗っ取り、サフィーヤさんにあんなことやこんなことをするのは免れるのでは？」

「怪しい言い方するな。ちょっとよしよしをねだっただけだろ」

「キスもしてましたよね、さっき」

「おまっ……見てたのか!?」

「少しだけですよ。空気を読んですぐ医務室に引き返しましたし」

だからこそ、火傷を負ったサフィーヤを抱えてきたときは驚いたとシャオは苦笑する。

「サフィーヤさんが言うアリアーナの遺物が見つかれば、腕輪を解除する方法がわかるかもしれませんし、それまでは魔法に逆らわないほうが賢明です。それに彼女のほうも、心穏やかに過ごせる環境が必要でしょうしね」

そこでサフィーヤに目をやり、シャオは小さくため息をつく。

「この子は身体も心も疲れきっている。それに記憶喪失の期間も長いなら、今はまだ起きたばかりのような状態です。そこでさらに負荷をかければ、身も心もきっともたない」

「……こいつの身体、悪いのか？」

「良くはないです。身体機能も明らかに低下しているし、もしあなたが見つけなかったら今頃……」

「まさか、死ぬなんて言わねぇだろうな」

「死にませんよ。ちゃんと休ませて、栄養のあるものをとらせれば大丈夫です」

シャオの言葉に、リカルドはほっとする。

「自分の手で殺したいというなら、彼女のことを今は大切にしてください」

こんなにも強くシャオが言葉を重ねるのは初めてで、リカルドはとっさに頷いてしまった。実年齢は年上だが、シャオはいつもリカルドのやることに口を出さず穏やかに従うばかりだったのだ。

「ということで、サフィーヤさんのことは大事に大事にしてあげてくださいね」

そしてこんなに楽しそうな顔をするのも、見るのは初めてかもしれない。

(そういえばこいつ、人の右往左往する様を見るのが大好物だとか前に言ってたな)

医者になったのも、『自分の手で命を転がすのって最高じゃないですか』なんて理由だった気がする。

(いまさらだけど、俺はなぜこいつを副官に選んじまったんだろうか)

もはや経緯は思い出せないが、いくら無関心だったとはいえ人事くらいまともにしておけと、過去の自分を叱りたくなるリカルドであった。

第三章

逞しい腕を白いシャツに通し、身支度を調えるリカルドの姿を眺めるのが、サフィーヤの日課になりつつある。

朝食として用意されたパンをもぐもぐと頬張っていた彼女は、自分の置かれた状況を不思議に思いながら、眠たげな目を擦った。

「二度寝はするなよ。あと飯はちゃんと食え」

いきなり飛んできた叱責《しっせき》にはっと顔を上げると、リカルドが新聞を片手に向かいの席に腰を下ろしたところだった。

「またパンしか食ってねぇのか。肉も食え肉も」

そう言いながら大きなソーセージをサフィーヤの皿にのせ、リカルドのほうはメイドに淹れさせたコーヒーを傾けている。

こうして、リカルドの部屋で食事をするようになってもうすぐ一月《ひとつき》になる。

きっかけは、サフィーヤが負った火傷だ。しばらくは手が使えず、日常生活さえままならないのを見かねたリカルドが、食事の世話から着替えや入浴まで介助するようになったのである。

屋敷には使用人がたくさんいるのに、リカルドはなぜか自分の手で世話をしたがった。腕輪のことを隠しておきたいかららしいが、風呂の世話までするのはどうかと思う。けれど「黙って言うことを聞け」と睨まれると抗えないし、彼に世話を焼かれるのは嫌いではない。その上リカルドはサフィーヤの面倒を見るのが無駄に上手いのだ。

「手が止まってるぞ。ほら、食え」

今も当たり前のようにソーセージを口元に運び、リカルドは口を開けろとせっつく。

「もう、自分で食べられます」

「そう言って、パンしか囓《かじ》ってねぇだろ」

「こ、これから頑張ります」

慌ててフォークを握り、ソーセージを自分で食べようとするがやはり上手くできない。もう痛みはないし包帯も取れたのだが、以前より明らかに手の動きが緩慢《かんまん》になっている。それを察したのか、リカルドが先ほどより強引にソーセージを突き出してきた。

「ほら、あーんしろ」

向けられた眼差しは先ほどより鋭く、サフィーヤは渋々彼の手からソーセージを食べる。

「お前、だいぶ肉がついてきたな」

ソーセージを頬張っていると、丸く膨れた頬をリカルドが軽くつついた。

その顔に浮かんだ満足げな笑みに見惚れていると、頬をついていた手がサフィーヤの髪をくすぐる。ここに来た当時は短かった髪は、リカルドが用意してくれたウィッグの下に今は隠れている。

貧相な頭をサフィーヤが気にしていると気づいた彼が、部下に頼んで作らせたものだ。

そうした細やかな気遣いを、この一月《ひとつき》でいくつもらったことだろう。

すべては腕輪を外すまでのことで、サフィーヤを側に置くのも下手に冷たくすると魔法が暴走するからだとリカルドは言っている。

だとしても、色々もらいすぎではないかと思うのだ。

服飾品や美容品も毎日のように贈られるし、それを彼自らつけてくれる。今日身につけている美しい赤いドレスとダイヤの首飾りだって、リカルドが用意してくれたものだ。

こんなにもらっていいのだろうかと毎回思うが、「側に置く者が貧相だと俺が嘗められる」と言われてしまえば受け入れるしかない。

(でも確かに、今のリカルドにありのままの私は不相応かも)

サフィーヤの給仕を終えたリカルドは、新聞を開き優雅にコーヒーを飲んでいる。

身につけるスーツも、その腕に光る時計も、磨かれた靴も、高級品であることは一目でわかる。

それらを着こなす姿はあまりにかっこよくて、つい見惚れてしまう。

（傭兵の服もかっこよかったけれど、スーツも本当に似合うな）

何より白くて長い髪が、かつてはなかったミステリアスな色気を醸《かも》し出している。

そんなリカルドをいつまでも眺めていたかったけれど、ほどなくして彼の部下が現れた。今日は部下の会社を視察しに行くらしく、下に車を待たせているという。

それを伝えながら、リカルドの部下がチラリとサフィーヤを盗み見た。

怪訝そうな色がありありと見て取れて、サフィーヤは落ち着かない気持ちで視線を下げた。近頃、こうした眼差しを向けられることが増えた気がする。

最初から歓迎されていた雰囲気ではなかったが、ここでの生活が長くなればなるほど「なんでこいつが」という視線を感じるようになった。

特にメイドなど女性からの当たりはかなりきつい。視線だけでなく、一人のときはあえて聞こえる声で陰口を叩かれることもある。

『こんな貧相な子のどこがいいのかしら』と言われるのももっともだが、かといって腕輪のせいだとも言えず、ただ黙っていることしかサフィーヤにはできない。

でも毎日のようにかまわれるせいで、二人は恋人だという噂まで流れ始めており、それを聞くたび胃が痛くなる。

（けど周りの人のほうが、胃が痛いはず……）

彼を尊敬し崇《あが》める人たちが、自分をリカルドの相手にふさわしくないと考える気持ちはよくわかる。

「おい、なんだその目は？」

その上、誰かがサフィーヤに不審の目を向けるたびリカルドは気分を害する。

今も、部下がサフィーヤに不躾な視線を向けていることにリカルドは目敏《めざと》く気がつき、

わかりやすく顔をしかめた。

その様子は、端から見れば恋人をけなされて怒っている様にしか見えない。そのせいで、「ドンはあの女に本気らしい」と、噂を後押しする結果になっていた。

「その女に、何か文句があるのか？」

「い、いえ……あの……ただ私は、その……」

「だったら、そんな目を向けるんじゃねぇ。視界にも入れるな、わかったな」

別にそこまで言わなくてもとサフィーヤが思っていると、スーツの上着を羽織りながら

リカルドが立ち上がった。

「今日は夜遅くまで帰れない。食事はシャオと取れ」

「わかりました」

「あと、他の奴とはしゃべるんじゃねえぞ」

下手にしゃべって腕輪や魔法のことが漏れたらまずい、という意味での言葉だとわかっているが、今の言い方は嫉妬《しっと》でもしているように聞こえる。

「おい、聞いてるのか？」

返事が遅れたせいで苛立ったのか、大きな手のひらがサフィーヤの頬に触れた。そのま

ま上を向かされ、リカルドの顔を見るよう促される。

「返事は？」

「は、はい……」

答えながらリカルドの部下をチラリと窺えば、案の定見てはいけないものでも見たような顔で部下は固まっている。

立ち位置からして、キスでもしたように見えたのかもしれない。

誤解が生まれたことにサフィーヤはヒヤヒヤしたが、リカルドは仕事の顔になりそのまま部屋を出て行ってしまう。

一人残されると、妙に疲れた気分になる。そしていまさらのようにリカルドに触れられた頬が熱を持ち、落ち着かない気持ちにもなった。

熱を冷まそうと窓を開け、サフィーヤは手で顔を扇ぐ。

そうしていると、ちょうどリカルドが玄関から出てくるところが見えた。

玄関の前には立派な車が停まっており、乗り込もうとしたリカルドに部下らしい男たちが何やら話しかけている。

何か問題が起きたことを報告しているらしく、男たちは若干怯えた顔でリカルドを見ている。だが彼のほうは、表情一つ変えない。

（外にいるときは、まるで別の人みたい……）

その顔を見ると、リカルドはもう昔の彼ではないのだと痛感させられる。

傭兵時代のリカルドは、どんなときでも笑顔を絶やさなかった。周りの人を明るくさせる太陽のような雰囲気を纏っていて、その温かさに孤独だったサフィーヤは救われた。

だが今の彼は何者も寄せつけず、周りの者たちも彼を尊敬しつつ恐れている。

（でもきっと、あれが今の彼……）

自分の前では怒ったり笑ったりするのは、きっと腕輪があるせいだ。

もしかしたら昔のリカルドに会いたいというサフィーヤの内なる思いが、腕輪を伝って彼を変化させてしまっているのかもしれない。

（けど彼はもう、私の知るリカルドじゃない）

それほどの変化を促した原因はなんだったのだろうと考えてみるが、明確な記憶は出てこない。そしてそれに、近頃よく不安になる。

（リカルドにしてしまったこと、思い出したほうがいいんだろうな……）

なくした記憶について、サフィーヤはあまり深く考えてこなかった。

今を生きるのに精一杯で過去に思いを馳せる余裕はなかったし、何より記憶と向き合うことが怖かったのだ。

異国で一人目覚めたあとも、サフィーヤはリカルドが生きていると信じていた。絶望的な状況だったとわかっていても、彼ならばきっと切り抜けたと思いたかったのだ。

でも時折、もしかしたら自分はリカルドが死んだ瞬間をこの目で見たのではないかと思うときがあった。だからこそ思い出すことを恐れ、無意識に過去から目を逸らしていたのかもしれない。

(でもリカルドは生きてた。……なのにまだ怖いのは、なんでだろう)

リカルドにしっかりと償うためにも、自分の罪を知ることは重要なことに違いない。

けれど、思い出すことを咎めるように胸はざわつき、頭まで僅かに痛くなってくる。

耐えきれず、救いを求めるようにリカルドの姿を見ていると、不意に彼がこちらを仰ぎ見た。

窓越しに視線が合うと、感情のなかった瞳が鮮やかに色づく。

苛立たしげな表情を浮かべながら、リカルドは小さく口を動かした。声はなかったし、どのみち届かぬ距離だ。

だがサフィーヤは、口の動きだけで告げられた言葉をすぐに理解する。

『いい子で待ってろ』

そんな言葉を置いて、リカルドは車に乗り込みアパルトメントを出て行く。けれどサフィーヤは彼が去ってもしばらく窓から離れられなかった。

「……また、あの言葉を言ってくれた……」

置いていかれた言葉は、サフィーヤにとって特別なものなのだ。

傭兵時代、戦場に赴くたび、リカルドはその一言を残した。

リカルドが死んでしまうのではと不安がるサフィーヤを安心させるように、小さな身体を抱きしめながら、同じ言葉を繰り返しながら笑ってくれた。

昔と違って彼の顔に笑顔はないが、ここでリカルドの帰りを待っていてもいいのだと思えるだけで、どうしようもなく幸せな気持ちになってしまう。

きっと今日は一日リカルドのことばかり考えてしまうだろうとぼんやり思っていると、不意に扉がノックされた。

慌てて窓から離れると、入ってきたのはシャオだ。

「おや、今日はなんだか顔色がいいですね」

サフィーヤの診察のため、彼は毎日部屋にやってくる。

メイドやアパルトメントの警護を務める護衛たちはサフィーヤを遠巻きにするが、シャオだけはいつも気さくだ。

とはいえその親しみやすさは、時にサフィーヤを戸惑わせることもある。

「リカルドを見送っていたのですか？」

意味深なウインクと共に尋ねられ、隠すことでもないのに言葉が僅かに詰まる。

「ち、ちょうど、出て行くところが見えて」

「そんな寂しそうな顔をしなくても、深夜には帰ってきますよ」

「さ、寂しいとかじゃないです。側にいると落ち着かないし、時々怖いし」

「怖い？　あなたの側にいるときのリカルドは、むしろ面白いくらいだと思いますが」

「でもあの、あーんとかしてくるから」

手が使えないのだから仕方がないか、されるたびサフィーヤの心臓はものすごくドキドキしてしまうのだ。それはきっと恐怖を感じているからに違いないと告げれば、シャオは楽しげに笑った。

「それはたぶん怖いからじゃないですよ」

「なら私、何か病気ですか？」

胸なら心臓だろうか。もし重い病なら、リカルドの念願通り死ねるだろうかと考えたところで、小さな指がサフィーヤの額をつつく。

「今のところ貧血以外の問題はありません」

「そう、ですか」

「そんな残念そうな顔をしないでください。人間、健康が第一です」

「でも私は死んだほうがいい人間だから」

「病気で死んでもリカルドは喜びませんよ？　彼はあなたを自ら手にかけることを望んでいる」

だからこそ、この一月《ひとつき》彼はつきっきりで看護し世話を焼いてきたのだと笑うシャオの言葉はきっと正しい。そしてリカルドの行動に喜んでしまうことが申し訳なかった。

思わず気落ちしていると、シャオは励ますように肩を叩いてきた。

「診察をさせてください」というシャオに頷きソファーに座れば、小さな手が聴診器を起用に操《あやつ》る。

「それで、今朝の調子はどうですか？　だいぶ顔色も良くなったし、食欲も戻りました？」

「はい、今日もいっぱい食べろって言われたので……」

「リカルドとの食事を、そんなに嫌そうに話すのはあなたくらいのものだ」

「みんな、彼に『あーん』されると喜ぶんですか？」

思わず尋ねると、シャオがこらえきれないとばかりに吹き出す。おかしなことを尋ねただろうかと首をかしげていると、彼は笑いをこらえながらサフィーヤを優しく見つめた。

「そういうことをするのはあなただけですよ。……というか、彼は普段あまり誰かと食事をしませんし、誰かの世話を焼いたりすることなどあり得なかった」

他人に関心を向けることすらなかったのだと、シャオは告げる。でもそれがサフィーヤにはピンとこない。

「僕も屋敷の者たちも結構驚いているんですよ。ドン・サルヴァトーレにも感情はあったのかと」

「そんなに無口で無感情だったんですか？」

「怒りすら外に出さず、なんの感情もなく彼は平気で人を殺せる。だからこそ恐れられ、そして魅了されるのです。特に力と恐怖に固執するマフィアのような人種にはね」

「それは、シャオさんも？」

「僕は今の彼のほうが好きですよ。ただまあ、それをよしとしない人もいるでしょうが」

そう言いながら、シャオはサフィーヤの胸から聴診器を遠ざけた。

「それにリカルドには敵も多い。そんな彼にも勝てない者がいると広まれば、あなたを利用しようとする者もでてくるでしょう」

「私、リカルドの敵になんてなりません」

「あなたの意思とは関係なく、利用される可能性はある」

シャオの言葉に、頭をよぎったのはアリアーナで最後に見た光景だ。

腕輪をはめたあとのことはよく覚えていない。でもリカルドが傭兵時代の面影をなくすほどのことが起きたのは確かで、その原因はきっと自分だ。

(彼を不幸になんてしたくなかったのに、そうなった……)

同じように、サフィーヤの意思とは関係なくリカルドを陥れてしまうこともあるのかもしれない。

「もちろんリカルドがそんなヘマをするとは思いませんけど、あなたを溺愛《できあい》している姿は悪目立ちしますからね」

「溺愛しているわけでは」

「端から見たら溺愛ですよ。ここ一月《ひとつき》はずっとサフィーヤさんにかかりきりでしたし、いったいどこの絶世の美女が心を射止めたんだと街でも話題です」

「私、美女じゃないです……」

「安心してください。『絶世の美女になりそうな儚い乙女だ』と、会った人には訂正しております」

「そ、それも違うような……」

「あなたは自己評価が低いですね。この一ヶ月で、相当綺麗になったと思うのですが」

てらいもなく言われ、サフィーヤは真っ赤になる。

「これからどんどん美しくなるでしょうし、ドンの相手としてふさわしくなるかと」

「でも、私たちのことは広まらないほうがいいんですよね？」

「広まるとまずいのは腕輪のことや、獣の姿ですり寄ったり『よしよししろ！』と叫ぶ部分ですよ。四六時中くっついているのは事実ですし、逆に溺愛していることにしていたほうがあなたに手を出す者は少ないはずです」

そういうものだろうかと疑問を覚えるが、屋敷の者たちの視線を考えると、恋人の誤解はもはや止められないだろう。

「誤解が広まって、リカルドは怒りませんか？」

「彼は自分のことにはあまり頓着《とんちゃく》しませんからね。腕輪のことはさすがに隠していますが、恋人の噂に関しては完全に放置ですよ」

それがまた、噂を広める結果になっているに違いない。

「なので、思う存分イチャイチャしてください」

「し、しません……」

「あなたが拒否しても、リカルドはしたがると思いますよ？」

「そんなわけないです」

「ありますよ。この一ヶ月ずっとくっついてましたし」

「腕輪を落ち着かせるためです。怪我が治れば一緒にいる時間も減るかと」

「そんな簡単に、あれがあなたを手放すとは思えません。特に今日は久々に一日離れるのでしょう？　今夜は、色々覚悟したほうがいいと思いますよ」

妙にニコニコしながら言われ、サフィーヤは不安を覚える。

（いやでもむしろ、一人の時間を持てて今頃喜んでいるかも）

サフィーヤの側は息が詰まると気づいて、今後は距離を置かれるかもしれない。そんな考えに僅かな胸の痛みを覚えつつも、これまでのほうが異常だったのだと彼女は自分に言い聞かせた。

◇◇◇

リカルドのいない時間を過ごしたその日の夜、サフィーヤは久しぶりに一人でベッドに入った。

この一月《ひとつき》、腕輪が落ち着かないからと二人は同じベッドに眠っていた。

もちろん、ただ隣り合って眠るだけで触れ合いはない。元々大きなベッドだから、横たわる二人の間には大人二人分の隙間があるのが常だった。

その距離に僅かな寂しさを感じつつも、リカルドの気配を感じられるだけでサフィーヤは幸せだった。

暗闇に目をこらし、リカルドの大きな背中や僅かに伏せられた耳を眺める時間のおかげで、手の傷が痛む夜でも穏やかな気持ちでいられた気がする。

（でもそろそろ、出て行けって言われるかな……）

今日は特に指定がなかったのでリカルドのベッドに入ってしまったが、自分の寝室に戻れと明日には言われるかもしれない。

けれどそれが正常なのだと、寂しがる心に言い聞かせる。そのまま目を閉じ、不安に囚われる前に寝ようと目を閉じる。いつもより寝つきは悪かったが、それでもようやく浅い眠りに落ちかけた頃、サフィーヤは不思議な夢を見た。

彼女は召使いなのに、なぜだか王座に腰掛けていた。

辺りは酷く暗く、不気味なほど静かで、サフィーヤはたった一人だ。

『……ああ、ようやく繋がった』

だが不意に、聞き覚えのない男の囁きが耳元で聞こえた。声と共に、大きな手のひらがドレスから露出した首筋に置かれる。

『〝贈り物〟が壊れてからずっと、あなたと繋がれず本当に不安だった……』

サフィーヤがそこにいると確かめるように、手は彼女の肌を撫でる。

（私……この手を知っている気がする……）

そうされるのは初めてではないと、不意に思う。だが酷く優しい手つきが呼び起こすのは吐き気と嫌悪感だ。

リカルドの手とは違い、得体の知れない恐怖をこの手はサフィーヤの心に植えつける。

『なぜ応えてくれないのです？　ようやくあなたの気配を見つけたのに……どうして……』

サフィーヤが震えていると、男の声に焦りが混じる。

『応えてくれれば、あなたを見つけられるのに』

男の声はどこまでも不気味で、サフィーヤはただただ恐ろしい。

この声に応えたら最後、リカルドと永遠に離ればなれになってしまうような、そんな予感さえ覚えた。

『それともまた、あの犬に囚われているのですか？』

肩に触れていた指が、じわじわと肌に食い込んだのはそのときだ。夢なのに痛みまで走り、サフィーヤは小さな悲鳴を上げる。

『……ああ、やはりこの街にいるんですね』

その途端、声から感情が消え恐ろしく冷たい息が耳にかかる。

そしてもっと声を聞かせろと、不気味な声がより近づく。

『その場所には、あなたへの悪意が満ちている。私を呼ばないと、きっとまた酷い目に遭いますよ』

だから早く自分の名を呼んでくださいと言葉は続く。けれど相手の名前なんてわからない。わかっていたとしても、呼んではいけないと心が訴えている。

吐息さえこぼさぬようにと手で口を押さえていると、感情のなかった声に僅かな怒りが満ちる。

『応えないなら、身を以て知るといい。あの犬は、あなたを不幸にするだけです』

言葉と共に、男の腕がサフィーヤをぐっと抱き寄せる。

慌てて身をよじるが、腕は蛇のように絡みついて離れない。

『傷つき、絶望し、そして知りなさい。あなたを幸せにするのは、この私だけだと――』

あまりの恐怖に、サフィーヤは強く腕を振った。

次の瞬間男の気配が消えて、悪夢がようやく消え去る。

でも恐ろしさと不快感は消えず、目は覚めかけているのにまだ身体が動かない。

(助けて……リカルド……)

縋るように心の中で強く願うと、すぐ近くで求めていた声が聞こえた気がした。とっさに腕を伸ばすと、柔らかい毛並みが胸に飛び込んでくる。

『……おいっ、どうした？』

モフモフとしたその毛に顔を埋めた瞬間、サフィーヤは悪夢から完全に覚めた。

薄暗い部屋の中に、暖炉の火が揺れるのが見える。これは現実だとほっとしていると、サフィーヤの視界を覆うように真っ白な毛が揺れた。

『何か怖い夢を見たのか？』

問いかけられ、その声が人のものではないことに気づく。

慌てて目をこらすと、自分を見下ろすのは白くて大きな獣だ。それがリカルドだと気づいて、小さく息を呑む。

「あの、どうして獣に？」

『お前によしよししてもらおうと思って』

それなら人の姿でもよかったのではないかと考えていると、リカルドは側にごろんと転がる。今撫でたら、あとで怒られるのは明白だ。だがあの怖い夢をリカルドのぬくもりで上書きしたいと、そんなことを思ってしまう。

『ほら、よしよししろ』

「いや、それは……」

『今の俺はモフモフだぞ？　撫でれば気持ちがいいぞ？』

その上なんとものんきな調子なので、つい腕が伸びてしまう。

「確かに、モフモフです」

『たぶん、首のところを撫でると怖いのもおさまるに違いねぇ』

「それ、リカルドが撫でられたいだけですよね？」

誤魔化《ごまか》すように鼻をすり寄せてくる仕草が可愛くて、つい言われるがまま首に手を這わせてしまう。

(最近は、よしよしのおねだりも落ち着いていたけど、本当はされたかったのかな？)

腕輪が暴走しないよう気を遣っていたおかげで、リカルドの意思に反して獣に戻ることはずっとなかった。なのに今の彼は人の言葉までなくし、ついにはごろりとお腹を上に向け、完全なる甘えんぼモードである。

それを見ていると悪夢の恐怖が消え、その内容までもがおぼろげになっていく。

『さあ、思う存分撫で回せ』

言われるがままうっかり撫でかけたが、しばし撫でたところでふと我に返った。

ここで撫で続けたら、リカルドは絶対あとで嫌な気持ちになると思ったのだ。

しかしそれがお気に召さなかったらしく、リカルドはご機嫌斜めである。

うなり声で不満を訴えてくる姿を見ると撫でたくなるが、サフィーヤが触れることを本来の彼はよしとしないだろう。

『俺が今日一日、どれだけお前を我慢したと思ってる！』

「我慢、してたんですか……？」

『あんな無意味な視察なら蹴っちまえばよかった。そうしたらお前と食事をして、くっつけたのに』

グリグリと鼻先をサフィーヤの胸に押しつけながら、リカルドは不満そうに尾を揺らす。

その勢いで毛布は跳ね飛んでしまい、これではもう寝られない。

『お前は、一人で寂しくなかったのか？』

「……少し、寂しかったです」

『少しは酷いな……。触れたいのも、側にいたいのも俺だけだったのか？』

その上怒りが少し収まると、今度は悲しげにくぅんと鼻まで鳴らされる。そんな声を聞かされてしまうと無下にはできず、ついに白い毛に指を差し入れてしまった。

「別に、触りたくないわけじゃ……」

おずおずと手を動かすと、悲しげに伏せられていた耳がピンと立つ。

『なら触れ。ずっと、朝までな』

「私が側にいたら、絶対嫌な気分になりますよ」

『ならん。ずっといろ』

あと寝るまで撫でろと言いながら、リカルドはサフィーヤに身を寄せる。

仕方なく彼女も毛深い身体に寄り添うよう身体を傾け、頭や首筋をそっと撫でる。すると金色の瞳が心地よさそうに伏せられた。

「気持ちいいですか？」

思わず尋ねると、肯定するようにワフッと鳴き声がする。それが愛らしくて、サフィーヤは思わず微笑んだ。

（こうして見ると、とても綺麗な毛並み……）

昼間は白く見える毛並みだが、窓から差し込む月明かりに照らされると僅かだが輝いて見えることに気がついた。

「リカルドの毛並み、白ではなく綺麗な銀色なんですね」

ふとこぼすと、リカルドが顔を上げる。

「そういえば、アリアーナでは銀色は幸運の色でした」

『光を浴びるとそう見えるだけだ。それに、俺には綺麗だとは思えねぇ』

それまで穏やかだった金色の瞳が不意に虚ろに揺れ、尾もどこか悲しげに伏せられた。

『俺の一族は、夜の森にすむ誇り高き狼だった。漆黒の毛は戦士の証《あかし》で、それと真逆の色はふぬけの証《あかし》だ』

だから今の自分はふぬけなのだと、自嘲するようにリカルドは鼻を鳴らす。

『でも俺の色は、たぶん二度と戻らない』

「それは私のせい……ですか？　アリアーナにいた頃は黒かったですよね？」

『すべては、弱かった俺自身のせいだ。色んなものを失って、ずっと空っぽで……。抜け殻のまま生きてたら、感情や誇りと一緒に一族の色まで抜け落ちてた』

リカルドは言うが、彼の言葉が事実だとサフィーヤは思えない。

「でも、そうなったきっかけは私ですね？　だから私に復讐して、恨みが晴れれば……」

『俺は復讐などしない。お前を失うくらいなら、ふぬけの色でもいい』

そこでまた怒るようになり、リカルドが強く鼻を押しつけてくる。

『俺が欲しいものは戻った。だから望むことなんてもうない』

「でも……」

『お前は〝でも〟が多い。俺がいいと言ったら、素直に受け入れろ』

「で……」

言いかけて、サフィーヤは慌てて口を押さえる。するとリカルドが満足げに目をすぼめ、褒めるように彼女の頬をぺろりと嘗めた。

「いい子だ」

先ほどまで子供のように駄々をこねていたくせに、不意に声がサフィーヤの耳をくすぐる。気がつけば言葉も人のものに戻っていて、それが余計に胸をドキドキさせた。

「そうだ、いい子にはご褒美をやろう」

「ご、ご褒美……？」

「ああ。なんでもくれてやる」

何がいいと尋ねられても、サフィーヤには欲しいものなど何もない。

押し黙った彼女を見て、リカルドが僅かに首をかしげる。

「浮かばねぇか？」

「は、はい……」

「そういえば、お前は昔からなんでも買ってやると言っても、まともな返事が返ってこなかったな」

「欲しいものが、なくて……」

「ないんじゃなくて知らねぇだけだ。よく考えれば、きっと何かしらあるはずだ」

そう言われてもまだピンとこないが、リカルドは彼女がご褒美をねだるのを心待ちにしているようだ。

「欲しいものが浮かばないなら、してほしいことでもいいぞ」

「してほしいこと……」

リカルドの提案に、サフィーヤは「あっ」と小さく声を上げた。

「ならあの、友達を助けてもらえませんか？」

「友達？」

「旅芸人の一座で、面倒を見ていた動物たちがいたんです。でも私以外に、ちゃんとご飯をあげている人がいなくて……」

その動物のことがずっと心配だったのだと告げられると、リカルドはサフィーヤを安心させるように彼女の顔に頬をすり寄せる。

「わかった、なんとかしよう」

「ありがとう。それで、十分です」

ほっとした顔にはささやかな笑みが浮かび、サフィーヤは嬉しそうにリカルドの首にすり寄る。その途端、大きな身体が僅かに強ばる。

「……なあ、もしかしてとは思うがその『友達』とやらにも、こんなことしてねぇだろうな？」

「こんなこと？」

「抱きついたり、よしよしてねぇよな」

「いえ、しました」

素直に答えると、リカルドの毛がぶわっと逆立った。

「お前、俺というものがありながら！」

「みんなのお世話が私の仕事でしたし、お風呂に入れたり、毛並みを整えたりするには撫でたり抱っこしないと」

「まさか、毛繕《けづくろ》いもされたんじゃねぇだろうな」

「されるも何も、私繕う毛がないですし」

「でもお前のことだから、嘗めさせたんだろ」

確かに、動物たちからペロペロと嘗められることはよくあった。それを思い出しているのが顔に出ていたのか、リカルドが勢いよく立ち上がる。

「上書きする」

言うなり、リカルドがサフィーヤの首筋に顔を近づける。

そのまま長い舌でべろりと嘗められると、くすぐったさに身体が跳ねた。

「だ、だめです……」

「なんだよ、他の奴にもこうされたんだろ」

「でも、っ……くすぐ、ったい……」

舌先でくすぐられるのはもちろん、毛が肌を擦るとさらにこそばゆくて身じろいでしまう。それを察したのか、リカルドが小さく舌打ちをした。

「なら、こうすりゃ問題ねえな」

首筋からリカルドがゆっくりと顔を上げると、そこにあったのは毛のない人の顔だ。

いつの間にかリカルドの身体は耳と尾以外は人に戻っており、もちろん全裸である。

「これなら、我慢できるだろ」

「よ、余計に無理です……」

「無理かどうか、やる前から決めつけんな」

言うなり、リカルドを遠ざけようとした腕を頭の上で押さえつけられ、抵抗できなくされてしまう。

「それに、そろそろマーキングしてやりたかったんだ」

サフィーヤの首筋を鼻先でくすぐったあと、リカルドは改めて首筋を舌で嘗め始めた。

「だめ……くすぐったい……」

同じ言葉のはずなのに、先ほど主張したときと今とでは声の響きがまるで違う。

自分のものとは思えない甘い声に驚いていると、リカルドがちゅっとサフィーヤの肌を吸い上げた。

「……ンッ、……！」

「ずいぶん、気持ちよさそうな声だな」

鼻にかかった声がこぼれると、満足そうな声が耳元で響く。かと思えば、肉厚な舌が耳をくすぐり始め、サフィーヤの身体がそわそわと落ち着かなくなる。

耳や首筋を舌が這い、リカルドの唾液が肌を濡らす。確かにそれは嘗めるという行為だったが、動物たちにされたものと同じだとは思えなかった。

(なぜだろう……。身体が、熱くなってくる……)

くすぐったいだけでなく、身体の奥から熱と共に何かがあふれようとしている。

それはとても落ち着かない感覚で、特に腰の奥からはむず痒《がゆ》さのようなものさえ感じる。

「そろそろ、くすぐったいだけじゃなくなってきただろ」

サフィーヤの変化を察したように、リカルドがにやりと笑う。

その顔には今まで見たことのない色香が漂い、彼女を見つめる眼差しには飢えた獣のような危うさが漂っている。

このままでは嘗めるだけでなく、彼に喰らわれてしまうような気がした。

「お前は俺のだって、この舌でわからせてやる」

なのにそう言って頬を嘗められると、もっとしてほしいと願ってしまう。

気がつけば腕の拘束は解かれていたのに、彼を押し返すどころか側にあった彼の腕をサフィーヤはぎゅっと摑んでいた。

それを同意と取ったのか、リカルドが夜着の胸の部分を乱暴に引き裂いた。ささやかな胸をあらわにされ、僅かに戸惑うが抵抗するよりはやく頂《いただき》に嚙みつかれる。

「……あっ、ッ……！」

乱暴にされるかと思いきや、想像以上に優しくリカルドは乳首を吸い上げてくる。

時折歯を立てられるが、痛みは感じない。

サフィーヤの胸は発育が悪く子供のようだが、それでも女のものだ。舌で舐《ねぶ》られ吸い上げられれば頂《いただき》は色づき、熟れた果実のようにぷくりと膨らんでいく。

「こっちも実らせてやる」

片方の胸が色づくと、今度はもう一方の胸を唇に含まれた。時間をかけ、じれったいほど優しく舌で転がされると、サフィーヤの口からは甘い吐息がこぼれ始める。

「……ここを嘗めたのは、俺だけか？」

ひとしきり胸を甘く虐《いじ》めた後、凛々しい顔が蕩《とろ》けきったサフィーヤの顔を覗き込む。

「こんな、ところ……。自分でも、触りません……」

「人間の身体と舌じゃここを毛繕いするのは無理だろうからな」

そもそも、これは毛繕いと言えるのだろうか。

そんな疑問がわき上がるが、尋ねることはできなかった。

「今日は俺が、お前を綺麗にしてやる」

そんな言葉と共に夜着の裾を裂かれ、あらわになった足にリカルドの舌が這う感触に、言うべき言葉は霧散する。

「だ……だめ、ッです……」

「でも、ここは人の舌じゃ届かねぇだろ」

「そ、そもそも……嘗めて綺麗にしたりしないから……」

リカルドだって、人の姿のときはしないだろうと思うのだが、彼が舌を止めることはない。たぶん、腕輪のせいで考えが獣に寄ってしまっているのだろう。ためらいもなく足を持ち上げ、つま先をペロリと嘗められる。

「ひゃうっ……！」

くすぐったさに身体が跳ねると、面白がるようにリカルドが目を細める。

「だめ……、きたない……」

「どこがだ。むしろ石けんの匂いがしすぎて、腹が立つほどだ」

「あ……、ん、嘗めちゃ……や……」

細いふくらはぎを這う舌の感触に、小さな身体が淫《みだ》らに跳ねる。

足を嘗められるのはとても恥ずかしいのに、嫌がる言葉には覇気がない。むしろもっとしてほしいと願っているようにも聞こえ、誰よりもサフィーヤ自身が自分の反応に戸惑っていた。

持ち上げられた足に唇を寄せるリカルドは普通ではない。普段の彼なら、サフィーヤに触れることすら嫌がるだろう。

なのにうっとりとしたその表情を見ていると、やめてほしいとは言えなかった。赤い舌が肌をなぞるたび、彼女自身もそうされたいと願ってしまうからだ。

（身体を嘗められたいなんて……絶対変なのに……）

普段は見られないリカルドの幸せそうな表情が、自分に向けられているのが嬉しかった。それに肌を這う舌からは、自分への愛おしさが強く伝わってくる。

「……こうやって、お前を嘗めていいのは俺だけだ。もう二度と、誰にも舌を許すな」

独占欲と情欲が混じった双眸《そうぼう》が、サフィーヤを甘く射貫く。

それは腕輪がもたらすまやかしの感情だとわかっていても、自分を欲し独占しようとするリカルドの言葉と行動にどうしても喜んでしまう。

「おい、返事は？」

「……は、はい。誰にも嘗めさせません……」

「俺だけだな？」

「リカルド……リカルドだけ……」

彼が望むから応えたのに、名前を呼んだ瞬間凛々しい顔が険しさを増す。

「ああくそ、お前に名前を呼ばれると……俺は……」

「いや……ですか……？」

「その逆だ。もっと、甘い声で呼ばせたくなる」

普通に呼ぶのではだめなのだろうかと考えた直後、リカルドがサフィーヤの腰に腕を回した。そのまま身体を浮かせられたかと思えば、ぐっと足を広げられ恥ずかしい場所をさらす格好になる。

その上彼は、一瞬の隙にサフィーヤの下着を勢いよく引き裂いてしまった。

「や……ッ、なんで……」

「甘い声で呼ばせると、そう言っただろう」

それに……と、リカルドは戸惑い震える白い太ももをそっと嘗め上げた。

「すげぇ、いい匂いがする」

「匂い……？」

「サフィーヤの甘い香りがする」

リカルドの金の瞳が、あらわになった花弁に注がれる。

「嘗める前から、濡れてるな」

「う、うそ……」

まさか漏らしてしまったのだろうかと恥ずかしくなるが、確認したくとも身体を起こすことすら許されない。足を広げた状態で腰をぐっと押さえつけられ、濡れる場所にリカルドがそっと唇を近づける。

その直後、ざらりとした舌が花弁を押し広げ、滲み始めた蜜をすくい上げた。

「……あっ、そん、な……ッ」

「ああ、やはり……甘い香りはここからだ……」

股間に顔を埋めるようにして、舌で掻き出された蜜をじゅっと吸われる。その途端ビクンと腰がひときわ大きく跳ね、サフィーヤの全身を愉悦《ゆえつ》が駆け抜けた。

（これは、なに……？）

シーツをぎゅっと握りしめ、初めての感覚に唖然とする。肌を嘗められていたときから、心地よさは感じていたが、こんなにも強い刺激は初めてだった。

そしてそれが快楽であることさえ、彼女はわかっていなかった。

この歳まで、サフィーヤは異性に触れられたことがなかった。性欲を覚えたこともなく、一人でしたこともない。

一座にいたとき、時折男女が重なり合っているのを見たが、それはどれも酷く暴力的で苦痛を伴うものに見えた。だからその行為と、今リカルドにされていることが同じだと気づかなかった。

「なんで、こんな……ッ」

「こうされるのは、嫌か……？」

「わからない……ッ、何も……わからなくて……」

「なら俺が教えてやる。これは肌を重ね、気持ちよくなるための行為だ」

「きもち……よく……？」

「男と女がよくやることだ。だから俺が、お前を悦《よろこ》ばせてやる」

男女というなら、少なくとも自分がされて問題はないのだろう。それにほっとしていると、リカルドの目が妖しく細められた。

「でもお前が身体を許していいのは俺だけだ」

言うなり、リカルドの舌に愉悦を生み出す場所を暴かれる。

「あ……、ンッ、んっ……」

無垢な身体は熱を帯び、赤く色づきながら、じわじわと快楽を覚え始める。

それをもたらす舌は荒々しく花襞を抉り、さらなる蜜を掻き出していく。

「……いい顔だ。気持ちよくなってきたか？」

サフィーヤの表情が蕩け始めたことに気づいたのか、リカルドが満足げに笑う。その唇を濡らしているのが自分の愛液だとわかると、恥ずかしさを覚える。

「汚して、ごめんな……さい……」

「汚れたなんて思っちゃいねえよ」

「でも、私……変、なんです……」

「気持ちよくねえか？」

「わからない……。こんなのはじめて……で……」

たまらなく恥ずかしいのに心地よくて、でも苦しいほどの切なさもある。

何もかもが初めて感じる感覚で、サフィーヤはまともにしゃべることもできない。

彼女の戸惑いに気づいたのか、リカルドがほんの少しだけ不安そうに顔をしかめる。

「でも、嫌じゃねえだろ……？」

質問に、思わず首を縦に振る。

(嫌じゃない……。こんなに恥ずかしいのに、むしろもっとしてほしい……)

排泄する場所を嘗められて喜ぶなんて、自分はおかしいのかもしれない。そう思う一方、彼の舌をもっと感じたいと願ってしまうのだ。

舌だけでなく、彼の大きな手で触れられたい。あの鋭い眼差しで射貫かれながら、心地よさに溺れてしまいたいとそんな気持ちさえあふれている。

「でも、リカルド……は？」

「俺だって嫌じゃねえよ。むしろ、ずっとこうしてやりたいと思ってた」

「……毛繕い、したかったんですか？」

「毛繕いだけじゃねえよ。お前に、俺を刻みつけたくてしかたねえ」

刻みつけるとはどういうことか、サフィーヤにはわからない。

もしかしたら痛いことかもしれないと思ったが、恐れよりもリカルドが望むならしてほしいという気持ちが強かった。

（でも、それは彼の本当の望み……なのかな……）

刻みつけることが痛みを伴うものだとしても、きっとサフィーヤは喜んでしまう。

けれどサフィーヤが喜ぶことを、果たしてリカルドの本心は望んでいるのだろうか。

こうして営めることだって、彼にはものすごく嫌なことかもしれない。そんなことにいまさら気づき、大して抵抗もしてこなかったことを後悔する。

「おい、どうした……？」

身体と表情を強ばらせたサフィーヤを見て、リカルドが僅かに慌てる。

「やっぱり、嫌だったのか？」

「嫌じゃないです。……でも、あなたは？」

「何度も言わせるな、俺だって嫌なわけねえだろ。お前にこうすることを夢見てきたのに」

　そんなわけがないと否定するつもりだったのに、サフィーヤを見つめる瞳はあまりに優しい。

「獣のように唇を貪り、人のように肌を重ねて愛したかった。俺がそう思う存在は、お前だけだ」

　それは愛の告白のようにも思え、サフィーヤは息を呑む。

　優しい声と顔でそんなことを言うなんて、やっぱりこれは彼の本心ではない。そうわかっていても、喜びのあまり目に涙が滲む。

「だから、俺の前で泣くなってて言ってるだろ」

　苦笑を浮かべたリカルドに、甘く唇を奪われる。

「泣きやむまで、全身にキスしてやるからな」

「もっと、泣いてしまいそうです……」

「止められないなら、いっそ涙が涸れるまで泣くか？」

　それまで、何百回とキスをしてやると笑う顔にサフィーヤは自然と頷いていた。

「キス……もっとほしいです」

「お前が望むなら、いくらでもしてやる」

　先ほどよりも強く唇を奪われると、サフィーヤの身体に愉悦と熱が戻り始める。

　いけないとわかっていた。だがそれでも、止められなかった。

「サフィーヤ……」

キスの合間に、名を呼ぶ声はどこまでも甘い。

愛情にあふれ、普段向けられる怒りは欠片もなかった。

だからこそすべてはまやかしだとわかっていたのに、サフィーヤは偽物の愛に手を伸ばさずにはいられなかった。

「リカルド……リカルド……」

「ああ、その声だ……。その声で呼ばれたかった」

その言葉も、きっとリカルドの本心ではない。そうあってほしいというサフィーヤの望みを、きっと腕輪がリカルドに植えつけているのだろう。

そう思うと申し訳ない気持ちがあふれるが、涙をこぼせば口づけはより深くなる。

「泣けサフィーヤ。涙が涸れるまで、俺がキスしてやる」

そんな言葉と共に、リカルドは今一度サフィーヤの首筋に唇を寄せた。

甘く優しい口づけは首を伝い、胸を経て再び下腹部へと戻る。

恥ずかしさはまだあったが、心地よさに溺れたいという気持ちが今は勝っている。

もう二度と、こうして触れ合うことはないかもしれない。だとしたら、リカルドがもたらしてくれるものはすべて、この身体に記憶しておきたかった。

「……ンっ、ああ……ッ」

涙と共にこぼれ続ける蜜を、リカルドが強く嘗め上げる。

同時に舌先が花芽を刺激し、先ほどとは比べものにならない心地よさが弾けた。

ビクビクと腰を震わせながら、サフィーヤは背をしならせぎゅっとシーツを摑む。僅かな刺激でさえそんな有様なのに、リカルドはさらに激しく舌で芽を舐り始める。

「ア……っ、やぁ……そこ……」

激しい愉悦は、サフィーヤの心と身体をすさまじい勢いで作り替えていくようだった。無垢な身体は淫らな熱で溶け、もはや跡形もなく消えてしまう。代わりに生み出された新しい身体と心は、情欲と偽りの愛に溺れる愚かで淫らな大人のものだった。

「リカルド……ああ、私……」

これ以上変わったら後戻りできなくなる。

そんな予感を覚えつつ、変化も愉悦も止めることができない。

そしてリカルドも、やめるつもりはないらしい。

乱れ、よがるサフィーヤを満足げに見つめながら、彼の舌がより激しく花芽を抉る。

「……ああッ――――!!」

上り詰めたサフィーヤの身体に生まれたのは、激しい法悦だった。

身体がちぎれてしまいそうな感覚と共に、目の前が真っ白になりすべての感覚が心地よさに呑まれていく。

ビクビクと身体を震わせながら、サフィーヤは生まれて初めての絶頂に放り出され、右も左もわからなくなる。

「達《い》ったんだな、サフィーヤ……」

耳元でリカルドの嬉しそうな声が聞こえる。

それをぼんやり聞きながら、彼女はぐったりとベッドに横たわる。多幸感に包まれた身体は、指一つ動かせない。

「涙も、止まったな」

優しい声と共に、最後の涙をリカルドの舌が優しく嘗め取った。

それに自然と笑みをこぼすと、彼の腕がサフィーヤの身体を抱き寄せる。

彼のぬくもりを感じていると、とても幸せだった。

（でもきっと、これは今だけ……）

ほどなく夢は終わる。サフィーヤに触れ、彼女を喜ばせたことを知ればきっとリカルドはもう二度と触れてくれなくなる。

そう思いつつも、サフィーヤは最後の力を振り絞って逞しい身体に腕を回した。

そうしていると、リカルドを想う気持ちがより募る。

自分を包むぬくもりの中、サフィーヤはいまさらのように彼に抱《いだ》いている気持ちがただの親愛ではないと気がつく。

（たぶんずっと前から、私は彼が好きだった……）

けれどその自覚は、サフィーヤにとって辛いものでもあった。

「リカルド……」

「ん？」

「生きていてくれて……、ありが……とう……」

そしてまやかしでも、恋人のように触れてくれてありがとうと囁きながら、サフィーヤはゆっくりと意識を手放した。

◇◇◇

夢の中で、リカルドはサフィーヤをその腕に抱いていた。

恥ずかしそうに身じろぎながら、彼女はそっと彼に優しい口づけをする。

てっきり不快になると思ったのに、胸に芽生えたのは温かなこそばゆさだけだった。

『……約束、叶《かな》えてくれたんですね』

キスの合間にこぼれた言葉に、リカルドは小さく首をかしげる。

『もしかして、覚えてない？』

『いや、それは……』

誤魔化すように言うと、サフィーヤは悲しそうな顔で口づけをやめる。

『……いいんです。でも今だけは、約束を叶えてくれたことにしてください……』

そう言って、彼女はリカルドの胸に頬を寄せた。

小さな身体が僅かに震えていると気づき、深い後悔を覚える。

　でも謝罪の言葉を口にしようと思った瞬間、突然腕の中のぬくもりが消えた。慌てて視線を下ろせば、彼女はまだ腕の中にいる。しかしサフィーヤから温かさは消えていた。

『……サフィーヤ！』

　名を呼び揺さぶるが、サフィーヤはピクリとも動かない。ただぐったりと身を預けてくる彼女はまるで人形のように、虚ろな目で地面の一点を見つめている。

　生きているのか死んでいるのかもわからないその姿に、リカルドが覚えたのは激しい喪失感と恐怖だった。

『俺を見ろ……！　頼むから俺を……俺をもう一度見てくれサフィーヤ！』

　懇願と共に冷たい身体を強く抱いた瞬間、リカルドは夢から覚める。

　はっとしながら目を開けると、少し離れた場所に小さな背中が丸まっているのが見えた。

　思わず手を伸ばせば、夢とは違いぬくもりがある。それにほっとしながらサフィーヤに身を寄せたとき、赤い鬱血《うっけつ》のようなものが細い首筋に点々と浮かんでいるのが見えた。

　同時に、リカルドは自分が服を着ていないことに気づく。

「……リカルド？」

　そのとき、サフィーヤがゆっくりとこちらを振り返った。

　彼女もまた半裸に近いと気づいた瞬間、彼はベッドから勢いよく転がり出る。

「お前……また俺を獣にしたのか……！」

　怒りと共に尋ねると、サフィーヤの顔が苦しげに歪んだ。その顔と夢の中の彼女が重なり、リカルドの胸が締めつけられる。

切なげな顔を見ていると、サフィーヤを抱きしめたいという気持ちが強く芽生える。

サフィーヤを笑顔にしてやりたい。抱きしめて口づけを施してやりたい。

そんな気持ちがあふれると、昨晩のことが少しだけ蘇る。

「そうだ、俺は……お前に……」

獣としてすり寄っただけでなく、それ以上の行為に及びかけたのだと思い出した瞬間、煮え滾るような怒りが芽生える。

しかしそれはサフィーヤにではなく、自分に対してのものだった。

なぜそんなことをしたのか、はっきりとは覚えていない。

でもサフィーヤの悲しげな顔を見れば、自分が無理やり行為に及んだに違いない。

リカルドはずっとサフィーヤを傷つけたいと思っていた。それを最悪の形で成し遂げてしまったのではないかという疑惑がふつふつとわき上がる。

「……ごめんなさい……」

押し黙るリカルドを見て不安になったのか、サフィーヤが震える声で謝罪の言葉を口にする。その顔は泣きそうに歪んでいたが、決して涙をこぼすまいという覚悟が見えた。

泣いたらリカルドがまた口づけると、彼女はわかっているのだろう。

そしてそれを避けようとしているのだと気づいた瞬間、先ほどとは別の苛立ちが胸に込み上げてくる。

（俺に触れられたくないと、そう思っているんだろうな）

　経緯は定かではないが、やはりリカルドが無理強いしたに違いない。ならば避けられて当然なのに、拒絶に心がざわついた。

（こいつを傷つけたあげく、拒絶されて不快になるなんて愚かにもほどがある……）

　そもそも自分はサフィーヤを殺したいと思っていたはずだった。

　なのにこの一ヶ月、腕輪に抗うのをやめたせいでリカルドの心はすっかり偽りの愛情に染められている。サフィーヤを傷つけたことに罪悪感すら覚えている自分を直視できず、リカルドは苛立ちながら服を纏う。

（このまま、側にいてはだめだ。遠からず腕輪が望む犬に俺は成り下がる……）

　それだけは絶対にだめだと胸の中で繰り返しながら、急いでサフィーヤに背を向けた。

「……昨夜のことは忘れろ。お前には二度と近づかない」

　苛立ちと共に言い放ち、リカルドは部屋を出る。

　乱暴に扉を閉めながら、彼は取り残されたサフィーヤをチラリと見つめる。

　悲しげで、すべてを諦めたような表情を見た途端胸が痛んだが、気づかないふりをした。

第四章

暖炉の中で爆ぜる炎を見つめながら、サフィーヤは窓を揺らす風の音に耳を澄ませていた。

「今日は雪になるそうですから、ちゃんと温かくしたほうがいいですよ」

そう言って微笑んだのは、暖炉に薪《まき》をくべてくれていたシャオだ。彼にリカルドのことを尋ねかけて、サフィーヤは慌てて言葉を飲み込んだ。

ここ一週間ほど、二人は会っていない。

その理由はわかっているし、もう二度と顔を見せてくれないだろうと察しながらも、シャオが部屋に来るたびリカルドのことを尋ねてしまいそうになる。

(聞いたところで、何も変わりはしないのに……)

飲み込んだ言葉の代わりにため息をこぼすと、シャオが心配そうな顔で近づいてくる。

「近頃また食欲が落ちているようですが、体調がよくないですか?」

「元々小食なので、気にしないでください」

「ですがその顔は、あまり眠れていないでしょう？　何か悩みや不調があるなら、相談に乗りますよ」

笑顔を向けられると甘えたくなるが、悩みを口にしたところできっとシャオを困らせるだけだ。

（リカルドに会いたいなんて、言っても仕方ない……）

もう二度と会わないという宣言をされた以上、彼は本気でサフィーヤと距離を取るつもりなのだろう。その覚悟を覆すことなど、できはしない。

だから何も言わず「大丈夫です」と、そればかりを繰り返す。

頑《かたく》なな心は変えられないと悟ったのか、シャオはため息でそれに応えた。

「なら、夜眠れるよう薬を処方しましょう」

「ありがとうございます」

「外に出て気分転換でもできればいいのですが、それもままならないですしね……」

サフィーヤは外出する許可を与えられていない。それどころかここ数日は妙に屋敷が騒がしく、部屋の外にさえ出られない雰囲気だった。

今も雪だというのに誰かが屋敷から出て行く気配がする。気になって外を見ると、銃火器で武装した男たちと共に、リカルドが車に乗り込むのが見えた。

物々しい雰囲気に不安を感じていると、シャオもまたぴょんと窓に飛びつき外を見る。

「最近は、なんだか物騒ですねぇ」

「もしかして、抗争が起きているんですか？」

「カーゴはまだ平和ですが、他の街で少々きな臭い動きがあるんです。新興のマフィアが御三家に喧嘩を売っているらしくて」

「御三家って、どれもかなり大きなマフィアの組織でしたよね？」

「ええ。実質、タチアナは彼らが牛耳っているようなものです」

だがそんな彼らの領土が、次々侵略されているのだとシャオは渋い顔をした。

不安をかき立てられる話に、自然とサフィーヤの身体も強ばる。

「オスティーナファミリーに至っては、彼らが治める荘園のほとんどが落ちたとか」

またグワンファミリーの裏賭博場や武器工場も日々に襲撃に遭い、バスティアファミリーの交易品なども奪われているらしい。

一つの組織だけでなく三つそれぞれに大きな被害が出ているという話に、サフィーヤは驚きを隠せなかった。

「その組織が、カーゴを狙うこともあり得るんですか？」

「実際、近頃見慣れない顔が街に増えましたし、妙な薬が出回っているという話もあります。だからうちも警戒を強めているんですよ」

そのためマフィアの下っ端——特に身体能力が低い人族——には銃火器の携帯が義務づけられたらしい。

「リカルドも、最近は御三家の上層幹部との会合に毎日呼ばれています。新興の組織は、サルヴァトーレの裏組織だという噂もあるようで」

秘密裏に作り上げた組織で御三家を切り崩し、サルヴァトーレが彼らの座を狙っているという根も葉もない噂が流れているのだと、シャオはため息をこぼした。

実際、サルヴァトーレファミリーは御三家にも匹敵する規模の組織だ。本来ならカーゴどころか、他の地域に縄張りを広げることができる資金と人材もそろっている。

「リカルドは勢力の拡大に全く興味はないし、この都市を発展させるだけで巨万の富が手に入る。わざわざ危険を冒《おか》してまで御三家に喧嘩を売る理由はないのですが……」

「そう思わない人もいるんですね……」

「そして、そう思わせたい人もいるのかもしれない」

何かを匂わせるような言葉は、それだけリカルドに敵が多いのだということを示している気がした。それに不安を感じていると、「怖がらせてすみません」とシャオが愛らしい顔をサフィーヤに向ける。

「そういう状況なので、あなたを気軽にお茶に誘えないのが残念です。気分転換には、デートをするのがちょうどいいのに」

「えっ、デート……？」

「僕とじゃ嫌ですか？」

「嫌というか、あの、その……」

生まれてこの方デートになど誘われたことはなかったし、まさかシャオにそんな誘いを受けるなんて思わず狼狽《うろた》える。

「リカルドがいた手前我慢していましたが、サフィーヤさんって僕の好みなんですよね。なので、ぜひともデートしてくださいよ」

シャオが相手ではデートという雰囲気にはなりそうもない。よくて姉弟で出かけるような気分にしかならない気がしたが、窓からぴょんと飛び降りたシャオはサフィーヤの手に恭しくキスをする。

「いいでしょ？　何か楽しい予定があったほうが、気分だって明るくなりますよ？」

そう言ってウインクするシャオは、本気で口説いているわけではないのだろう。気落ちしたサフィーヤを励まそうとして、冗談を言ってくれているに違いない。

そう思うと無下にはできず、戸惑いながらも最後は小さく頷いた。

「約束ですよ？　あと、リカルドには秘密ですからね」

「どうして秘密なんですか？」

「知られたら嫉妬で僕が殺されます」

「嫉妬なんてしませんよ」

特に今は、顔を見ることさえ嫌がられている有様だ。サフィーヤが誰と出かけようと、気にもしないに違いない。

そんな事実に軽く打ちのめされていると、リカルドの部下らしき男性がシャオを呼びに来た。その表情から察するに、何か重要な仕事らしい。

「じゃあ、デートの件はお忘れなく」

部屋を出て行くシャオを見送ってから、彼に口づけられた指先にふと視線が向かう。

（リカルドにキスされたときと、全然違ったな……）

シャオのキスは優しかったけれど、もう余韻が消えている。でも、リカルドのキスは今でもサフィーヤの肌に焼きついて離れない。

思い出すだけで身体が熱くなり、そわそわと落ち着かなくなるほどだ。

（今思い出しちゃだめ……。思い出したら、また寂しくなる……）

慌ててリカルドと彼のキスを頭から追い出し、サフィーヤは身体の熱を冷ますために窓にそっと寄り添う。

気がつけば雪が降り始め、触れたガラスは氷のように冷たかった。

砂漠で暮らしたサフィーヤにとって、雪はとても珍しい。旅芸人の一座と暮らしていたときも、大陸の南部を巡ることが多かったので雪とはあまり縁がなかった。

（そういえば、リカルドは雪の降る国の生まれだって言ってた）

まだ傭兵だった頃、彼はよく戦争で焼けてしまった故郷の話をしてくれた。

『すごく寒い場所だが、冬にはオーロラも見られるんだ』

『オーロラ？』

『天にたなびく光の川だ。虹色に輝いて、星空をすべて覆っていく』

幼いサフィーヤには想像もできなかったが、きっととても美しい光景に違いない。それを見たいと思っていると、リカルドが彼女に優しく微笑みかけてくれた。

『いつか、一緒に見るか』

『私も、見れるんですか？』

『見れるさ。俺の家族になって、オーロラを見に行こう』

そう言って抱き上げられ、サフィーヤは無邪気に頷いた。

いつかその夢は実現するのだと、そのときは信じていた気がする。

（でも、きっとあの約束は叶わない……）

サフィーヤはリカルドの家族にはなれない。

オーロラを見に行くなんて、もっとあり得ない。

それでもサフィーヤは、雪の降る空を見つめてしまう。空を覆うのは厚い雲ばかりだったし、そもそもこの街でオーロラが見えるのかもわからない。

だが叶うなら、リカルドが側にいるうちに光の川を見てみたい。そんなことを思いながら、サフィーヤはいつまでも窓辺に立っていた。

◇◇◇

「聞いているのか、ドン・サルヴァトーレ！　あなたの組織が関与していないという、その証拠があるのなら見せろと言っているんだ！」

荒々しい男の声に、リカルドは気怠げに顔を上げた。

手つかずの料理がのったテーブルを挟み、向かいにはスーツ姿の男たちが座っている。

しかし、リカルドは彼らが何者であるかすぐに思い出せぬほど、心ここにあらずだった。

（ああそうか、今は会合中だったか……）

ここは馴染《なじ》みのリストランテで、目の前に座る男たちはすべて御三家から遣わされた使者であることをなんとか思い出す。

しかしそれ以上のことを思い出そうとすると、ジクジクと右腕が痛み、気が逸れた。

心ここにあらずなのは、この痛みが原因だ。

この一週間、サフィーヤを避け続けているせいか、腕輪が戒めるように肌を刺す。

外そうとしたときほどではないので耐えられるが、気が散って仕方がなかった。

とはいえ元々、リカルドは会合に呼ばれても大して話を聞いていないことがほとんどなので、部下たちは諦めた顔で黙り込んでいる。

しかし向かいの席の男たちは、怠そうな顔を見て明らかに気が立っていた。

だからといって慌てることもせず、リカルドは側に置いてある酒に手を伸ばす。

「聞いてなかった」

ようやくこぼした一言に、男たちが椅子を蹴倒す勢いで立ち上がる。

そのうちの一人が銃を構えたのを横目に見たリカルドは、目の前に置いてあったナイフを手に取りすばやく投げつけた。

食事用のナイフだが、獣人であるリカルドが扱えば容易く腕を突き抜け骨をも砕く。

ナイフが刺さった男は銃を落とし、彼と共に立ち上がった者たちが恐怖に戦いた。

「……これが、お前たちが欲しがっている証拠だ」

ナイフを投げた手を軽く振りながら、リカルドは酒を一気に流し込む。

「俺が望めば、御三家だろうがなんだろうがナイフ一本で潰せる。だがそうしないのは、興味がないからだ」

男たちに座れと視線を送れば、彼らは慌てて席に着いた。

その目には恐怖が浮かび、自分も同じ目に遭うかもしれないと怯えている。

これ以上面倒なことをするつもりはなかったが、リカルドの本意は顔に浮かばない。

「俺にはこの街があればいい。それ以上を望むことなどあり得ない」

「……しかし、あの組織はあなたの物だという噂が」

「馬鹿げた噂を信じるような間抜けだから、どこの馬の骨ともしれねえ奴に負けるんだ」

「なっ……!?」

「それ食ったらさっさと帰れ。そして、それぞれのドンに伝えろ。これ以上俺を煩わせたら殺すと」

それ以上話すことはないと思い、今度はリカルドが席を立つ。

ビクビクしたままこちらを見ている男たちを一瞥《いちべつ》した後、リカルドはコートを纏った。

引き留められないのをいいことにリストランテを出ようとすると、オーナーらしき男が不安そうな顔で扉を開ける。

こうした荒事にも慣れた店だが、それでも血が流れれば戸惑うのは当たり前だ。

「掃除代にしてくれ」

オーナーに金を渡し、リカルドはリストランテの扉をくぐる。

外に出るとすぐ側に車が停まっていたが、必要ないと合図し一人で歩き出す。

ついてこようとした護衛にも無用だと視線を向け、リカルドは痛む腕を押さえながら裏通りへと向かう。

今日はもう仕事はないが、なんとなくすぐには帰りたくなかった。

その理由を思い浮かべ、思わずため息がこぼれる。

「めんどくせぇことばっかりだな……」

いっそすべてを投げ出したいと思った瞬間、責めるように腕輪が痛みを与えてくる。

リカルドは忌々しさに顔をしかめつつ、懐《ふところ》からたばこを出した。

鼻がいい獣人はたばこを好まないが、この街に来てからよく吸っている。シャオには身体によくないからやめろと言われているが、知ったことかと無視し続けていた。

火をつけ煙を吸い込むと、一瞬で鼻が利《き》かなくなる。

最初はそれが落ち着かなかったが、今は逆にそれが心地いい。

（あいつの匂いも、これで消える……）

もう一週間も会っていないのに、リカルドの身体にはサフィーヤの香りが染みついていた。腕輪がもたらす痛みだけでなく、その香りもまた思考を鈍《にぶ》らせる要因だ。

サフィーヤの存在を追い出したいのに、気を抜くと最後に見た彼女の顔が頭をよぎる。そのせいでここ数日はあまり眠れていない。

（まあ下手に眠って、前みたいなことがあると困るが……）

気を抜くと獣に戻ってしまいそうな気がして、この一週間ずっと気を張り詰めていた。仕事にも身が入《はい》らず、今日も御三家の名前が出なければ会合にも顔を出さなかっただろう。

（それにしてもあの焦りようは異常だな。新興の組織っていうのは、そんなにヤバい奴らなのか……？）

慌てる男たちの顔をいまさら思い出しながら、たばこの煙を吐き出す。それをぼんやり見つめていると、背後に妙な気配が迫っていると気がついた。

何か、得体の知れないものが近づいてくるような不快感を覚えつつ、リカルドはゆっくりと振り返る。目を細めると、路地の奥から複数の人影がこちらへ歩いてくるのが見えた。

「俺に何か用か？」

たばこを片手に様子を窺うと、近づいてきたのは皆男のようだった。

だが、断定はできない。体格からかろうじて男だと推測できるが、彼らは皆真っ黒なスーツを身に纏い、ドクロの仮面で顔を覆っている。

男たちの数は五人のようだが、その足取りはまるで亡霊のようにふらついていて、暗がりで見ると酷く不気味だった。自分のほうへまっすぐに歩いてくるのを見て、リカルドはたばこに火をつけたことを少しだけ後悔した。こういうときリカルドの鼻が利けばその正体を見抜くことができるが、今はそうもいかない。

（いや、あえてそういうタイミングを狙ってきたのか……）

どちらにせよ近づいてくる男たちがこちらに用があるのは明らかだ。

そう思ったリカルドがたばこを咥えるのと、男たちが懐から銃を取り出したのはほぼ同時だった。

しかし男たちの動きはもたついていて、敵意も殺意も感じない。

（なんだ？　やけに遅ぇな……）

怪訝に思いつつも、リカルドは地面を蹴り、先頭に立っていた男に近づくと、銃を持つ手首をすばやくひねり上げた。

だがそこで、さらなる違和感を覚える。

腕をひねれば男の手から容易く銃を奪えたが、相手は苦しむ様子がまるでないのだ。

（この手応えのなさはなんだ……？）

すばやい動きで、他の男たちの手からも次々銃を叩き落とすが、誰一人として抵抗しない。まずは動きを止めて素性を聞き出そうかと考えていたが、嫌な予感を覚えたリカルドは、奪った銃を一番近くにいた男に突きつける。

そのまま容赦なく引き金を引けば、相手はあまりにあっけなく倒れた。

「……おい、どうなってんだ」

しかし驚いたのは、倒れた男の身体から出る血が少なすぎることだ。続けざまに他の男たちにも銃弾を叩き込むが、彼らはまるで人形のようにその場に頽れ、血がほとんど流れない。奪った銃がまがい物なのかと一瞬疑ったが、男たちの身体には穴が空いている。

(まさか、こいつら本当に人形なのか？)

見かけは人間のようだが、倒れた身体を蹴り飛ばしてみるとあまりに手応えがない。

とはいえ、こんなに精巧な人形など見たことがない。そしてもし本当に人形だとしたら、それを人のように動かすなんてそれこそ魔法のようだと考えて、リカルドは嫌な予感を覚える。

「……相変わらず、速いな」

不意に、背後から男の声が響いた。

殺気はないが気配もない。それに驚いて振り返ると、暗い路地の奥から一人の男がじっとこちらを見ている。

倒した男たちと同じドクロを模した仮面をつけているが、彼は口元だけが空いていた。

(こいつは人間か……？)

警戒しながら、リカルドは手にしていた銃を男に向ける。

「貴様、何者だ」

尋ねるが、男は何も答えなかった。仮面から覗く瞳には見覚えがある気がしたが、よく思い出せない。獣人は大事な記憶を匂いと共に覚える。故に鼻が利かない今、思うように記憶を引き出せない。

そのまましばし見つめ合っていると、男がようやく口を開く。

「……私は、彼女の騎士だ」

その言葉に、脳裏に浮かんだのはサフィーヤの顔だった。

なぜそんなことを思うのかと戸惑った次の瞬間、手首の腕輪が激しい熱を持つ。

また肌が焼かれるかと思ったが、不思議なことに痛みはない。だが腕輪が何かを伝えようとしているのはわかる。

（なんだ……これは……！）

「やはり、我が姫をその腕輪が引き寄せたか」

「おい、どういう意味だ……！」

「あの頃と同じく、お前は何も知らなくてもいい」

そこで再び腕輪が反応し、意識が男から逸れる。

僅か一瞬の間に、前方にいた男が闇の中にふっと消えた。

後を追おうとしたが、駆け出すリカルドを引き留めるように腕輪が強く発熱する。

仕方なく足を止めた途端、腕輪が鈴の音にも似た音を立てながら小さく震えた。

その意味を図ろうとおもむろに腕を持ち上げたとき、腕輪が震えるのは西の方を向いているときだと気づく。

その先にあるものは何かと考えた瞬間、リカルドははっと顔を上げた。

「サフィーヤ……！」

これは彼女が自分を呼ぶ兆《きざ》しだ。それも良くない兆しに違いない。

そう思った瞬間、リカルドはすでに駆け出していた。道なりに進む時間も惜しいと思い、地面を蹴って屋根の上まで一気に駆け上る。

同時に彼は人に近い容姿を獣のものへと転じた。完全な獣とまではいかないが、人の要素を薄くすればするほどリカルドの身体能力は高くなる。

その姿とて人に見せたいものではなかったが、今はただ一刻も早くサフィーヤの元にたどり着くことだけを考えていた。

◇◇◇

空から降る雪が勢いを増したのは、夕刻を少し過ぎた頃だった。

気がつけば風も強くなり、アパルトメントの窓がガタガタと揺れている。

それをぼんやり眺めていたサフィーヤは、戸を叩く音で我へと返った。

食事ができたことをメイドが伝えに来たのかと思ったが、入室の許可を出すより早く部屋の扉が開く。

入り口を振り返ると、部屋の明かりが急に消えた。リカルドのアパルトメントは電気を用いた明かりが使われているが、天気が悪いと時折光が消えることがある。今日も雪のせいで消えたのだろうかと考えていたとき、突然何者かに強く腕を摑まれた。

座っていたソファーに乱暴に押し倒され、悲鳴を上げかけた口を布のようなもので塞《ふさ》がれる。思わず息を吸うと薬のような匂いが鼻腔《びくう》に広がり、意識が僅かに遠のいた。

「今のうちに薬を飲ませろ」

おぼろげな意識を必死に保ちながら周囲を窺えば、部屋には複数の人間がいるようだった。その中で、唯一顔が確認できたのは入り口の側に立っている女だ。

サフィーヤの世話をしてくれるメイドだと気づき助けを求めようとしたが、こちらに向ける眼差しは驚くほど冷たい。

普段からサフィーヤにあまり好意を持っていないようだったが、今日は輪をかけて不穏な表情を浮かべていた。

「ほらっ、はやくやってよ！」

「しかし本当にいいのか？　ドン・サルヴァトーレの女なんだろ？」

「捨てられた女よ。近頃は全く相手にされてないのに、いつまでも屋敷に居座って出て行こうとしないの」

そんなふうに思われていたとは思わず、サフィーヤは戸惑う。

だが異を唱えようとした口に得体の知れない液体を流し込まれ、反論は咳き込む声に変わってしまった。

「酷い目に遭えば、ここから出て行く気になるでしょう？　だから遠慮なくやって」

「だが、本当に……」

「ドンの選んだ女を抱いてみたいって言ったのはあんたたちでしょ！　ドンはもうその女のことなんて気にかけていないし、問題はないからさっさとして！」

メイドの声に、男たちがニヤニヤ笑いながらサフィーヤをソファーに寝かせる。

彼らが自分に何をしようとしているのか、今はまだわからない。

だがきっと酷いことだと、それだけはわかる。

「飽き性のドンが一月《ひとつき》も囲った女だ。あそこの具合は相当なんだろうな」

「最初は貧相な女かと思ったが、こうやって見るとなかなか色気があるじゃねぇか」

そんな言葉と共に、サフィーヤは無理やりドレスを脱がされる。その腕の数からどうやら相手は二人だとわかったが、それを知ったところで抵抗できるわけもない。

（それに……なんだか、身体が変……）

最初はしびれたように動かなかった身体が、汗ばむほど熱くなっていくのだ。

そして腰の奥がむずむずと痒くなり、嘗められてもいないのに下腹部がじっとりと濡れていくのがわかる。

「媚薬《びやく》が効《き》いてきたようだな」

「それにしても早くないか？」

「売人が言ったとおり、本当に魔法がかかった薬なんだろ」

魔法という言葉に、サフィーヤは恐怖を覚える。確かに、身体を駆け巡る不快な感覚はただの薬とは思えなかった。

「話じゃ、中に注がれ続けねぇと気が触れるんだろ？　もう二、三人連れてきてやるべきだったか」

火照った頬を撫でさすりながら、男たちが笑う。

あまりの恐ろしさに目を閉じ身じろぐが、逃げ出す力はわいてこない。

（リカルド……助けて……）

思わず心の中で助けを求めたが、すぐに無意味だと我に返る。

リカルドがサフィーヤを助ける義理などない。むしろこの状況を、彼は歓迎するかもしれない。だとしたら、たとえ心の中でも、彼の名前を呼んではいけない気がした。

呼べば彼と腕輪に声が届き、嫌でも助けに来てしまうかもしれない。

（それを、あの人は望まない。傷つくなと言われたけど、それだってきっと腕輪が言わせた言葉だ……）

ならばこの状況を、自分は受け入れるべきだろう。

サフィーヤは男たちの手で、これから酷い目に遭わされる。

それはきっと身体と心に痛みをもたらすに違いなく、サフィーヤは深く傷つけられるだろう。男の言葉が本当なら、死ぬ可能性もある。

（でも、きっとそれでいい）

自分が死ねば、リカルドを喜ばせられると、そんな考えさえ浮かぶ。

「抵抗もしねぇなんて、よっぽど俺たちとやりたいらしい」

男の一人が、サフィーヤから下着を取り払いながら笑う。

その指先が肌に触れるたび、嘔吐《えず》きそうなほど気持ち悪くなったが、助けを呼ぶ声はこぼさぬようにとこらえる。

（リカルド……）

こらえきれない恐怖に打ち勝とうと、サフィーヤは最後にもう一度だけ愛おしい相手の名前を呼ぶ。そのままゆっくりと目を閉じようとしたとき、サフィーヤに伸ばされていた卑しい腕が不自然な形で止まった。

突然、窓が割れる激しい音が響き、冷気と雪が吹き込んでくる。

「そいつは、俺のものだ」

低いうなり声に、サフィーヤは閉じかけた目を開ける。見れば、壊れた窓枠の側にリカルドが立っていた。しかし彼の姿は今までとまるで違う。

人のように二本の足で立っているが、その顔も腕も長い毛で覆われ狼の要素が色濃く浮かび上がっていた。

「……なぜ、ここに……」

男の一人が慌ててベッドから飛び降りようとしたとき、リカルドの姿がかき消える。次

の瞬間、大きな影が男をなぎ倒すのが見えた。

暖炉の明かりだけではよく見えなかったが、どうやらリカルドが男に飛びかかったらしい。悲鳴を上げる間もなく、男の身体がおかしな方向にねじれたのが見えて、サフィーヤは恐怖に目を閉じた。ほどなくしてもう一人の男とメイドがなぎ倒される音がしたが、こちらも悲鳴を上げる時間は与えられなかったらしい。

サフィーヤとリカルド以外の気配が消え、窓から吹き込む風の音だけが部屋には響く。

「……無事か？」

焦りを帯びた声が側で聞こえ、サフィーヤはおずおずと目を開けた。

自分を覗き込むその顔は人のものに戻っていたが、戦いで高揚した瞳は未だギラギラと妖しく光っている。

けれど着ていた上着を脱ぎ、サフィーヤに着せてくれる手つきはあまりに優しかった。

「リカルド……」

だからつい、サフィーヤはその名前を呼んでしまう。

先ほどはリカルドのためにすべてを受け入れようと思っていたのに、顔を見た途端危機が去ったことに安堵してしまう。

彼に縋りつきたかったけれど、相も変わらず身体は動かない。それどころか込み上げる熱は刻一刻と増し、身体は無意識に震え始めた。

「暖かい場所に行こう」

震えているのは寒さのせいだと思ったのか、リカルドがサフィーヤを抱き上げる。

壊れ物を抱くようにそっと持ち上げられると、恐怖と緊張で張り詰めていた意識がプツンと切れてしまう。

ここで意識を手放したらまずいと思いつつも、リカルドに抱かれる安心感にサフィーヤは逆らえなかった。

◇◇◇

身の内で荒れ狂う怒りを必死に抑え込みながら、リカルドはサフィーヤを部屋へ運ぶ。

気を失ったサフィーヤの額には脂汗が浮かび、苦しそうにうわ言を繰り返している。

その姿を見ていると焦燥感《しょうそうかん》が募り、血が煮え滾るようだった。

だが今はむやみに苛立っている場合ではないと考え、騒ぎを聞きつけて飛んできたシャオに目を向けた。

「今すぐ、サフィーヤをなんとかしろ！」

「でも、あなたのほうが血だらけですよ？」

「すべて返り血だ。いいから、彼女をはやく診《み》ろ！」

怒りにまかせて怒鳴れば、シャオはすぐさまサフィーヤに向き直った。

ただ黙って待つこともできずうろうろしていると、落ち着けと言いたげなシャオのため息が飛んでくる。

「怪我などはありません。乱暴されかけたようですが、未遂だったようです」

「そうか」

「ただ、どうやら何か薬を飲まされたようですね」

「毒か？」

尋ねると、シャオは首を横に振る。

ひとまずほっとするが、サフィーヤの様子は明らかに異常だ。

「なら、なぜこんなにも苦しんでいる」

「たぶんこれは……」

「……び、やく……です」

シャオが答えるより早く、震える声が答えを告げる。

ベッドに駆け寄れば、サフィーヤが僅かに目を開け苦しげに喘いでいた。

「あなたに薬を与えた人が、そう言っていたんですか？」

「はい……。あと、魔法が……どうとか……」

「魔法？」

「なにかを……注がれないと、気が……狂う……とか……」

サフィーヤはその言葉の意味を理解していないようだが、リカルドとシャオはすぐさま薬のおぞましさを察した。

(魔法のかかった媚薬……。たぶん、最近巷《ちまた》で流行《はや》ってるヤバい薬のひとつだな……)

御三家を襲っているという新興の組織が、活動資金を捻出するため多くの街で魔法のかかった薬を売っているという噂は聞いていた。

その中には、危険を孕《はら》んでいるものも多いという。

そんな物を使うなんて、あの男たちはサフィーヤを犯し殺すつもりだったのだろう。

我を忘れるほどの怒りが込み上げ、リカルドはタンスをなぎ倒す。

「落ち着きなさい、それが本当なら身体を鎮《しず》めないと」

「だが、鎮めるには犯すしかねえってことだろ」

「わかっているなら、やることは一つでしょう?」

シャオの視線は、まっすぐリカルドに向けられている。

その意味がわからぬほど愚かではないが、簡単に受け入れられる話ではない。

「あなたがやらないなら、誰か人を呼びなさい。できるなら獣人がいいでしょうね、たぶん一度や二度じゃ魔法の効果は消えませんん」

その言葉を証明するように、ベッドの上でサフィーヤが苦しげに身悶えた。

普段は優しげな瞳が虚ろになり、細い身体がビクンと跳ねる。媚薬によって、彼女の身体はもうすでにおかしくなり始めているのだろう。

その姿を黙って見ていることなど、できはしなかった。

「避妊薬を用意しろ。あとこの部屋には、朝まで誰も入れるな」

「御意に」

「それと、サフィーヤの部屋の後始末をしておけ」

シャオに命令を下しながら、リカルドは身体の汚れを拭き取りネクタイを緩める。シャオが出て行くと、サフィーヤはようやく自分の身に起きていることを理解したらしい。

「……だめ、……おねがい」

「俺に触られるのはそんなに嫌か？」

「ちがう……だって……」

荒く息を吐きながら、サフィーヤはベッドに膝をついたリカルドを避けるように身体をよじる。強い拒絶に苛立ちを深めつつ、細い身体を無理やり抱き寄せる。

「俺に抱かれるか死ぬか、二つに一つだぞ」

「なら、私は……」

言葉の続きは喘ぎ声に遮られたが、サフィーヤが自分を選ばなかったのは明白だ。

虚ろな目から涙をこぼしつつ、ぐずる赤子のようにサフィーヤは何度も首を横に振る。

さらなる拒絶に、リカルドの胸に込み上げてきたのは深い悲しみだった。

腹立たしさも感じるが、それ以上に助けを求められないことが何より辛い。

「俺に抱かれるくらいなら、死んだほうがましだってのか……」

自分でも驚くほど弱々しい声がこぼれると、サフィーヤが虚ろな瞳をようやくこちらに向ける。

「……だって、それが望み……でしょう？」

僅かに戸惑ったような顔で問いかけてくる彼女に、リカルドもまた困惑した。

指摘され、なんの抵抗もなくサフィーヤを救おうとしている自分にいまさら気がついたのだ。

（そうだ、もし抱かなければ俺の願いは叶う……）

噂では媚薬の効果はあまりにも強く、快楽を得られなければ気が狂うほどだという。

痛みとは違うが、サフィーヤを苦しみの中で死なせたいという願いはきっと叶うのだ。

下手に自分で手を下すよりもずっと、悲惨な死が彼女を待っているに違いない。

「お前は、俺のためにその苦しみを受け入れるのか……？」

リカルドの言葉に、サフィーヤからの返事はなかった。

しかし苦しげな顔にはほんの僅かだが、嬉しそうな表情が浮かんでいた。こんな状況なのに、幸せを感じているようにも見える。

（こいつは本気で、自分が死ねば俺が喜ぶと思っているのか）

命と引き換えにしてでもリカルドを喜ばせたいと、彼女の表情は語っていた。

「お前は、本当に馬鹿だ」

そんな言葉をこぼしながら、リカルドはようやく気づく。

目の前の少女は、かつて自分を苦しめたあのサフィーヤではない。自分の腕の中にいるのは、己を顧みない頃の彼女だ。

幸せを知らず、辛い目に遭うことが当たり前だと信じる愚かさを、かつてリカルドは救いたい、大事にしてやりたいと思った。

そのときの感情が蘇り、胸の中に渦巻いていた怒りが静かに消えていく。

(あぁくそ……。俺はもう、こいつを殺せねえ)

腕輪ではなく、自分の心がサフィーヤを生かしたいと思ってしまっている。

目を背けたくなるような気持ちだったが、リカルドは戸惑いながらも結局それを受け入れた。受け入れなければきっと自分は後悔する。今度こそ本当のふぬけになってしまうという確信があったのだ。

「俺の望みを、叶えたいんだな？」

尋ねれば、小さな頷きが返ってくる。そして笑みが深まり、震える手が弱々しい力でリカルドのシャツを摑んだ。

「……最後くらい……リカルドに……喜んで…ほしい……」

今にも消えてしまいそうな声を聞けば、やはり彼女は自分が大切にしたいと思った少女なのだと確信できる。酷く苦しいはずなのに、サフィーヤは自分が救われようとは欠片も思っていないのだ。

「わかった。ならもう、容赦はしねえ」

細い顎《あご》を摑み、上向かせると同時に荒々しく口づける。媚薬に侵《おか》されたサフィーヤの身体は歓喜に震えたが、見開かれた瞳は驚きに揺れていた。

「……な、んで……」

「お前には、ここで死なれちゃ困る」

「……でも、これ以上……嫌われたくない……」

涙をこらえるように、愛らしい顔が辛そうに歪む。

それは一週間前に見た顔とよく似ていた。

（ああ、そうか。あのときも別に嫌だったわけじゃねえんだな）

きっとリカルドに触れられたくないのではなく、彼がサフィーヤとの触れ合いを望んでいないと思ったのだろう。苦しみの中で死ぬことよりも、リカルドを不快にさせないことを彼女は選ぼうとしているのだ。

自分が傷つき苦しんで死ぬことだけが、リカルドを喜ばせ幸せにすると信じ切っているに違いない。

「嫌われたくないなら、素直に俺に抱かれろ」

できるだけ優しく、小さな身体をぎゅっと抱きしめる。

たぶん、ささやかな触れ合いでは、サフィーヤの熱を冷ますことはできない。かなり激しくせねば、媚薬の効果は消えないだろう。

それがわかっているからこそ、最初だけは優しくしてやりたかった。

「……嫌じゃ……ない……？」

「ねえよ」

「もしかして……腕輪が……」

「これは俺の意思だ。俺がお前を抱くと決めた」

その言葉に嘘はなかったが、サフィーヤは信じていない様子だ。

(まあ当然か。俺はこいつに、あまりに酷くしすぎた……)

だから今すぐ信じろと言っても難しいだろう。

それにリカルド自身だって、自分の感情の変化には戸惑っている。

サフィーヤへの腹立たしさだって、完全に消えたわけではない。アリアーナでされたことは消せないし、恨みもまだ身体の奥にくすぶっている。

その複雑な感情を上手く言葉にできる気がしないし、今のサフィーヤに理解できるわけがない。だから言葉による説明は放棄し、彼女を救いたい、抱きたいという気持ちで上気する頬をそっと撫でる。

「とにかく今は俺に抱かれろ。魔法が消えるまで、何度でも中に注いでやる」

力強い宣言に、細い裸体が何かを期待するように震えた。

リカルドを受け入れる気になったのか、媚薬で理性が消えたのかはわからないが、もはや抵抗するつもりはないようだ。自分に身を預けてくるサフィーヤを満足げに見ながら、彼女をベッドに横たえ服を脱ぎ捨てる。

それからリカルドは、小さな身体を傷つけぬようその身を完全な人のものへと変えた。獣の姿をさらすのが恥であるように、完全な人になることも獣人は嫌う。

けれどそうすることに、抵抗はなかった。

「さあ、俺にどうしてほしい？」

人の姿で今一度サフィーヤを抱き寄せれば、虚ろな目に情欲の灯がともる。

「……あの夜みたいに、嘗めて……キスしてほしい……」

甘くねだる声にリカルドの雄《おす》が刺激され、乞われるがまま唇を奪う。

媚薬に侵されていても、彼女のキスはつたない。そもそもそうした経験がないので、どうすれば快楽を得られるのかよくわかっていないのだろう。

この期に及んで望むのはキスだけという初心《うぶ》さに呆《あき》れつつ、無垢な身体を最初に開くのは自分だと思うと、心の奥底では僅かな興奮を覚える。

「ほら、自分から舌を絡めてみろ」

「……あ……、むぅ……」

「……ンッ、……そうだ、唾液を絡めて、獣のように浅ましく俺を求めろ」

わざと乱暴に舌を突き入れれば、小さな舌が絡み唾液を嚥下《えんげ》する。

積極的だが決して上手いわけではない。なのに今まで重ねてきた唇のどれよりも、リカルドの身体は高ぶっていた。

「……ふ、……ンッ、……リカ、ルド……」

「そんな声で呼ぶな」

鼻にかかった声は扇情的《せんじょうてき》で、彼の物はすでに硬くなり始めている。

サフィーヤを気持ちよくさせるはずが、このままでは自分が先にあっけなく達してしまいそうな有様だ。

まるで発情期を迎えた若い雄のようだと呆れつつ、無駄撃ちを避けるためにサフィーヤの下腹部に指を走らせる。

「――――ッ!!」

そのとき、サフィーヤの身体が大きくのけぞった。あまりに苛烈《かれつ》な反応に、慌てて指を遠ざける。

「まさか、達《い》ったのか？」

指先が花芽に軽く触れただけだったのに、達したかのように細い腰がガクガクと揺れていた。普通なら達すれば身体が落ち着くはずだが、逆に色香は増し全身から甘い女の香りが立ち上る。

（人になっていてよかった。もし獣の状態でこれを嗅いでいたら、俺の理性も飛んでたかもしれねえ）

そして乱れるサフィーヤの様は、美しくも異様だった。

触れてもいないのに乳房も大きく張り、白い肌が赤く淫らに色づき汗ばみながらリカルドを誘っている。

与えられた快楽によって無垢な少女が色づき、蝶《ちょう》が羽化するように幼い身体を脱ぎ捨てるその様子は、男を狂わせるのに十分すぎるものだった。

「……リカ、ルド……はやく……」

その上サフィーヤは、愛おしい男でも呼ぶかのように名前を繰り返す。

身体を震わせ誘うように腰を揺らす姿は、あまりに目の毒だ。

しかし顔を背けることもできず、リカルドは歯を食いしばり、荒れ狂う欲望を必死に抑え込む。思うがまま己を突き立てたいが彼女は処女だ。媚薬があれば痛みは感じないかもしれないが、中を傷つけてしまう。

「もう少しだけ耐えろ。入れるのは、広げてからだ」

サフィーヤと自分の両方に言い聞かせながら、リカルドは濡れそぼった蜜口に指を入れる。それだけでサフィーヤは再び乱れ、苦しげに背を反らす。

薬のせいでどこもかしこも敏感になり、僅かな愉悦さえ今の彼女には激しい突き上げに等しい刺激なのだろう。

中を押し広げる間に、何度彼女が気をやったかわからない。

「ああ……、やぁ……ああああぁ！」

無垢な身体に強烈な快楽を植えつけられ、目に涙をたたえながら喘ぎ乱れる姿は哀れで、リカルドは余計な刺激を与えぬように慎重に指を進めた。

（……ああくそ、初めてならもっと大事にしてやりてぇのに）

こんな暴力的な快楽では、心地よささえ苦痛だろう。

ならばとにかく魔法を消すために、精を注ごうと決める。

「ふ……ああっ――――ッん！」

何度目かの絶頂の後、サフィーヤの身体と隘路《あいろ》から完全に力が抜けた。

震える腰を抱き支え、大きく開かせた足の間にリカルドは楔《くさび》の先端をあてがう。

「……ああ、……ッ!!」

そのまま入り口をぐっと押し広げれば、美しい瞳から大粒の涙がこぼれる。

「すまん、痛むか？」

尋ねると、サフィーヤが大きく首を横に振る。

「良すぎて辛いか？」

今度は何度も頷きながら、折り重なるように身体を倒したリカルドの背中に細い腕が絡まる。

救いを求めるように縋る身体を抱き支えてやりながら、彼は一番深い場所まで一気に腰をすすめた。

「ッ……ン………ッッ!!」

それだけで絶頂を迎えてしまったのか、彼女の隘路は激しく蠢《うごめ》き絡みついてくる。

キスの仕方も知らない初心なサフィーヤだが、身体の奥は男を咥え込み精を搾《しぼ》り取る方法をしっかりと理解しているようだ。

（思った以上に柔らかくて、持っていかれそうだ……）

このままではすぐに果ててしまいそうだが、情けない醜態も今はあえてさらすのが彼女

のためだろう。

「少し緩めろ。すぐ、注いでやるから……」

サフィーヤの望みを叶えるために、リカルドは腰を穿《うが》ち始める。中を傷つけぬよう最初は慎重に動かしていたが、媚薬のおかげで緩みきった肉洞は多少荒く突いても問題なさそうだった。次第に腰の動きを強めつつ、喘ぐ少女の唇をそっと奪う。

「あ……すごい……ああ、ンッ……」

「気持ちいいか？」

「いい……すごく……いい……」

突き上げに身体を揺らしながら、サフィーヤが恍惚とした顔で乱れる。

度重なる絶頂で完全に理性が消えたのか、時にはもっともっとと甘くねだりながら、彼女はリカルドの物に絡みついてくる。

「そろそろ……出すぞ……ッ」

ガクガクと揺れる肢体《したい》を抱き寄せ、ひときわ強く中を穿つと同時に、リカルドの精が容赦なく放たれる。

途端にひときわ大きな嬌声《きょうせい》がこぼれ、言葉にならない甘い声が部屋に響き続けた。

リカルドと共に、サフィーヤも果ててしまったのだろう。

中に注がれながら達したのは初めてのはずだが、それまでの絶頂と比べものにならない愉悦を感じたらしい。愛らしい顔は艶やかに色づき、乱れきっている。

ぞくりとするほどの色香に、リカルドの雄は射精したばかりだというのに力を失わない。元々獣人は性欲が強く一度では終わらないが、こんなにも衰えないのは初めてだった。本当は休ませるべきなのだろうが、リカルドの理性も限界だった。自然と腰を穿ち、さらに激しくサフィーヤの中に己を刻みつける。

「あっ……いい……、ああ…ッ…」

サフィーヤもまたすぐ熱を高め、二人はそのまますぐ二度目の行為に入った。先ほどより激しく腰を打ち合い、甘い吐息と打擲音《ちょうちゃくおん》が淫らなリズムを刻む。そうしているとすぐにまた二度目の波が訪れ、リカルドは先ほどより深い場所に己を突き立てながら、熱を放った。

でもそれでもまだ終わらない。サフィーヤの薬も切れず、むしろより激しく二人はお互いを欲してしまう。

獣のように荒々しい呼吸を繰り返しながら、二人は本能のまま求め乱れた。体位を変えることすらせず、さらにもう一度、もう一度と求め合い、貪り合う。もしかしたら媚薬の効果は相手にもうつるのかもしれない。サフィーヤに優しくしたいという理性も消え、リカルドは思うがまま己を少女に突き立て続ける。

そうして、小さな身体では受けきれないほどの精を注ぎ込んだ頃、ようやく二人の間に僅かな理性が戻った。

気がつけば辺りはすでに明るくなっており、丸々一晩身体を繋げ続けたらしい。

(少し……激しくしすぎたか……)

竿をゆっくりと引き抜くと、白濁がドクドクと隘路からこぼれてくる。

それが太ももとシーツを汚しているのに気づいたのはリカルドだけではなかった。

息も絶え絶えではあったが、隘路から抜かれた男根を見つめるサフィーヤの目には理性と恥じらいが戻っていた。

もはや動く元気もないようだが、できるならこの場から消えてしまいたいという表情が見て取れた。

「薬は……抜けたか……?」

尋ねると、真っ赤になった顔が静かに頷く。

正気に返ったのなら、ここでやめてやるべきなのだろう。

しかしサフィーヤらしい顔を見ていると、今度はリカルドのほうが熱に浮かされたかのように、荒々しく口づけてしまう。

「ンっ……あの、私……もう……」

「無理か?」

尋ねる声は、普段の彼からは考えられないほど甘ったるい。

そして気がつけば、腕輪に支配されよしよしをねだるときのように、小さな身体に頬をすり寄せていた。

そんなリカルドの頭に、サフィーヤがそっと腕を回す。弱々しい力だったが、「好きにしていいよ」と言うように、細い指が髪をすいた。

腕を持ち上げるのも辛いだろうに、サフィーヤはリカルドを受け入れようとしてくれている。


それに喜びを感じながら視線を上げると、こちらを見つめる顔は先ほどとは別人のように幼い。でも、その中には艶やかな色気も確かにあって、気がつけばもう一度唇を重ねていた。あれだけ乱れた後なのに、サフィーヤは生娘《きむすめ》のようなつたなさでリカルドの口づけを受け入れた。

「……キスの仕方、覚えねえとな」

「下手……すぎますか……？」

口調もいつものものに戻り、真っ赤な顔でオロオロするサフィーヤは愛らしかった。

そのせいでうっかりもう一度入れたくなってしまい、リカルドは蜜口に先端をあてがう。

「ま、待って……」

「待てねえ」

言うなり男根を突き入れれば、可愛らしい悲鳴が口からこぼれた。

それまでの獣じみたものとは違う、愛らしい声にこれまでで一番身体が高ぶる。

「ン……、大きい……」

「お前のせいだ」

「私……何も……」

「さっきまであれだけ乱れてたくせに、急に元に戻るな」

「も、戻りたくて……戻った……わけじゃ……」

「その言い方だと、もっと乱れていたかったとも取れるぞ？」

意地悪な問いかけと共にゆっくりと腰を動かせば、サフィーヤの嬌声が大きくなる。嫌がるようならやめようと思ったが、彼女の声も身体も確かに喜んでいた。まだ薬の効果が残っているのかもしれないが、それだけではないとリカルドは思いたかった。

「これで最後にする。だからもう少しだけ付き合え」

命令口調ではあったが、姫のご機嫌を取るようにリカルドの手はサフィーヤの頭を撫でていた。

大きな手が心地いいのか、つぶらな瞳を細めながらサフィーヤはぎゅっとリカルドにしがみつく。先ほどより力が弱いのは体力の限界が近いからだろう。

にもかかわらず、サフィーヤは必死に受け入れようとしてくれている。

たまらない気持ちになりながら、最後の一回は優しく抱こうと決めた。

生娘《きむすめ》を相手にするように、まず優しい口づけを交わし、そっと胸に手を這わせる。

「……そ、こ……さっきは……触らなかったのに……」

「感じすぎて辛いと思ったから、加減してたんだよ」

そしてそれは正解だった。胸の頂を軽くつついただけで、サフィーヤの肌は色づきリカルドを締めつける力が強くなる。

「胸が弱いんだな」

胸だけでなく、隠された弱点をすべて探したい。それを優しく攻め立て、上り詰める姿が見たい。

そう思うと我慢ができず、リカルドの手のひらが白い肌をゆっくりと滑り始める。

「ふ、あ……ッ、だめ……」

「お前は、背中も弱いんだな」

「あっ、ああっ……ンッ」

「それに首筋と、ここはどうだ？」

そう言って耳を舌で舐れば、サフィーヤの中がぎゅっとリカルドに絡みついてくる。

薬でおかしくなっていたときは些細な触れ合いでさえ中が激しく収縮していたが、今は攻める場所によって反応が違う。弱点を攻めればもっととねだるように、そうでない場所に触れたときは戸惑うように甘く絡みつく肉壁は、あまりに可愛らしい。

反応の違いを楽しみつつ、リカルドはゆっくりと腰を動かし始める。

「あ……、おく……こすれて……ッ」

「奥を突かれるのが好きか？」

「……わから、ない……」

恥じらいに顔を染めながら、サフィーヤが息を弾ませる。

こぼれる吐息は甘く、感じているのは明白だ。

しかし、それに彼女だけが気づいていない。あれほど激しく求め合い、快楽を刻まれたあとだというのに、今腕の中にいる彼女はあまりに無垢だった。

けれどそれが、たまらなく愛しいと思えてくる。

感じているのにそれに気づかず、こぼれる声に戸惑い恥ずかしがる姿はリカルドの身体をさらに熱くさせた。

それまで、彼は乱暴な性行為のほうが好きだと思っていた。優しくするより、思うがまま女を犯し乱すことこそ悦《よろこ》びだと思っていた。

(だが、大事に抱くのも悪くない)

自分ではなくサフィーヤを悦ばせるために、腰を穿ち弱点を攻めてやる。途端に彼女の身体は熱を高め、背中に回された小さな手に爪を立てられた。

人の肌はそれに傷ついたようだが、ささやかな痛みはむしろ心地がいい。

もっと縋れ、自分を傷つけるほどの愉悦に溺れろと考えながら、リカルドは腰つきを強くする。

先ほどまでの暴力的な音とは違い、打ち合う肌の音は軽やかにさえ思えた。

そこにサフィーヤの甘く弾んだ声が重なると、たまらない気持ちになる。

「……私……あっ、……また……」

「俺も、もう……」

リカルドの背中にさらに深く爪を立てながら上り詰めていくサフィーヤをしっかりと抱

きしめる。そのぬくもりを感じながら子宮の入り口を抉ると、うっとりとした表情で彼女は果てた。

それを見たリカルドもまたこらえきれなくなり、白濁を彼女の中に放った。さんざん注いだあとだというのに、彼の熱は全く冷めていない。

それどころかもっと彼女が欲しいと、身体が甘く疼いている。

「……リカルド……」

しかしサフィーヤのほうはもう限界だった。

背中に回されていた腕が外れ、パタンとシーツの上に落ちる。

「眠れ、サフィーヤ」

己を引き抜き、力を失った身体を優しく横たえる。

そうしていると、かつて彼女をベッドまで運んだときのことを思い出す。

毎日酷使され、夜遅くまで働き詰めのサフィーヤはベッドにたどり着く前に眠ってしまうことが多かった。そんな彼女を探し、リカルドは何度部屋まで運んでやっただろう。

(こいつは、あの頃と何も変わっちゃいねえ……)

今目の前にいるサフィーヤは、自分を虐げ犬のように扱った少女ではない。

行為の前によぎった確信が、さらに強まっていく。

同時に、胸に芽生えたのは戸惑いと苦い後悔だ。

アリアーナでの出来事を思い出せないとサフィーヤは言った。だが記憶を失っているだけにしては、自分を犬として扱ったときと今のサフィーヤは違いすぎる。

その違和感に気づきながら、リカルドはあえてそこから目を逸らしてきた。

別人のように感じるのは自分の愚かな願望か、腕輪の意思だと考えていたのだ。

けれど実際に、あのときと今のサフィーヤは違うのだ。別人なのか、それとも自分のように何かしらの魔法がかかっていた可能性だってある。

このような腕輪があるくらいだから、何か魔法具を使われていた可能性は高い。

そのことにいまさら思い至り、違和感を無視して酷い言葉を投げかけた自分に腹立たしさを覚える。

サフィーヤをよく見て、過去とちゃんと向き合っていれば、もっと早くこの事実に気づいたかもしれないのに、身の内の怒りに呑まれリカルドは彼女をよく知ろうともしなかったのだ。

（アリアーナで彼女に何があったのか、今度こそちゃんと調べねえとな……）

ちょうど今、信頼できる部下に腕輪に関する本を探させている。彼に頼み、アリアーナで起きたことも調べさせようとリカルドは決める。

（妙な男も気になるし、サフィーヤには目を光らせておいたほうがいいかもしれねえな）

今までさんざん傷つけてしまった分、今度こそ側で守り大事に愛さねばと考えて、リカルドははっと我に返る。

（……いや、大事にするのはともかく愛する必要はねえだろ）

そう考えた途端、異を唱えるように腕輪が僅かに熱を持つ。

妙なことを考えたのはこいつのせいかと舌打ちしつつ、リカルドは腕輪に心を乱されぬようにと歯を食いしばる。しかし抗おうとすればするほど、視線はサフィーヤに縫いつけられ彼女を意識してしまう。

（それにしても、さっきのサフィーヤは可愛かった……）

リカルドの腕の中、恥じらいながらも快楽に溺《おぼ》れる彼女の姿を思い出しただけで、下腹部に熱が集まる。

さんざん中に注いだあとなのにまだ元気なのかと自分のことながら呆れる。これもまた腕輪のせいかと考えつつも、サフィーヤへの引力に負けリカルドはそっと顔を覗き込んだ。

そのまま長いことじっとこらえていたが、形のいい唇を見ているうちに我慢ができなくなり、そっと口づけてみる。

起こさないように、不快にさせないようにと気遣いすぎるあまり、口づけはあまりにもつたなかった。

これではサフィーヤのキスを笑えないと思いつつ、今度は額にそっと唇を押しつける。

それもまたつたないものだったが、胸にはかつてないほど穏やかな気持ちが広がる。

「あぁくそ、可愛いな……」

口にしてから、リカルドは思わず顔をしかめる。

今のもきっと腕輪が言わせた言葉だろう。この一週間無理をして離れていたせいか、押さえ込んでいた偽りの愛情がすさまじい勢いで大きくなっている気がする。

（なんか、色々まずい気がする……）

これでは、前以上に腕輪に振り回されることになりそうだ。よしよしをねだったり甘えたりするだけならいいが、今夜のように彼女を求めてしまったらまずいと頭を抱える。

サフィーヤならそれも受け入れてくれそうだが、傭兵時代に大事にしていた少女のままだと確信した今は、手を出すのが怖い。

（こいつはあの頃のままでも、俺のほうは昔のままじゃねえ。こいつを抱く資格なんて、本当はもう……）

サフィーヤを傷つけ続けたのはもちろん、今のリカルドは交易都市の王と呼ばれるマフィアの首領なのだ。

そしてなんとなく、先ほど彼女が襲われたのも自分の肩書きや地位が原因であるような気がしている。サフィーヤの身の回りの世話をしていた者たちは、彼女を特によく思っていなかった。ここで働く女性たちはリカルドに気がある者も多く、その感情を否定も肯定もしてこなかったのだ。

今後側に置くのは自分に対してその手の感情がない、信頼できる者だけにしようと決めるが、そうしたところですべての危険が消えるわけではない。

（側に置けば、こいつをまた危ない目に遭わせるかもしれねえ）

そんな場所に、サフィーヤを置いたままでいいのかと迷いが生まれる。

本当なら今までのことをすべて謝り、今度こそ家族になろうと言いたい。けれどそれでは、きっとサフィーヤは幸せになれないだろう。今のリカルドの家族になったところで、いいことなど一つもないのだ。

（……むしろ、今まで通りのそぶりを続けたほうがいいかもしれねぇな）

そのほうが、いずれ手放すとき辛くないだろう。

だから、彼女を憎んでいるふりも続けようと彼は決める。

どのみち腕輪があるうちは離れられないし、勝手に甘やかしてしまう。なら、本心は別だと思わせておいたほうが、サフィーヤも自分の家族になりたいという願いを捨て、離れやすいだろう。

来たるべき別離について考えるだけで胸が痛んだが、これもまた魔法のせいだと考えながら、リカルドは腕輪のはまった手を持ち上げる。

「頼むから、これ以上馬鹿な気持ちを植えつけないでくれ」

サフィーヤを大事にしろというなら、この愛おしさを今すぐ消してくれと願う。

さもなければ自分は彼女を手放す機会を失ってしまう。

そんな予感にさいなまれながら、異を唱えるように震える腕輪をリカルドはそっと押さえた。

第五章

目覚めて最初に感じたのは、引きつれるような下腹部の痛みだった。

痛みの原因を確認したいのに、首を下に動かすことすら億劫《おっくう》なほどサフィーヤの身体は怠い。それに戸惑っていると、何かがぎゅっと彼女の腰を抱き寄せた。

同時に、耳元でくぅんと甘えた声がこぼれる。まさかと思ってゆっくりと身体を反転させると、側で寝ていたのはリカルドである。

サフィーヤの頭に時折頬をこすりつけてくるが、起きているわけではないらしい。そして何か夢でも見ているのか、時々寝言のように甘いうなり声をこぼしている。

それを見て可愛いと思いかけたとき、のんびりまどろんでいる場合ではないと気づく。

(そうだ、私は昨日リカルドと……)

魔法の媚薬のことや彼に抱かれた記憶が蘇り、いまさらのように真っ赤になる。

媚薬で乱れていた間の記憶は曖昧だが、それでも獣のようにリカルドに縋りついた覚えはある。

そして薬が切れた後、優しく抱かれたときの記憶は欠けることなく鮮明に残っていた。

自分の状態が気になりそっと身体を見れば、リカルドが拭き清めてくれたのか昨晩の名残は消えている。それにほっとしていいのか恥じらっていいのか困っていると、くぐもったうめき声を上げながらリカルドが目を開けた。

その途端、裸で目覚めたときのことが蘇り、また彼を怒らせてしまうのではとサフィーヤは身構えてしまう。

しかし向けられた眼差しは眠そうにとろんとしたままだ。怒りや戸惑いは欠片もなく、腰に回った腕も外れない。

「身体は、平気か？」

かすれた声で尋ねられ、サフィーヤは返事に困る。

困惑した顔から身体の状況を察したのか、リカルドが慈しむように彼女の頭を撫でた。

「無理せずもう少し寝ろ。あと今日は、無理に動こうとするなよ」

どこまでも優しい声が信じられなくて、サフィーヤは目を見開いたまま固まった。

「おい、なんだその顔は」

「てっきり、怒られるかと思っていたので」

「そうだな。確かにお前を叱らなきゃならねえな」

言うなり、先ほどより乱暴にグリグリと頭を撫で回される。

「俺はな、お前が犯され殺されるのを見て喜ぶような畜生《ちくしょう》じゃねえ。だから今度もし誰かに媚薬を飲まされたり襲われそうになったら俺を呼べ」

言いながら、リカルドは腕を軽く振る。

「お前が窮地に陥ればコレが教えてくるし、たぶん遠くにいてもお前が呼べば俺には届く」

「でも……」

「〝でも〟はなしだって前に言っただろ。お前は俺に従ってればいい」

そう言われても、サフィーヤはまだ言われたことが信じられない。

叱ると言いながらリカルドの声は全く怒っていないし、注がれる視線も優しい。頭を撫でる手つきも傭兵時代を思わせるもので、まるで甘やかされているようだ。

「返事は？」

「は、はい」

「あと、お前はもう少し自分を大事にしろ。そんなんじゃこの先、生きていけねぇぞ」

でもと言いかけて、サフィーヤは慌てて言葉を飲み込む。なんと返事をしたものかと戸惑っていると、リカルドがどこか気まずそうな顔でふいと顔を背けた。

「……それと、お前を殺すのはやめた。だから簡単に死なれちゃ困る」

「やめたって、どうして……？」

「もっと別の方法で償わせたいと思っただけだ。一瞬で終わらせるより、逆に奴隷にしてこき使ったほうが有意義だしな」

　確かに、リカルドの言葉は一理ある。だがなぜ彼が考えを変えたのかがわからず、サフィーヤは戸惑うばかりだった。

　なにせ昨晩までは、彼女とは顔を合わせることさえ嫌がっていたのだ。

「また間抜けな顔になってるぞ」

　けれどリカルドが言葉を撤回する兆しはない。怒っている様子はないし、口調も顔も穏やかなままだ。

　何度も何度も彼の顔を見て、確認して、サフィーヤはようやくリカルドが本気で言っているのだと信じることができた。

「……じゃあ、また側にいてもいいんですか？」

　二度と会わないという言葉も撤回されるのだろうかと、期待に胸が膨らむ。

　自業自得だとわかっていたが、リカルドと離れていたのは辛かった。その上昨晩、恋人のように優しくされたことで、前以上に離れがたいと思ってしまう自分がいる。

「嫌だって言っても、離れられねえよ」

　一度逸らされた顔がサフィーヤに向き直り、諦めたような声がこぼれる。その声から、怒りや嫌悪は感じられなかった。

「正直今もちょっとヤバい」

　それどころか、どこか情けない焦り顔がサフィーヤを見つめる。

「もしかして、リカルドも腰とか太ももが痛いんですか？」

「俺はそんなヤワじゃねえ。ただ、腕がおかしい」

慌てて彼の腕を見るが、サフィーヤの身体を抱く腕に特に異変はない。

「傷とかは、ないですよ？」

「そういうことじゃなくて、離れねぇんだよお前から」

言葉と共に抱きしめる腕の力が強くなる。その上また、彼は子犬のように顔をサフィーヤにすり寄せてくる。

「……一週間ずっと我慢してたから、反動が来てるみたいだ」

「反動って、大丈夫なんですか？」

「大丈夫だが、たぶん俺はぶっ壊れる。だからしばらく、されるがままになれ」

「されるがまま……？」

「俺に、甘やかされろ」

言うなりリカルドの顔が、鼻先まで迫る。

驚いて固まった唇を奪われ、頬をリカルドの舌がペロリと嘗める。

これはまずいと思った瞬間、凜々しい顔に蕩けるような笑顔が浮かんだ。

「お前にくっついて、甘やかして、可愛いって三千回言いたい」

「さ、三千……回!?」

「いや、五千にしよう。サフィーヤが可愛すぎてたまらない。可愛い。なんでこんなに可愛いんだ、くそっ可愛い！」

始終ニヤけっぱなしの顔を見るかぎり、かつてないほど重症だ。

しかし縋りつくから巨体を退ける力はないし、そうしたくないと思ってしまう。

（でも甘やかされろって言われたし、いい……のかな？）

戸惑いはあるが、許可を出したときのリカルドは正気だったはずだ。

ならば拒絶する必要はないのだと自分に言い聞かせ、くっついてくるリカルドにそっと腕を回す。

その仕草にさえ可愛いと連呼するリカルドは、確かに未だかつてないほど壊れている。

とはいえそれはきっと今だけで、すぐまたいつもの彼に戻るのだろう。

ならばそのときまで思う存分くっついておこうと思い、サフィーヤもまたリカルドの胸にそっと頬を寄せたのだった。

◇◇◇

すぐまたいつもの彼に戻るのだろう。

そんなことを考えていたのが遠い過去になるとは、あのときのサフィーヤは考えもしなかった。

「……まだ、無理ですか？」

「無理だな」

表情と口調は正気のようだが、リカルドの腕は今日もサフィーヤから離れない。

「……そろそろ、三週間……ですよね？」

「言うな。俺だって、さすがにまずいと思ってる」

「とかいって、あまり焦っていないみたいですけど」

「まずいとは思っているが、解決しないなら仕方がない。何事も諦めが肝心だろ」

そう言いながら、リカルドはサフィーヤを抱き上げベッドから下ろす。

この三週間、彼と共に起きベッドを出るのが毎日の日課になっている。

一週間離れていた反動で、リカルドはサフィーヤから全く離れられなくなってしまったのだ。とにかく身体の一部がくっついていないとだめらしく、そのせいで二人は一日中側にいる。

着替えや食事、風呂の時間も例外ではなく、この三週間は片時も離れずに一緒だ。最初は二人して戸惑い、特にリカルドは離れようと必死になったが、解決方法は見つからなかった。

もはや諦めの境地なのか、今回は一日目で「もういい」と匙《さじ》を投げたが、サフィーヤのほうはまだ慣れない。特に朝起きて、こうして着替えさせる時間は緊張する。

ズボンは自分で穿いてくれるが、シャツやベストなど上半身の服を着せるのはサフィーヤの仕事だ。その中でも特に緊張するのが、リカルドのネクタイを締める瞬間である。

今はもう慣れたが、最初はやり方がとても難しく何度も失敗してしまった。そのたびに「私がやる必要ないですよね？」と泣きそうな顔で尋ねたが、なぜだかリカルドは「お前がやれ」と聞かないのだ。

結果的に彼のネクタイを結ぶことで傷ついていた手を動かす訓練になり、以前より指は上手く動くようにはなったが、結び目の形は良くない。

けれど、リカルドは絶対に自分で結ばない。そしてネクタイを結ぶときは他の服を着せるとき以上に顔が近い気がして、サフィーヤはずっとドキドキしてしまう。

しかしそれで、着替えが終わるわけではない。リカルドが終わると、今度は立場が交代するのだ。

「脱がせるぞ」

リカルドは、サフィーヤを着替えさせることに欠片のためらいがないし、無駄に手慣れている。今日もサフィーヤのために作られた細身のワンピースを手早く着せ、かぶせたウィッグをまとめ、可愛らしい編み込みにしてくれる。

このワンピースはドレスが苦手だというサフィーヤのためにリカルドが用意した物で、質素ながらも愛らしいデザインが気に入っていた。ただやはりリカルドの手を煩わせるのは心苦しいし、何より恥ずかしいのだ。

かといってそれを口にもできず、ドキドキしているのを悟られないように胸を押さえる。

「もしかして、また胸元がきつくなったか？」

そんな彼女に、リカルドが悪気なく尋ねてくる。

「だ、大丈夫です……」

そう返事をしつつも、少しばかり胸回りが苦しいのは事実だ。

(どうしよう、また太ったのかな……)

カーゴに来たばかりの頃は骨と皮ばかりだったが、今はずいぶんと肉がついた。

特にこの三週間は変化が大きく、胸回りは格段に成長している。

「また新しい服を買おう。胸も大きくなってきたし、ドレスも似合うんじゃねえか?」

「ぜ、絶対に似合いません。胸が大きくなっただけで、貧相なままですし」

「どこが貧相なんだよ。むしろ色々成長しすぎて、俺でさえ戸惑うくらいだぞ」

言いながら、リカルドはサフィーヤをソファーに座らせその足にブーツを履かせてくれる。傅《かしず》く姿は騎士のようでうっかり見惚れてしまうが、足首を持たれるとなんだか妙な気分になってしまう。

三週間前以来、裸で抱かれるようなことは一度もないものの、何気ない触れ合いのたびあの夜のことを思い出し意識してしまうのだ。

「仕事のあと、街に出るぞ。俺もスーツを一着仕立てたい」

「けどドレスはいりませんよ?」

「なんと言おうが買う。お前には、俺にふさわしい女になってもらわねぇと困るからな」

そう言われてしまうと、サフィーヤは口をつぐむしかない。

なにせ離れられなくなったせいで、二人は常に一緒に行動せざるを得ないのだ。

仕事中も例外ではなく、マフィアの幹部が集まる場にも同行せざるを得ない。

他の幹部たちもそれぞれパートナーや愛人を連れているが、リカルドは今までそうしたことがなかったらしく、サフィーヤの存在は弥が上《いやうえ》にも注目されてしまう。

他の女性たちと比べると明らかに見劣りしているのに、離れられないせいでどんなときでも膝の上に乗せられてしまうのだ。

もっと過激なスキンシップをしている男女もいるが、サフィーヤが乗っているのはマフィアたちの王であるドン・サルヴァトーレの膝の上だ。

三週間も経つと周りも多少慣れたようだが、当初は明らかに戸惑われていた。

物申したそうにしている者もいたが、サフィーヤが襲われた件でドンが激高したという噂は知れ渡っており、皆口をつぐんでいる。

あのとき襲ってきた男たちは殺され、一命を取り留めたメイドも二度と表を歩けなくなったという。

それを聞いてほっとしてしまう自分に嫌悪感を覚えるが、もうあんな目に遭いたいとは思えない。今も必要なら死ぬべきだという考えはあるけれど、やはり乱暴されるのは怖かった。

遅れてきた恐怖は時折悪夢となってサフィーヤを蝕むほどだ。

それだけでなく、得体の知れない誰かに呼ばれる不気味な夢も、三日に一度は見る。

二つの悪夢が重なることも多く、あまりの恐ろしさに飛び起きること多々あった。そのたび、宥《なだ》めてくれるのはリカルドだった。

彼に優しく抱きしめられ「大丈夫だ」と言われると安心できた。自分の弱さを申し訳なく思うが、彼の腕の中にいると、前以上に甘えたくなってしまう。

（なんだかんだ言って、くっついていたいのは私のほうなのかも……）

そしてそれが腕輪に作用していたらと思うと不安だが、今のところリカルドはあまりこの状況に苛立っていない。

淡々と受け入れ、仕事や外出にサフィーヤが同行することにためらいさえない。

「そろそろ行くか」

身支度を調《ととの》えると、リカルドが手を差し出す。それを掴むと、恋人同士がするように指を絡め二人は部屋を出た。

◇◇◇

新興組織の出現によって世間は騒がしくなったものの、カーゴの街はまだ一応の平和を保っている。

とはいえ魔法薬の売人など不安要素は消えていないが、それでもリカルドの命令によってマフィアたちが警戒を強めたため、目立った襲撃などは未だ起きていなかった。

そのため近頃はリカルドも部下の会社の視察など通常業務を行うようになり、サフィーヤが同行することも増えていた。

そして間近でリカルドの仕事を見るようになって、サフィーヤは彼の仕事を少し誤解していたと気づく。

マフィアであるリカルドの仕事は危険と隣り合わせのものばかりだと思っていたけれど、実際には荒事はほとんどない。

マフィア同士故に口調が乱暴になり、多少物騒な雰囲気になっても血が流れる現場には未だ遭遇したことがなかった。

そしてこの三週間、リカルドの仕事ぶりを見てわかったのは、「俺は大して仕事をしていない」という彼の話は大嘘だったということだ。

リカルドは自分で事業を興したりはせず、部下たちに投資をする側だ。サルヴァトーレファミリーがカーゴで手がける事業は多岐に渡り、最近では海運および空運会社まで設立し、タチアナ全土にファミリーが経営する企業がある。

そしてそれらすべての経営状況を、リカルドは常に把握している。そのため朝から晩まで何かしらの書類をずっと眺めているし、問題があれば自ら各事務所に赴くことも多い。

今日、リカルドが顔を出したのは、若いマフィアたちが経営する建築会社の事務所だった。若手ばかりの会社は何かと問題が多いらしく、月に一度は顔を出しているらしい。

そして事務所に入るなり、リカルドは手にしていた報告書をテーブルにばらまいた。

「西区の水道工事が、当初の予定より一週間も遅れているのはどういうことだ？」

尋ねる声は冷ややかで、リカルドの前に並ぶマフィアたちの顔が軒並み強ばる。

仕事中の彼は感情が顔に出にくく、端から見ると怒っているようにも見えた。

リカルドを見続けてきたサフィーヤの目には、怒っているというより軽く呆れているくらいにしか見えないが、周りは本気で怯えている。

「すみません！　不眠不休で仕事に当たらせますので！」

「予定通りに進めろって意味じゃねえ。なんでそうなったかって聞いてるんだ」

「いや、あの……それは……」

しどろもどろになるマフィアたちの様子に、普段はできるだけ空気に徹しようと努めるサフィーヤは顔を上げる。

今座っているのは広々としたソファーで、さすがに膝の上は免除されている。だが太もが触れ合うほどの距離にいるので、冷え切った空気が肌を刺してくる。

普段は仕事の邪魔にならないようにと持ってきた本を読んでいるが、さすがにこの空気には耐えられない。

「実際に工事に当たっていた奴らはなんて言ってる」

「な、何か言っていた気はするんですが……雇ってる奴らは公用語も話せない異国人ばっかりで……」

「だから、ちゃんと聞いてなかったってのか？」

「す、すみません！　普段はスカルズの兄貴が、通訳してくれてるんで……」

聞き覚えのある名前に、サフィーヤはふと顔を上げる。

(確か、アリアーナの遺物を探してくれてる人……よね？)

「兄貴は、声と顔はうるさいですが語学が堪能でしょ？　だからいつも間に入ってくれてたんですが……」

声と顔がうるさいという評価で、やっぱりリカルドが仕事を頼んだ相手だと確信する。

「俺たちみんな学がねぇし、報告書を読んでもわけわからねえ文字ばっかりだし、全然理解できなくて」

「あいつの不在を言い訳するんじゃねぇよ。だったら代わりに、通訳くらい入れろ馬鹿」

「す、すみません……！」

頭を下げるマフィアの顔は真っ白で、今にも首をくくると言い出しかねない。

それがかわいそうになって、サフィーヤはすぐ側に置かれていた書類の束をそっと覗いた。スカルズという男の不在には自分も関わっている気がして、少し責任を感じたのだ。

リカルドと部下のマフィアたちが話している隙にと、話題に出ていた報告書らしきものを見つけた。

それをそっと引き寄せたサフィーヤは、小さく「あっ」と声を上げた。

途端に周囲の視線がすべてサフィーヤに集まった。リカルドにも小さく首をかしげられ、思わず身体が固くなる。

なんでもないと言いかけて、サフィーヤはぐっと拳《こぶし》を握る。

(黙っちゃだめ。少しくらい、役に立たなきゃ……)

何気なく見た報告書には、リカルドが知りたいと言っていた作業遅延の理由がはっきりと書かれていたのだ。そしてそれに気づいたのがサフィーヤだけなら、見ないふりはできない。

「……作業が遅れているのは、地層の問題だとここに」

「お前、これが読めるのか？」

それまで感情のなかったリカルドの顔に、僅かな驚きがよぎる。

「南部の『クリア語』は、アリアーナでもよく使われていたのでわかります。ただ誤字も多いので全部は読めませんけど」

「……それで、地層の何が問題だ？」

「思った以上に岩盤が厚くて、掘削《くっさく》に時間がかかっているそうです。あと水道管の発注にミスがあって、サイズが合わないとも」

他にも細々とした問題があるらしく、それを一つ一つ読んでいく。

数はあるがどれも大きな問題ではなかったのか、聞き終えたマフィアたちはあからさまにほっとした顔をした。リカルドも特に怒るふうもなく「対処しろ」と言うだけだ。

そして必要経費として小切手を切ると、それをマフィアに渡す。

「ありがとうございます！　あと姐《あね》さんも助かりました！」

いきなりの「姐さん」呼びに、サフィーヤはきょとんとしたまま固まる。

どう見ても自分のほうが年下なのにと思っていると、リカルドがサフィーヤを抱えるようにして立ち上がった。

その顔はどことなく不機嫌に見える。

「俺の女に馴れ馴れしく話しかけるんじゃねえ」

低い声に、事務所にいたマフィア全員が凍りついたように動きを止める。

不機嫌とはいえそこまで怖がることはないのにと思っていると、他ならぬリカルドが言いすぎたと気づいたらしい。

「……ともかく、異国人を雇うなら言葉がわかる奴を入れろ。スカルズは仕事があれば世界中飛び回るし、常駐できる奴は必要だろ」

「ですが、俺たちみんな孤児院育ちで、学のある知り合いがいなくて……」

「なら、シャオあたりに探させてやる」

「すっ、すみません！　俺たちの出来が悪いばっかりに、シャオの兄貴まで煩わせて……」

「出来が悪いのも学がねぇのも承知で仕事を任せたんだ。困ってんなら、隠さずちゃんと言え」

そう言って席を立つと、リカルドは側にいたマフィアたちを軽く叩く。

叩かれたというのに、マフィアたちは皆嬉しそうな顔で「ありがとうございます！」と頭を下げた。

その様子を横から見ていたサフィーヤは、なんだか温かい気持ちになる。

(面倒見がいいところは、傭兵時代と何も変わってない)

部下に慕われているのも、きっとこういうところなのだろう。

彼自身は怖がられているだけだと思っているようだが、たぶんファミリーがまとまっているのはそれだけではない。

さりげなく滲む面倒見の良さや懐の深さに、きっと周りは魅了されるのだ。

そういうリカルドのことが改めて好きだなと思って微笑んでいると、周囲の視線がサフィーヤに集まりだす。どうしたのだろうかと思って首をかしげると、突然顔を隠すようにリカルドに腕を回された。

「勝手に見てんじゃねえ」

「すみません！　可愛くてつい！」

「ついでも見るな」

「いやでも、見せびらかしたいから連れ回してるんじゃ？」

「色々事情があるんだよ。ともかく、そんな欲情した犬みたいな顔で見るな」

リカルドの言葉にマフィアたちが必死に表情を整える。それがなんだかおかしくて笑いそうになったが、それを阻むようにリカルドにぐっと抱き寄せられた。

「お前も、あんまり可愛く笑うんじゃねえ」

サフィーヤだけに聞こえるように、不満そうな囁きが降ってくる。

慌てて頬を押さえると、そこでふとマフィアの一人が「あっ」と声を上げた。

「……そうだ！　クリア語がわかるってことは、姐さんは南方の生まれですか？」

「おい、こいつの生まれに文句あるのか？」

「いっ、いえ、そうじゃないんです！」

ドンが一緒なら大丈夫だと思いますけど……と前置きをしつつ、向けられた顔と声はなんだか不安そうだった。

「最近、女がよく消えるそうなんですよ。それも、魔法のように忽然《こつぜん》と」

「魔法だと？」

「ええ。それも、南方から来た移民の女ばかりが」

その言葉に、周りにいたマフィアたちも「俺も聞いたことがある」「自分もだ」と声を上げ始める。

「それに、不気味な仮面の男が関わってるって話もあります。媚薬から麻薬まで、魔法が絡んだ妙な薬が出回ってるのもそいつのせいだって噂もあるし、なんか不穏な感じっすよね……」

だから念のため、リカルドの耳にも情報を入れておこうと彼らは考えたのだろう。

「わかった。俺のほうでも少し調べてみる」

マフィアたちに礼を言い、リカルドは難しい顔で事務所を後にする。それに続きながら、サフィーヤは不安げにうつむいた。

「お前が元いた一座に、仮面をつけてるような怪しい男がいたか？」

不意に尋ねられ、慌てて首を横に振る。

「曲芸師の中にはいましたけど、探されるほど仲良くなかったです」

「……そうか」

今の返事でひとまず納得したようだが、事務所の外で待っていた車に乗り込んでもなお、彼は難しい顔で何やら考え込んでいる。

不安を感じつつそれを眺めていると、視線に気づいたリカルドがはっと顔を上げる。

それからサフィーヤの頬を軽くつつき、場を和ませるように話題を変えた。

「そういや、さっきはよくやったな」

「さっき？」

「報告書の件だ」

言いながら、リカルドが乱暴にサフィーヤの頭を撫でる。

褒められたことに驚いていると、先ほどの無表情さが嘘のように彼の目元がほころぶ。

「しかしお前、いつもは黙っているのに今日はどうした？」

「みんなが困っているようだったので、つい……」

出過ぎた真似だったろうかと悩んでいると、頭を撫でる手つきが少し優しくなる。

「正直助かった。俺も南部の言葉は話せるが文字は苦手でな」

「私はその逆です。昔王宮で異国の本をたくさん読んだので、読み書きは得意なんですけど話すのは……」

「王宮ってことはずいぶん幼い頃だろ？　なのに覚えてるのか？」

「私、昔から記憶力はいいほうなんです。それに言葉を覚えるのが好きで」

会ったことはないが、サフィーヤの父も語学が堪能で異国の本を読むのが趣味だった。

そんな父が残した本が幼少時代を過ごした離宮には残っており、サフィーヤはそれを読むのが大好きだったとリカルドに告げる。

「さっき読んだ『クリア語』は、文字が岩のようにゴツゴツしているのが可愛くて、辞書で単語を覚えるのが楽しかったです」

「可愛いって文字が？」

「はい、とっても可愛いです」

「でも文字だぞ？」

「『オルニア語』に比べると負けますが、とても可愛いです」

それだけは譲《ゆず》れないと思って力説すると、リカルドが小さく吹き出す。

笑われてようやく、いつになくしゃべりすぎたと気づく。恥ずかしくなっていると、赤くなった頬を太い指が軽くつついた。

「お前が好きなもの、初めて知った」

「そういえば、初めてしゃべりました」

思えば、今まで誰にも自分の好きなものについて話したことがなかった。

リカルドと出会った頃から文字が好きだったが、当時それを伝えようという考えはなかったと思う。

昔から、サフィーヤは自分のことを話すのが苦手なのだ。幼い頃は口を開いただけで「うるさい」と怒られてきたし、自分のことを話せば相手は気分を害すると思っていた。

でもさっきは自然と、文字について話してしまったような気がする。

「他に、お前はどこの国の文字が好きなんだ？」

「書いていて楽しいのは『グレンデル語』です。流れる水のような文字で、クリア語の文字とは別の良さがあります」

「ちょっと書いてみろ、見てみたい」

言われるがままリカルドから渡されたメモ用紙に、彼の名前を書いてみる。

「リカルドの名前、文字にすると特に綺麗です」

「じゃあ、今度から名刺にこの文字も入れるか」

サフィーヤの字をそっと撫でながら笑う顔があまりに優しくて、いつまでも視線が外せない。

このところ、リカルドはよくこうして笑う。普段は笑顔一つ浮かべないのに、二人きりのときはどの表情も優しくて、見ているこちらも穏やかな気持ちになる。

だからこそ、今まで口にできなかった自分のことも話せたのかもしれない。

少し前までは考えられなかったが、何を話してもリカルドは怒らない気がする。そしてそんな彼に、自分のことを知ってほしいと思ってしまう。

「……なあ、文字が好きなら仕事をしてみるか？」

不意に、リカルドがサフィーヤの文字を見つめながら言った。

「仕事、ですか？」

「カーゴには様々な国から人が来るし、部下の中にも異国出身で公用語が不得意な奴がいる。そういう奴らの書類を読み解くのは、なかなか骨が折れるんだ」

それを翻訳する手伝いをしてほしいと言われ、サフィーヤは考える間もなく頷いた。

「したいです。私、やりたい……！」

リカルドの腕をぎゅっと握り、わくわくと目を輝かせる。

実を言えば、ずっと彼の役に立つことがしたいと思っていたのだ。とはいえ自分にはなんの取り柄もないと落ち込んでいたのだが、確かに言葉に関することなら力になれそうな気がする。

「あっ、でも勉強が必要な国の言葉もあるかもしれませんが……」

「もちろん、必要なものは揃えてやる。なんなら、学校に行ってもいいし」

「学校って、小さな子供が行く場所ですよね？」

「大人向けの大学もこの近くにはある」

「そこでは、文字や言葉の勉強もできるんですか？」

「ああ。色んな勉強ができる」

だとしたら行ってみたいと、サフィーヤはうずうずしてくる。

元々サフィーヤは知的好奇心が旺盛で、幼い頃は本や祖父のつけてくれた家庭教師から日々学ぶことが好きだった。

しかし本で得た知識を利用すれば、頭の良さをひけらかしているとなじられ、小さかった彼女は自然とそれらを隠すようになったのだ。あえて愚かなふりをしているうちに、それが本当の自分のような気がしていたけれど、心の底ではずっと、本を読んだり何かを学びたかったのかもしれない。

「手続きに時間がかかるが、いずれ必ず行かせてやる。今用意できるのは、教本や辞書辺りだが、ひとまずそれで――」

「辞書……！」

あまりに嬉しくて、サフィーヤはさらに強くリカルドの腕を握りしめてしまう。すると彼は、おかしそうに身体を折った。

「ドレスを買おうと誘ったときはこの世の終わりみたいな顔をしてたのに、辞書には大喜びするんだな」

「だって、ドレスは似合わないですし」

「似合うのだってあるだろ。なんだったら、お前だけの一着を作らせたっていい」

「同じお金を出すなら、辞書のほうが役に立ちます」

「役に立つし、嬉しいか？」

問いかけに、サフィーヤはこくんと頷く。

「あとは何が嬉しい？　辞書が好きってことは、本も好きか？」

「好きですが、本はアパルトメントにあるのだけでも十分です」

仕事の邪魔をしないようにと持ってきた本は、すべて居間に置いてあったものだ。

元々は飾り用だったらしく数は多くないが、この地方の昔話をまとめたものなど内容はどれも面白い。だからそれを、サフィーヤは繰り返し読んでいた。

「お前は欲がないな」

「あります。今も、辞書が欲しいって思いました」

「でも普通はもっと欲しがるもんだ。特に俺の女ならな」

リカルドの言葉から察するに、サフィーヤ以外の女性たちはきっと様々なものを彼にねだったのだろう。

そこで、いまさらのように『ドン・サルヴァトーレの女たち』のことが気になって、自然と視線が下がる。誰とも長続きはしていないようだったが、恋人のように扱った女性はきっとたくさんいたのだろう。

たぶん、彼女たちは皆リカルドにふさわしい容姿だったはずだ。

サフィーヤを見て戸惑う周囲の反応を見れば、自分が異質なのは嫌でもわかる。

(他の人はドレスや宝石をねだったのかな……)

それが正しいのだろうかと悩みながら、サフィーヤは何気なく車窓に目を向ける。

車は大通りを北へと進み、商業施設が建ち並ぶ街の中心部を走っていた。近頃カーゴには有名な服飾デザイナーやブランドが店を出し、流行の先端を行く様々なブティックが並ぶ区画がある。

それらのショーウィンドウの前には若い女性たちが集まっていた。みな飾られた服やドレスに夢中だが、サフィーヤはどうしても興味がわかない。むしろ奥まった場所にある書店に視線がいってしまう。

「おい、車を停めろ」

そのとき、不意にリカルドが運転手に声をかけた。

「サフィーヤ、降りるぞ」

「え……？」

「言っただろう、午後は買い物に行くと」

そういえばドレスを買うと言っていたことを思い出し、少し緊張する。

(他の女の人たちみたいに、ちゃんとねだれるかな……)

リカルドにふさわしい振る舞いができるだろうかと悩みながら、リカルドに連れられ車を降りる。そのまま来た道を少し戻れば、ブティックのある通りが見えてくる。

「こっちだ」

だがてっきりブティックのある通りに向かうと思ったら、リカルドは手前の路地を折れた。その先には、先ほど目にとまった書店の看板が見える。

「お前が欲しいのはこっちだろう？」

驚いて顔を上げると、優しい眼差しがサフィーヤを見つめている。

「見てりゃわかる。目が本屋ばかり追ってたからな」

「けど、本当はドレスを欲しがったほうがいいんですよね？」

「欲しがらなくても、ドレスや宝石は勝手に買う」

でも……と、不安げなサフィーヤの腕をリカルドが強く引いた。

「欲しがるものも買ってやる。本や辞書は俺の役にも立つものだし、遠慮はするなよ」

「じゃあ必要な辞書と、……あと本を一冊だけ」

「わかった」

言いながら、リカルドが書店の扉をくぐる。

「いらっしゃ——」

「おい、この店の本を全部くれ」

開口一番に飛び出した言葉に、店主もサフィーヤも唖然としてしまう。

そもそも小さな書店である。まさかサルヴァトーレファミリーのドンが来ることさえ予想外だったのだろう。

店主は大混乱に陥り、言葉にならないうわ言を繰り返している。

「い、一冊……って言いましたよね……？」

そしてサフィーヤも、とんでもない発言にただ慌てることしかできない。

「俺はドン・サルヴァトーレだぞ。本一冊だけなんて、みみっちいことできるか」

「でも全部はさすがに……」

「じゃあ欲しい本を百冊選べ」

「ひゃ……ひゃく……？」

「と言われてもすぐ選べないだろ。だから全部買う」

家で読みたい本を選べと言うリカルドを、サフィーヤは止めることができなかった。

◇◇◇

最初は戸惑っていたが、サフィーヤはリカルドからの贈り物になんだかんだ喜んでいるらしい。

「おいサフィーヤ、寝るか読むかどっちかにしろ」

深夜、急な仕事で書類の確認をしていたリカルドの膝の上で、サフィーヤは本を片手にうつらうつらしている。

「続き、読みたくて……」

「明日読めばいい。俺もあと少しで終わるから、とにかく寝ろ」

そう言って頭を撫でれば、睡魔に負けた彼女はリカルドの胸にコテンと頭を預けた。

穏やかな寝息に頬を緩めながら、彼女の眠りを覚まさないようしっかりと抱き直す。

そのまま仕事に戻ろうとしたが、少し離れた場所から向けられた視線にペンを持つ手が止まった。

「なんだ？」

「いえ、いつのまにかイチャイチャが標準化してきたなと思って」

そう言ってニコニコしているのは、リカルドの仕事を手伝ってくれているシャオだ。

本人は「医者だ」と言い張っているが、シャオは数字に強く本来の仕事はサルヴァトーレファミリーの金庫番なのだ。

そしてそんな彼から不明瞭な帳簿が出てきたと言われ、深夜にもかかわらずそのチェックに追われていた。

「イチャイチャしてるわけじゃねえ」

「三週間もくっつき虫になっていながら、よくそんな台詞言えますね」

「腕輪のせいだ、腕輪の」

「とかいって、この状況を甘んじて受け入れているのはどこの誰です？」

「抗っても意味がねえから、仕方なくだ」

「仕方なく……ね」

妙にニコニコした顔で、シャオは手元の書類に目を戻す。

視線と追及が逸れたことにほっとしつつ、リカルドもまた書類に向かうふりをしてチラリとサフィーヤを見つめた。

自分に寄り添う少女を見た瞬間、身悶えたくなるような甘い切なさが身体を駆け巡る。

（あぁくそ、可愛いすぎる……）

腕輪が反応してしまったのか、自分のものとは思えない心の声が出てしまった。

（いやでも仕方ねえだろ。初めて物をねだられたし、こんな嬉しそうな顔は見たことなかったし）

最初は遠慮していたサフィーヤだが、アパルトメントに運ばれてくる本を見る目はキラキラと輝いていた。その中から本を選ぶ顔はとても幸せそうで、どうしてもっと早くに買ってやらなかったのかと後悔したほどだ。

（しかし前より、少しずつだが表情が豊かになったな……）

特にこの三週間で、彼女はまるで別人のように変わった。

リカルドと同様にあまり感情がなかった顔は、ふとした瞬間ほころぶようになった。そして何よりの変化は、日に日に美しさを増す顔立ちと肉体だ。

止まっていた時が突然動き出したかのように、サフィーヤの身体は年頃の女性らしい成長を遂げている。媚薬を使われた夜、さんざん抱かれたことで引き出された官能が、女らしい変化を一気に促したのかもしれない。

それに、リカルドは正直戸惑っている。

少し前までは子供のようだったのに、今の彼女はもうすっかり女なのだ。

こうして膝に乗せていると、その柔らかな身体や女らしい香りについ引き寄せられてしまう。

「欲情するなら仕事のあとにしてくださいね」

鋭すぎる言葉に慌てて顔を上げると、シャオのニヤけ顔は消えていない。

何を言うのかと怒鳴りたいが、サフィーヤが起きるかもしれないと思うとそれもできない。

仕方なく気持ちを切り替え、黙って書類の確認を続ける。

シャオに渡された書類は、サルヴァトーレファミリーができた当初からリカルドに尽くしてくれている幹部が関わる決算書類だ。組織では上から数えて五番目の地位におり、組織の中でも一目置かれている。

ファミリーの資金源の一割を担うカジノ店を経営する彼は、リカルドへの忠義も厚く、今まで問題を起こしたことはなかった。

だが報告している売り上げには、確かに不自然な点がある。

「二ヶ月前から、売り上げが明らかに少ねえな」

「そうなんですよ。むしろここ数ヶ月は『クルエル国』の馬鹿王子が太客になって、馬鹿みたいにお金を落としてるって話まであるのに」

近隣ではカジノが違法の国も多く、賭博好きの金持ちたちがあえてカーゴまで足を延ばしてくることは多々ある。

問題のカジノはそうした客向けのサービスと宿泊施設を兼ねており、売り上げは年々上がっていた。

「金に目がくらんでちょろまかすにしても、あいつがこんな下手打つか？」

「こんなわかりやすい証拠は残さない人ですよね。……そういう抜け目のない性格が、変わっていなければですが」

どこか含みのある言い方に、リカルドは顔を上げる。

「性格が変わるって、どういう意味だ？」

「そういう噂が流れてるんですよ。最近幹部の中に、以前とは人が変わったような振る舞いをする者がいるって」

ちなみにあなたもその一人ですと言われ、リカルドはむっとした顔をする。

「俺は腕輪のせいだ、腕輪の」

「もちろん知ってますよ。でもそれと同じくらいの変化が起きているなら、気になりませんか？」

「確かに、妙だな」

リカルドの返事を聞き、シャオはいつになく真面目な顔を作る。

「うちだけでなく、襲われた御三家の中にも、ある日突然内面が変わってしまった者が多いそうなんです」

「まさかそいつらが、新興の組織に寝返ったのか？」

「ええ。でも話を聞くと、裏切ったのは忠誠心が厚い幹部ばかりだったそうです。だからみんな『魔法にでもかけられたんじゃないか』って口々に言っているそうで」

そういえば、昼間若いマフィアたちも「魔法」という言葉を口にした。しかしその言葉はこの街では馴染みのあるものではない。そもそも魔法は失われた力なのだ。

アリアーナのように魔法の存在が色濃く残る土地は珍しく、リカルドやシャオを苦しめる魔法具だって稀少な物だ。

特にカーゴを含め近代的な都市が多いタチアナでは、まずお目にかかれない。

(だが、サフィーヤに使われた薬も魔法がかかったものだった。いくらなんでも、急に出てきすぎだろ……)

ここまでくると、誰かがあえて魔法を持ち込んだとしか思えなかった。

「人が変わった奴らは、そのあとどうなる」

「少しずつ感情が削げて、最後は人形のようになってしまうとか」

人形と聞き、不意に頭をよぎったのは以前裏路地で襲われたときのことだ。

あのときはサフィーヤのことがあったのでよく確認しなかったが、あれは本当に人形だったのだろうかと疑問がよぎる。

「あげく、最後は突然行方をくらましてしまうらしいです」

「不気味な話だな」

「最初に聞いたときは何かの怪談かと思いましたが、実際、街では行方不明者が増えています」

「俺も、今日似たような話を聞いた」

「すこし、気になりますよね」

不安げな表情を見て、シャオが話したかった本題はこれだと察する。

そしてやはり、自分が襲われた一件と何か関係がある気がしてならなかった。

（いっそもう一度俺を襲いに来てくれりゃあ、色々探るチャンスなんだが……）

正直何かをちまちまと調査するのはリカルドの性《しょう》に合わない。もちろんそうした必要があれば部下に調べさせるが、あいにく適任者はアリアーナと腕輪の情報を探させている。

「……しかし、スカルズの野郎はまだ帰ってこねえのか」

「今頃、どこかで女の子のお尻でも追いかけてるんじゃないですか？」

「大至急探せと伝えたんだろうな？」

「伝えましたよ。けど、それでもサボって女の子と遊んじゃうのがスカルズでしょう？」

頼りになるようでならない部下の顔と素行を思い浮かべ、リカルドは返す言葉が見つからない。

「でもまあ、むしろ今は帰ってこないほうがいいんじゃないですか？」

「俺は一刻も早く、この腕輪を外す方法を知りたいんだが？」

「けど外したら、サフィーヤさんとくっつく口実がなくなりますよ」

シャオの言葉に異を唱えたいのに、言葉が上手く出てこない。

そのまま馬鹿みたいに固まっていると、やれやれという顔でシャオが首を振った。

「スカルズが帰ってきたら、女性の口説き方を教わったらどうです？」

「なんで俺があいつに……」

「腕輪の力がなくなったら、絶対好きだって言えないでしょう、あなたは」

「そもそも、こいつにはなんの感情もねぇよ」

「嘘の吐き方も、スカルズに教わったほうがよさそうですね。あまりに下手すぎて、心配になる」

本気の呆れ顔に苛立ち、思わず怒鳴り声を上げそうになる。

だがそれを、やたらと明るい声が遮った。

「このオレをお呼びかな？　ドン・サルヴァトーレ！」

声以上に陽気な顔が、部屋に飛び込んできたのは直後のことだった。

なんてタイミングだと呆れるリカルドの前に、無駄にキザったらしい足取りで近づいてくるのは今し方話題に出てきた組織の幹部『スカルズ・ターナー』である。

年齢はリカルドとほぼ変わらないのだが、スカルズはいつも暑苦しくてとにかく落ち着きがない。

「ああ、それが噂のドンのマドンナか！　貧相な子だと手紙にはあったが、目がくらむほどの美女じゃないか!!」

言うなり身を乗り出してくる彼を押しのけたとき、スカルズの大声にサフィーヤが目を開ける。

「おいっ、起きちまっただろうが」

「眠る姿も可憐《かれん》だが、目覚めた顔も愛らしいね」

「お前ほんと、息するように女を褒めるな」

二人のやりとりに、腕の中のサフィーヤが明らかに戸惑っている。

この人は誰だろうという顔で見つめられ、リカルドは渋々部下を紹介する。

「こいつはこう見えても、俺の次に偉い幹部だ」

「初めまして、可愛らしい眠り姫さん。リカルドの一番の部下、スカルズだ」

言うと同時に、普段は隠している大きな翼を芝居がかったポーズと共に広げる。

「あの……もしかして声と顔がうるさいっていう……」

声をすぼめながら尋ねてくるサフィーヤに、「うるさいあいつだ」と頷く。

「ちなみにこいつは大鷲《おおわし》の獣人、正確には鳥人だが『女を口説くのに邪魔だから』って理由で翼を隠すような獣人の風上にも置けない男だ」

「今日はいつにも増して饒舌《じょうぜつ》で辛辣《しんらつ》だね。そんなに警戒しなくても、あなたの彼女なら本気で手を出したりはしないよ」

「別に彼女じゃねえ」

「隠さなくてもいいよ。さっき、オレに女性の口説き方を教わりたいって言ってただろ」

「言ってねえし、盗み聞きするくらいならさっさと部屋に入って来い」

「だって、登場はベストなタイミングじゃないと」

「相変わらず、無駄に目立ちたがり屋だな」

皮肉のつもりだったが、スカルズは褒め言葉として受け取ったらしい。

無駄にニコニコしている彼に愛想が尽きたリカルドは、うんざりした顔で手を前に突き出す。

「とりあえず、そのテンションで帰ってきたってことは、目当ての物は見つかったんだろう？」

「いや、それが本のページすら入手できなかったんだよ！」

聞いて聞いて！　と喚きながら机に寄りかかるスカルズを見ていると、呆れすぎて怒る気にもなれない。

「シャオもそうだが、俺はなんでこいつを部下にしたんだ……」

「何それ酷くない？　オレ、すっごい有能なのに」

開き直るなと言いかけて、ふとリカルドは気づく。

（いやだが、確かにこいつは有能だ。声と顔はうるさいが、そこは間違いない）

その男が何も入手できなかったほどのことが起きたのだと気づき、スカルズの真意を探ろうと様子を窺う。

その視線に、うるさいが有能な部下はにやりと笑った。もしかしたら、リカルドがスカルズの意図に気づくかどうか、あえて試していたのかもしれない。

「恋でふぬけてるかと思ったけど、ドンはやっぱりドンのままだ」

「ふぬけてねえよ」

「可愛い女の子を後生大事に抱えているのに？」

「腕輪のせいだ、腕輪の！」

「じゃあその腕輪が取れたら、その子はオレにくれる？」

「やるわけねえだろ！」

とっさにスカルズの胸ぐらを摑むと、なぜだか彼は嬉しそうな顔をする。

「ああ、やっぱりドンの殺気はゾクゾクするなぁ。怒った顔が加わるとなおいいよ」

「そういやお前、うるさい上に変態だったな……」

スカルズを突き飛ばし、無意識にサフィーヤの肩を抱く。

そのまま大きく息を吐けば、スカルズが拗《す》ねた顔で戻ってきた。

「まあさっきのは冗談だよ。実際、無理だしね」

「当たり前だろ、俺の手から奪えると思うな」

「そういう意味じゃないよ。だってその子は、あなたの手にも残らない」

爽やかな笑顔を浮かべながら、そこでスカルズは一枚の紙を机の上に放る。

「本も辞書も入手できなかったけど、腕輪を外す方法は見つけたんだ」

「ならそれを先に……」

「言ったらドンが泣いちゃうかと思ったから、先に場を温めておいたんだよ」

どういう意味だと尋ねようとしたとき、机の上の紙をサフィーヤが手に取る。

リカルドもそれに続くが、紙に書かれている文字は彼には解読できないものだ。

けれどサフィーヤには、それが読めたらしい。

「……確かに、古代妖精語で腕輪を外す方法が書かれてます」

「じゃあ、できるのか？」

尋ねると、サフィーヤが弾かれたように顔を上げる。その目が泣きそうに潤んでいるのを見て、反射的に彼女の手から紙を奪った。

「おい、なんて書いてあったんだ……」

尋ねても、サフィーヤは答えない。

代わりにスカルズを睨めば、彼は芝居がかった仕草で肩をすくめてみせた。

「その子が死ねばいいんだよ。腕輪をはめた相手の鼓動が止まれば、魔法も止まるって仕組みさ」

「そんなの、できるわけねえだろ！」

「それでもやったほうがいいと思うよ」

不穏な言い方に不安を覚えつつ、続きを話せと軽く睨む。

すると今度は、数枚の写真を机の上に放られる。

「どうやらこの街もその子も、やっかいな奴に狙われてるみたいなんだよね」

机に落ちた写真を見れば、写っていたのは以前路地で会った仮面の男だ。

あのときはスーツ姿だったが、写真の彼は黒い甲冑とローブを身につけている。

それを見た途端、蘇ったのはアリアーナでの記憶だ。

「こいつ、アリアーナの王宮にいた……」

「元王宮騎士『ナディーン』。お目当ての本も辞書も何も見つけられなかったのは、こいつがあらかた持ち去ったせいなんだ」

名前を聞き、より記憶がはっきりしてくる。

「そうだ、こいつ影の騎士とかいう王の親衛隊の……」

「そう、その影の騎士の一人だよ。名前以外の素性はわからないけど、魔法の道具を扱う術《すべ》に長《た》けた男で、その力を買われて騎士になったらしい」

スカルズにそう説明されたが、リカルドの中にある彼の記憶はおぼろげだ。なにせこの男は、常に気配がなかったのだ。

(だがこいつ、思えばいつもサフィーヤの側に仕えていた)

護衛の騎士のようだったが、今考えるとその距離は少し近すぎた気がする。

「この男が、本を持ち出したのか？」

「本だけじゃない。アリアーナにあった魔法に関する遺物をすべて盗み、流れ出た物もすべて買い集めてる」

「いったいなんのために……」

「それは、その子に聞いてみたらいい。調べでは、ナディーンとは数年前まで一緒にいたようだしね」

スカルズの言葉に、サフィーヤがえっと声を上げる。

同時に、戸惑うその顔に僅かな恐怖と苦痛がよぎった。

「この人が、本当にナディーンなんですか……？」

「ほら、やっぱり知り合いだ」

「知り合いですが、彼は私が幼い頃に……」

言いながら、何かをこらえるようにサフィーヤは頭をぎゅっと押さえる。

それを見た途端、駆け寄ってきたのはシャオだ。

「その話題は避けてください。きっと、彼女にとって思い出してはいけない記憶なんです」

「でも思い出したほうがいいよ。ナディーンは集めた魔法の遺物を使って、御三家に喧嘩をふっかけてる。たぶん次の狙いはこのカーゴだ」

スカルズの言葉に、サフィーヤはさらに強く頭を押さえる。

その顔からはみるみる生気が消え、美しい顔が人形のように硬く強ばった。その表情が、かつて悪夢の中で見た姿と重なり、リカルドが強引に自分のほうへと向かせる。

「やめろ、思い出さなくていい」

「けど、私……」

「いいからやめろ！」

リカルドの怒鳴り声に、小さな身体がビクッと跳ねる。

だがその声が逆効果となったのか、美しい瞳が虚ろに揺らいだ。

もう一度駄目だと怒鳴ろうとしたが、声は出せなかった。

(……まずい、何か……来る！)

突如として、リカルドの第六感が警鐘《けいしょう》を鳴らしたのだ。

サフィーヤをかばうように抱きしめ、無意識のまま窓に背を向ける。

その直後、獣の咆哮を思わせる地響きが響き、世界が揺れた。

それから遅れること三秒後、激しい衝撃と共に窓ガラスが吹き飛び、家具が壁際まで転がった。

それらを避けながら、床に爪を突き立て体勢を維持する。

スカルズとシャオもまた同様に衝撃をやりすごしたようだが、サフィーヤをかばった分リカルドの背中には割れたガラスがいくつも突き刺さっていた。

「……リカルド！」

サフィーヤが呼ぶ声も、かすかにしか聞こえない。鼓膜をやられたのだと察し、忌々しさに顔をしかめる。

「無事か？」

尋ねると、サフィーヤはすぐに頷いた。リカルドがとっさに抱え込んだのがよかったのか、彼女のほうは耳も無事なようだ。

それにほっとしていると、彼が血まみれだと気づいたサフィーヤがぐっと唇を噛む。

「……せいだ……」

かすれた声は、今のリカルドには届かない。

でもサフィーヤが何かを悲しんでいるのが伝わり、労《いたわ》るように頬を撫でる。

その手にもガラスが刺さっていることに気づき、痛ましそうな顔でサフィーヤが手をそっと握った。

それだけで痛みはすべて消えたが、大丈夫だと告げるより早く小さな手がリカルドから離れた。

「……もう……いられない……」

「おい、今なんて言った……？」

「……んさい……ごめん…な…い」

最後の言葉はかろうじて謝罪だとわかったけれど、鼓膜が治るより早くサフィーヤがリカルドの腕の中から出ていく。

普通ならすぐに抱き寄せるのに、なぜだか腕が動かない。

それどころかあれほど側にいたいという気持ちがかき消え、一刻も早く彼女から離れなければという思いがわき起こる。

芽生えた感情は腕輪から流れ込んだものだと気づき、リカルドは愕然《がくぜん》とする。

（サフィーヤが、俺を拒んでるのか……）

彼女の拒絶を察知した腕輪が、自分を遠ざけようとしている。それでも離れたくない、離れるべきではないと思っていると、部屋に部下が飛び込んできた。

「ドン・サルヴァトーレ！　歓楽街で大きな爆発が！」

火急を知らせる顔は切迫している。それほど状況が悪いのだと察し、リカルドは震えるサフィーヤの身体をシャオに預けた。

「俺が様子を見に行く。お前らは、サフィーヤを守れ」

「しかし、先に傷の手当てを……」

「俺はすぐ治る。それよりシャオは、屋敷の者たちの様子を見てくれ」

引き留めたシャオの手を払い、手に刺さるガラスを乱暴に引き抜く。

背中や首筋に刺さったものを乱暴に取り去り、血で濡れたシャツは側に落ちていたジャケットで隠した。耳もだいぶ元に戻っているし、これで問題はないだろう。

そんなリカルドの様子を、スカルズがじっと見つめた。

「守るので、いいのかい？」

スカルズの言わんとしていることを察し、リカルドには鋭い視線を返す。途端に、彼はおどけた様子で腕を上げた。

「ドン・サルヴァトーレの言いつけなら、逆らわないよ」

ふざけた様子を崩さないが、その目に嘘はない。

だが念のためシャオに「頼む」と声をかけ、リカルドは部屋を出た。

サフィーヤが気になってチラリと様子を窺ったが、彼女は虚ろな顔でうなだれている。そんな彼女から遠ざかることに、腕輪は欠片も抗議しない。

こうなることを望んでいたはずなのに、反応のない腕輪が今は憎らしかった。

◇◇◇

断続的な頭痛と共に、見覚えのない光景が現れては消える。

夢と現の間をさまよいながら、サフィーヤはシャオの小さな手に引かれていた。

先ほどの爆発でアパルトメントの窓はどれも吹き飛び、家具が倒れている部屋も多い。

爆発が起きた歓楽街はここから近いため、受けた被害も大きかったのだろう。

街は大丈夫だろうかと心配になると、窓の外が昼間のように明るくなっている。それが火のせいだと気づいた瞬間、見覚えのない光景が再びサフィーヤの視界を覆い尽くす。

(なに、これ……)

気がつけば、サフィーヤの目の前には燃えさかる炎が揺らめいていた。

熱風に煽られ、肌が焼けつく感覚さえ覚えた。

「気をしっかりもってください。無理に思い出しては駄目です！」

シャオの声が響き、目の前の光景が揺らぎ薄れる。

そこでようやく、今見えたのは自分の過去だと気がついた。

先ほどナディーンの名前を聞いたときから、時折過去の幻が見えるようになった。それに伴うように襲ってくる頭痛は、思い出すなという警告なのかもしれない。

(でも、きっとこのままじゃよくない)

ナディーンはかつて、幼いサフィーヤを守ろうとしてくれた騎士だった。その後行方知れずになり、てっきり死んだものと思っていた。

そんな彼が生きていると知ったとき、安堵よりも先にサフィーヤの胸に浮かんだのは言い知れぬ不安だった。

彼の名を聞いた瞬間身体が強ばり、恐怖がじわじわと胸を蝕んでいく。その感覚に、サフィーヤは確かに覚えがあったのだ。

(私はナディーンを知っている。失った記憶の中に、彼がいる気がする)

スカルズの言葉が真実なら、ナディーンはリカルドとこの街にとって脅威だ。

ならばその思惑を知るためにも、記憶を思い出すべきなのかもしれない。

そう思った途端、シャオが不安そうな顔で肩に手を置く。

「サフィーヤさん、お願いですから無理はしないでください」

彼はそう言ってくれるが、リカルドのためにも目を背けていられないという気持ちは消えない。

だから心の中で「ごめんなさい」とシャオに詫びながら、過去に思いを馳せる。

その途端、再び視界と意識が炎に囚われた。

炎は肌を焼くほどの距離に迫ってきたが、胸に芽生えたのは恐怖ではなく、安堵だった。

『……これで、ようやく死ねる。リカルドを……自由にしてあげられる……』

炎の中、聞こえてきたのは自分のものとよく似たかすれ声だった。

そんなサフィーヤに、誰かが腕を伸ばしている。

『……ここで、終わりにはさせない！　ようやくあなたをいるべき場所に戻せたのに、ここで終わらせることなどできはしない！』

そんな言葉と共に、黒い腕が炎からサフィーヤをかばう。

(そうだ……彼だ……)

自分を守ろうとする誰かに目を向ける。仰ぎ見たその顔は焼け爛れていたが、緑色の目には覚えがある。

『……あなたも、自由になって……ナディーン』

口からこぼれた声に、目の前の男が泣きそうな顔になる。

『そんなことは望んでいない！　私はあなたを……絶対に諦めない……』

サフィーヤを担ぎ上げる顔には、狂気を感じるほど強い気迫が満ちていた。

『今度こそ、私はあなたが王族として暮らせる国を作る……。そしてそこで、二人きりでずっと暮らしましょう……』

そんな言葉が耳元で響いた直後、何かが強くサフィーヤの腕を引く。

「サフィーヤさん！」

その声がシャオのものだと気づいた瞬間、目の前の景色が消え自分を覗き込む小さな顔が見えた。

「大丈夫ですか？　もしかして、何か思い出しました？」

問いかけに、サフィーヤは戸惑いながらも頷く。

「確かに私、さっきの写真の人に……ナディーンに会っていたみたいです」

燃えさかる景色からして、あれはアリアーナが焼け落ちたときのものだろう。

あのときのやりとりが事実なのだとしたら、彼女はやはりナディーンと最近まで一緒にいたのだ。

（もっと、もっと詳しく思い出さなくちゃ……）

しかし頭痛が酷くなり、小さく呻く。

すると咎めるように、シャオがサフィーヤの手を引いた。

「無理に思い出さないほうがいい。とにかく今は休みましょう」

被害の少ない客間へと誘われ、ベッドの上へと座らされる。

「けど今を逃したら、また消えてしまうかもしれない……」

「消えるべき記憶もあります」

「私の記憶はそうじゃない。むしろ、本当はもっと早く思い出すべきだった」

だからもっと、より深く記憶の底を覗こうとする。

シャオの声と、過去を恐れる自分の声がやめろと訴えるのが聞こえた。

でもサフィーヤは痛む頭を押さえながら、蘇り始めた記憶に意識を向けた。

すると枷《かせ》が外れたように、それまで断片的だった記憶が堰《せき》を切ってあふれ出す。

脳裏を駆け巡る記憶の奔流は想像以上で、まるで溺れたかのように息ができなくなる。

口からは悲鳴と嗚咽がこぼれ、目からはとめどなく涙があふれて止まらない。

慌てたシャオの手によって倒れることは免れたが、彼の顔やぬくもりも記憶に上書きされ、現実が過去の光景に塗りつぶされていく。

蘇ってきたのは、アリアーナでリカルドに腕輪をはめてから一座に拾われるまでの記憶だ。しかしどうやら、約四年にも及ぶ長い月日のすべてを覚えているわけではないようだった。

そもそもサフィーヤは自分の身に起きたことを、事細かに記憶できる状態ではなかったのだ。

（そうだ……私も……少し前まで魔法具をつけられてた……）

リカルドに腕輪をはめたように、サフィーヤもまたあの場で魔法具を与えられ、以来ずっと傀儡のような状態だったのだ。

サフィーヤに与えられた魔法具は、リカルドの腕輪よりもっと強いもので、つけた相手の心と身体を縛り、意のままに操る人形へと変えてしまうピアスだった。

それをつけられたせいでサフィーヤの自我は眠りにつき、時折目覚めても表に出ることはできなかった。故に記憶は少なく、残っているものも他人の人生を覗き見ているようなものばかりだ。

そして彼女に残る記憶はすべて、穏やかとは言いがたかった。直視することすら辛いものばかりだったが、何よりも強くサフィーヤの心を抉ったのはリカルドがその手で仲間を殺す瞬間だ。

それを、命令しているのは他ならぬ自分の声だった。

サフィーヤが殺せと告げるたび、リカルドはためらいもなく自らの牙で家族を嚙み殺していく。たぶん彼もまた、自我を失っていたのだろう。真っ赤に血塗れ、仲間を蹂躙《じゅうりん》する姿はまさしく獣だった。

容赦なく同胞を殺すその姿を見て、サフィーヤは心の中で悲鳴を上げ続けていた。

そしてそれを察したように彼女を優しく抱きしめる腕があった。

『よかったですね、姫様。これで、あの犬はあなたのものですよ』

サフィーヤに寄り添っていたのは、ナディーンだった。

彼は愛おしそうな手つきで、サフィーヤの耳に触れている。

そこには彼女には不相応な、大きな宝石のついたピアスが下がっている。それにナディーンが触れるたび、サフィーヤの心が彼の心に重なっていくようだった。

『嬉しいですか、姫様』

『うれしい……？』

『あの犬が欲しかったのでしょう？　仲間が全員死ねば彼にはあなただけ。永遠に一緒にいられます』

子供をあやすようにサフィーヤの頭を撫でたあと、ナディーンはにっこりと微笑む。

すぐ側で行われている殺戮《さつりく》が、彼にはまるで見えていない。

『そして、この犬はあなたの武器になる。いずれ時が来れば、あの犬を使ってあなたが王座につくのです』

ナディーンが言葉を重ねるたびに、彼の言葉がサフィーヤの願いになっていくようだった。彼の喜びが彼女のすべてになり、心がゆっくりと歪められていく。

『この犬を躾けて、あなたはもう一度王女になる』

『……もう一度、王女に……』

『そしてそのとき、私は再びあなたの騎士になる』

そう言って微笑むナディーンを見た瞬間、サフィーヤはついに思い出す。

やはり彼はかつてサフィーヤに仕えていたあの見習いの騎士だ。

サフィーヤが召使いの身分に落とされたとき、乳母と共に味方になってくれた彼だ。

しかしかつて向けてくれた、純粋な好意はもうどこにもない。

瞳には狂気を孕み、向けられた愛情は醜く濁っている。

『あなたの騎士になることだけを願い、今まで生きてきたんです。あなたが教えてくださった魔法具の知識を用い、己を捨て、姿を変え、今度こそあなたを救い幸せにするために生きてきた』

ナディーンが自分に仕えた騎士だとわかり、ほんの一瞬幼い頃の記憶と自我が戻る。

確かにサフィーヤは父の本や魔道具を調べるとき、側に彼を侍《はべ》らせていた。そしてわかったことを、得意げに語ってしまったことがある。

その内容を彼は覚え、利用し、こうしてまた自分の元に舞い戻ってきたのだろう。

しかしサフィーヤのほうは、辛い日々の中でナディーンのことを忘れてしまっていた。

『私はもう、あの頃の弱い自分ではない。今度こそ、あなたを守って差し上げますからね』

自分を見つめる眼差しには、僅かな痛みも見て取れる。

きっと彼はサフィーヤを救えなかったことを悔いてきたのだろう。

でもそこまで自分に尽くす必要などないと、サフィーヤは言いたかった。

過去に縛られているせいで、今なお彼は苦しんでいるように思えたのだ。

けれどその気持ちを伝える間もなく、ナディーンの指がピアスをなぞる。

『私にすべて任せてください。あの犬よりも、私は立派な騎士になりますよ』

僅かに芽生えた意志が、甘い囁きによって少しずつ薄れていく。それを満足げに見つめ、ナディーンはサフィーヤの指先に口づけを落とす。

そんな彼の横顔に、不意に血しぶきが飛んだ。

見ればリカルドが、最後の仲間を噛み殺し、その腕を引きちぎっている。

サフィーヤの自我が薄れていく一方で、リカルドの目に僅かな知性が戻った。だがそれは、悲劇にしかならない。

リカルドは自分のしでかしたことに気づき、絶望の中にゆっくりと膝をつく。

『さあ姫様、あの犬を褒めてあげなさい。そしてもっと色んな芸を覚えさせましょう』

血に濡れた口元を卑しく歪め、ナディーンが微笑む。

その微笑みがサフィーヤにも移り、彼女は笑いながらリカルドに近づいた。自分の仲間がすべて息絶えたとわかり、愕然とする獣を愛《め》でるように彼女は笑みを深める。

『……いい子ね。これで、私の家族はあなただけよ』

芽生えた感情は、確かに喜びだった。

そしてそれが、記憶と共にサフィーヤの中へと流れ込んでいく。

（そうだ……。私が……リカルドに命令した……）

リカルドに仲間を殺させ、自分の犬になることを強要した。

それだけでも許されないことなのに、以後ずっとリカルドを虐げ続けたのだ。

彼を利用し、サフィーヤは王女の身分に再び戻ったようだった。それどころか、最後は自分を追いやった王族をリカルドに殺させ、老いた王まで廃したのだ。

すぐアリアーナは焼かれてしまったが、崩壊までの一月《ひとつき》彼女は確かにアリアーナの王座につき、その足下には生きる気力をなくしたリカルドが常に付き従っていた。

（憎まれて当然だ……。全部、全部私がやった……）

サフィーヤの本意ではなかったけれど、彼を手に入れたとき、胸に芽生えた喜びがすべて偽りだとは思えなかった。

リカルドを手放したくないという気持ちは、きっと本物だった。

だからこそ、サフィーヤはこの記憶と感情を隠したのだ。思い出せばもう一度、リカルドを縛ってしまうかもしれないと恐れて。

（でも私は思い出してしまった……。なら、きっとまた私は彼を犬のように扱ってしまう）

今だって犬のように甘えるリカルドを、自分は愛おしいと思ってしまっている。それが歪んだ方向に傾くのは時間の問題だという気がしてならず、蘇る記憶からなんとか意識を覚醒させる。

自分を取り戻すと、過去の景色が消えた。気がつけば、サフィーヤはベッドに寝かされていて、傍らにはシャオが不安そうな顔で立っている。

「……過去を、思い出したんですか？」

目覚めたサフィーヤの顔つきが変わっていることに、シャオは気づいたのだろう。

頷くと、愛らしい顔が悲しそうに歪む。

「やっぱり私、ここに来ちゃいけなかったみたいです」

「そうと決めるには早すぎます。あなたはきっと、混乱して……」

「むしろ遅すぎたくらいです。……それに確かに、ナディーンは私の知り合いでした」

思い出した過去の中には、彼とのものもたくさんあった。

ナディーンはサフィーヤに魔法のピアスをはめて以来、常に彼女に付き添っていた。ピアスのせいで自我はないに等しかったが、ナディーンはまるで懺悔《ざんげ》をするように自らのことをサフィーヤに語った。

幼い頃、サフィーヤを助けられなかったことを悔《く》やんだナディーンは、必死の思いで砂漠から舞い戻ったのだ。

そして今度こそ彼女を救いたいと願っていたとき、彼は自分が魔法具を動かせると気づいたらしい。

魔法具を動かすには『魔力』と呼ばれる特別な力が必要だった。誰にでもある力らしいが、その量は人によって違い、一般的には獣人などのほうが魔力の量は多いらしい。

だがナディーンは身に纏う魔力が異常なほど多かった。

それに気づいた彼はサフィーヤから聞いた知識を用い、魔法具から魔法の力を引き出す術を身につけることにしたのだ。

そして素性を偽ってアリアーナの影の騎士となり、魔法具を集めながらずっと彼女を助ける機会を窺っていた。

そんなときにリカルドのクーデターと、それを阻止しようとする王の計画を知り、ナディーンはそれを利用しようと考えついたらしい。

（それもこれも、すべては私のためだった……）

リカルドを利用しろ、王座を得よとサフィーヤに言い聞かせるたび「すべてはあなたのためだ」とナディーンは言葉を続けた。

恐ろしいのは、その声に嘘がなかったことだ。

やり方は間違っていたしサフィーヤは王座など欠片も望んでいなかったけれど、ナディーンは本気で彼女を幸せにしたいと思ってくれたのだろう。

でもそんなナディーンの想いに、サフィーヤは応えていなかった。

蘇った記憶の中で、サフィーヤはいつもリカルドだけを見つめていた。見かねたナディーンに『あまり犬にかまいすぎるな』と言われても、その命令にだけは従わなかった。

それでもナディーンは側に居続け、アリアーナが空爆で焼けたあとも、彼女と共に異国に逃れ、もう一度国を復興させようと躍起《やっき》になっていた。

しかしサフィーヤのほうには復興を望む気持ちなどなく、その頃の記憶はかなり曖昧だ。たぶんアリアーナが焼け、リカルドが死んだと思ったとき、サフィーヤの心は一度完全に壊れてしまったのだ。

だからサフィーヤはずっと人形のようにナディーンについて回るだけだった。心が壊れたせいで無理やり操ることもできなかったのか、「どうして私の声に応えてくれないのか」とナディーンが泣く姿が僅かだか記憶の奥に残っている。

でも結局二人が言葉を交わすことも、魔法で心を重ねることも二度となかった。

旅の途中で小国の内戦に巻き込まれたことで、二人は物理的に引き離され、あのピアスも完全に壊れ砕けてしまったのだ。

おかげでサフィーヤは自我を取り戻し、辛すぎる過去を心の奥に封じてしまった。

そんな過去をシャオに語りながら、サフィーヤは先ほどの爆発で砕けた窓に目を向ける。

「たぶん、これもナディーンの仕業だという気がするんです。前に夢に彼が出てきたし、彼は私のために何かしようとしている……」

「だから、自分はここにいるべきではないと？」

「さっきの爆発も彼のせいだとしたら、なおさら」

すぐにでもこの街を離れたいと思い、サフィーヤはベッドを下りようとする。だがそれを大きな身体が遮《さえぎ》る。驚いて立ち止まると、そこにいたのはスカルズだった。

「なるほど、ようやく色んなことが繋がってきたよ」

先ほどまではシャオの気配しかしていなかったが、どうやら彼もまたサフィーヤの話を聞いていたらしい。

「なら、そこをどいてください」

「そうはいかないよ。ドン・サルヴァトーレから君を守れと言われているし、今外になんて出したら、ナディーンに捕まるのがオチだ」

「いっそ、そのほうがいいのかも……」

「どうかな？　たぶん、彼は君を手に入れて満足するタイプじゃない」

含みのある言い方から察するに、スカルズはナディーンについての情報を持っているのだろう。

（そういえば、この人は元スパイだってリカルドが言っていた）

　事実なら、サフィーヤ以上に彼について知っているかもしれない。

　スカルズの持つ情報に興味を引かれると、彼は「まあ座ろう」とサフィーヤをベッドの中央へと押し戻した。

「ナディーンはアリアーナにある魔法の遺物を使って、御三家に喧嘩を売りまくってる。なんでもアリアーナ攻撃に使われた兵器は彼らが流した物らしくてね」

「……じゃあまさか、彼はその復讐を？」

「だろうね。自分の大事な大事なお姫様の国を壊されて、大変ご立腹らしい」

　サフィーヤにとって、アリアーナは大切なものではなかった。王女という位も、結果として手に入れた王座にも未練はない。けれどナディーンは、アリアーナこそが彼女が幸せに暮らせる楽園だと思っていたのかもしれない。

「復讐と、そして新たな国の建国を目的に、彼は御三家の土地を奪っている」

　この交易都市を含め、マフィアたちが治めるこのタチアナには現在国がない。故にそこを統一し、新しい国を築くのが彼の目標なのだとスカルズは続けた。

「そんなことが、可能なんですか？」

「馬鹿げた話だが、あいつにはアリアーナに眠っていた魔法の遺物がある」

　その中には、今なお強力な魔法の力を宿す物が残っている。アリアーナの遺物を買い集めているとスカルズは言っていたし、ナディーンが手にする魔法具の数は確実に増えているはずだ。

「君に使ったのと同様の魔法具を使って傀儡の兵を作り上げ、あの御三家をも壊滅寸前にまで追い込んでいるようだ」

「なら彼の願いは、もうすぐ叶ってしまう……」

「だからこそ愛しの姫君を得るために、この交易都市に手を出し始めたんだろう」

「ならやっぱり、私はここにいないほうがいい」

「でも君が出て行けばドン・サルヴァトーレは絶対にそれを追うし、ナディーンに喧嘩を売るだろう。そうすれば御三家だけじゃなく、うちの組織もただではすまない」

スカルズの言葉に、サフィーヤはぎゅっと拳を握る。

このカーゴに来てまだ日は浅いが、マフィアの街とは思えぬほどここは豊かで平和だ。そういう場所がいかに貴重か、アリアーナで暮らしていたサフィーヤは痛いほどよくわかっている。それを守るリカルドと彼の組織にもしものことがあれば、ここもまた戦場になるだろう。

「私が死んで腕輪が外れれば、リカルドは私を追わないかもしれません」

「けど君が死ねば、どのみちナディーンを怒らせることになる。それじゃあ結果は変わらない」

「ならどうすれば……」

「まあ方法はいくつかあるよ。ただどのみち、ドン・サルヴァトーレをむちゃくちゃ怒らせる結果にはなると思うけど」

言葉とは裏腹に、どこか楽しげな声でスカルズが言う。

嬉々とした顔にシャオが顔をしかめたけれど、彼は苦言を呈さない。

そしてサフィーヤをチラリと見たあと、申し訳なさそうな顔で視線を逸らした。

(シャオさんも、私がここにいないほうがいいってわかっているんだ)

彼は優しいから言葉にはしないけれど、事情を知った今は置いておけないと思っているのだろう。そう考えるのは当然だし、責める気持ちはない。むしろシャオに気遣わせてしまったことに、申し訳ない気持ちになる。

「私、リカルドとこの街が助かる方法があるなら知りたいです」

「自分が助かる方法、とは言わないんだね」

「それはきっと両立しない。……だとしたら、選ぶのは一つです」

今も昔も、サフィーヤにとってリカルドは自分のすべてなのだ。それに彼にしたことを思えば、共に生きたいなどと望めるはずもない。

「ものすごく痛くて辛くてしんどい目に遭う方法でも、いいのかい？」

「……スカルズ！」

さすがにシャオが声を荒げたが、それをサフィーヤが止める。

「かまいません。それで、リカルドが助かるのなら」

覚悟はできていると言えば、スカルズがにっこり笑う。

その笑顔を見て、この人もまたマフィアなのだと痛感する。

同時に、リカルドのために非情になれるスカルズがファミリーの二番手でよかったとも思った。

(彼ならきっと、リカルドを守ってくれる)

ならば彼の言う方法を受け入れようと、サフィーヤは覚悟を決めたのだった。

◇◇◇

人と建物の焼ける匂いを嗅ぎながら、まだ火のくすぶる建物をリカルドは見上げる。

大規模な爆発の後、歓楽街へとやってきた彼は想像以上の惨事に目を見張った。

何か大きな力で地面が抉れ、街の中心地は完全に陥没している。

残った建物もほとんどが半壊し、火の手が上がる建物も多かった。

「人命救助を優先しろ。街中から人をかき集めてこい」

部下に指示を出しつつ、リカルドは次々入ってくる被害状況に顔をしかめた。

総出で救助に当たっているが、爆発の衝撃で街の広範囲に被害が出ており、被害の全容は未だわからない。

だがアパルトメントの惨状を思うと、楽観できる状況でないのは明らかだった。

自身も倒壊した建物から怪我人を助け出しながら、リカルドは街のあちこちから聞こえる悲鳴に耳を澄ませる。少しでも多く助けたいが、残念ながらそれは難しいだろう。

（……こうしてると、アリアーナにいるみたいだ）

瓦礫《がれき》をどかしながら、不意に浮かんだのは焼かれた都のことだ。

リカルドは運良く一命を取り留め、オアシスへと逃げることができた。だが、生き延びることができた国民は半分もいなかっただろう。

それでも希望が捨てられず、倒壊した家に戻る人々と共に、リカルドもまた炎が消えた王宮に走った。

けれどそこで待っていたのは焼け焦《こ》げた大量の死体だった。獣人にはきつすぎる匂いに何度も吐きながら、その場に留まったのはサフィーヤを探すためだ。

瓦礫をかき分けサフィーヤを見つけようとしたけれど、出てきたのは焼け爛れた死体ばかりだった。

そのどれかがサフィーヤだったのかもしれない。ようやくそう気づいたのは、アリアーナが焼け落ちてからしばらく経った頃だ。

今なお刻まれた喪失感に胸を抉られながら、リカルドは焼け落ちた建物を見つめる。

（あんなことは二度と御免だ……）

愛おしい少女をもう一度失うなんて、きっと耐えられない。

なのに、そのときはすぐそこに迫っているような気がして、リカルドは一心不乱に瓦礫に埋もれる人々を救助する。

アリアーナとは違い、出てくるのが死体ばかりでないのは救いだった。

けれど、ようやく助け出した人々が収容されたテントから、突然悲鳴が上がる。慌てて悲鳴が上がったほうへと駆け出せば、そこにいたのは以前路地で見た仮面の男たちだ。

「ドン、敵襲です！」

切迫した声が響き、とっさにその場から飛び退く。

その直後、無数の銃弾がリカルドの立っていた場所を抉る。

仮面の男たちの動きは、以前より格段に速い。その上、手にしているのは見覚えのない型の機関銃である。

（あの銃、グワンファミリーから奪われた最新式か……）

自分は間一髪避けられたが、部下の何人かが銃弾に倒れるのが見え、舌打ちをする。

相手は少なく見積もっても二十人。自分だけならまだしも、部下や怪我人を守りながら戦うなら久々に本気を出さなければならないだろう。

「狙うなら俺を狙え！」

あえて囮《おとり》になることを選んだリカルドは、その姿を獣のものへと傾ける。

人の知能と獣の屈強さ、その両者が最も上手く嚙み合う形状に身体を変化させながら、彼は咆哮する。

「……ああ、その姿……懐かしいな」

そのとき、離れた場所から心をざわつかせる声が響いた。

　声のほうへと目を向けると、一人の男がじっとこちらを見ている。どうしてこの声を忘れていられたのかと、苛立つリカルドに微笑みかけたのはナディーンだ。

「これは、お前の仕業か？」

「ああ、私の魔法具だ。ただ、ちょっと加減ができなかったが」

「なぜ、こんなことを……」

「君と姫様に、私がここにいると伝えたかった。そして『敵意はない』ということもね」

　こんな状況で何を言っているのだと思ったが、リカルドを見つめる目は異様なほど凪いでいた。

「私は君とこの街を今すぐにでも破壊できる。だがそうしないのは、姫様を見つけてくれた恩があるからだ。彼女を返してくれるなら、この街だけは見逃そう」

「そう言われて、のこのこ返すわけがねえだろ」

「そう思ったから、こうして軽く挨拶したんだよ。そして君が同意しないなら、三日後また同じことをする」

「脅迫か」

「ただの『お願い』だよ。新興のマフィアだと思われているようだが、私たちは姫様の騎士だ。野蛮な真似などしない」

　すでに大勢殺しておいてどの口がと腹立たしいが、ナディーンは本気で下手に出ているつもりらしい。

「王を名乗っているなら、冷静に判断したほうがいい。すでに街には、同規模の爆発を引き起こす魔法具をいくつも仕掛けてある」

そう言って、彼はもう一度「三日だ」と笑った。

「ここから西にある、オスティーナファミリーの荘園まで姫様を連れてこい。味方は何人連れてきてもかまわないが、どうせ皆死ぬだけだ」

そう言い置いて、ナディーンはこちらに背を向ける。

今すぐ追いかけて引き裂いてやりたいが、先ほどの言葉が本当なら安易に手を出すわけにはいかない。

その上ナディーンを囲む仮面の男たちは、リカルドの部下たちに銃口を向けたままだ。

「君が、利口な犬になっていることを祈るよ」

その言葉と共に、ナディーンは男たちと共に瓦礫の向こうへと消えていく。

見送ることしかできない自分に歯痒《はがゆ》さを感じつつ、リカルドはナディーンが消えた先を、いつまでも睨み続けた。

◇◇◇

『もうすぐ……。もうすぐまた、あなたに会える……』

歓喜の滲む声が響き、サフィーヤはびくりと身をすくませた。

同時に、彼女はいつの間にか眠りの中にいたことに気づく。

それはいつも見る悪夢だった。何度も見るうちに少しは慣れた気がしていたが、今日は新たな気づきがより強い恐怖をサフィーヤに植えつける。

(ああそうか、これはナディーンの声だったんだ)

夢の中に度々現れ、呼びかけ続けていたのは、自分を求める騎士の声だった。それに応えまいとしていたのは、再び彼の手に落ちたくないと無意識に思っていたからだろう。

(……お願い、どこかへ行って……)

すぐ側に彼の気配を感じ、サフィーヤは耳を塞ぐ。

だがこちらの声は届かないのか、ナディーンの不気味な笑い声だけがこだましている。

自分たちのつながりは、消えたわけではなかった。

それを感じて震えていると、声は少しずつ離れ始める。

いつもなら執拗なほど名を呼ばれるが、そうしないのは遠からずサフィーヤが手に入ると彼も気づいているからだろう。

それに伴い悪夢は消えるが、恐怖が妨げになって目覚めることができない。

(私はきっと、永遠にこの悪夢から逃れられない)

そんな思いで震えていると、不意にナディーンのものとは違う別の声がサフィーヤを呼んだ。そして誰かが、自分を優しく抱きしめてくれていると気づく。

眠ってしまった身体を優しく抱き上げ、運んでくれるこの腕をサフィーヤはずっと前から知っている。

時折あやすように身体を揺すられているうちに目が覚めたけれど、この幸せを逃したくなくて、そのまま寝たふりを続ける。

ほどなくして柔らかなベッドの上に、サフィーヤは横たえられる。

腕が離れ、大事な人の気配がゆっくりと遠ざかっていくのを感じて寂しさが募った。

(いかないで……)

腕を伸ばすことは懸命にこらえたが、そう思う気持ちは止められなかった。

自然と強ばった顔に気づかぬままじっとしていると、不意に眉間を優しくつつかれる。

「もう、反抗期は終わったのか?」

突然耳元で囁かれ、驚きのあまりビクッと身体が震えてしまった。

もはや誤魔化せないと思い、そっと目を開けるとすぐ側にリカルドの笑顔がある。

「廊下で眠りこけてるから、何事かと思ったぞ」

「……シャオさんを手伝って、怪我人の治療をしていて……」

爆発のあと、アパルトメントにはシャオを頼って多くの怪我人がやってきた。

その治療を手伝っているうちに丸一日が過ぎ、体力の限界を感じたサフィーヤは人気のない廊下で休んでいたのだ。そしてそのまま、うっかり寝落ちしてしまったらしい。

そんな事情を説明していると、リカルドの視線が僅かに鋭くなる。

「それにしても、昨日はよくも俺を拒絶してくれたな」

腕輪を軽く振るリカルドに、サフィーヤは慌てて心の中で離れてほしいと願う。

けれど悪夢の名残もあり、願いはあまりに弱かった。リカルドは逆にサフィーヤとの距離を詰め、彼女を覗き込むようにごろりと横になった。

ベッドに腕をつき、金色の瞳でじっとこちらを見つめてくる。

注がれた眼差しは甘いと言っても過言ではないほどで、目を逸らすのは難しかった。

「……記憶、戻ったのか？」

静かな問いかけに、サフィーヤは小さく頷く。

自分が覚えているかぎりの記憶を、今ははっきりと思い出せた。

「なら、言っておくことがある」

僅かに鋭さを帯びた視線と声に、ついその場から逃げ出したくなる。

でも、逃げ出すなんて絶対に駄目だと、サフィーヤは自分に言い聞かせた。

もう二度と過ちから目を逸らしたくないと思いながら、リカルドの言葉を待つ。

そうしていると、大きな手のひらが不意にサフィーヤの頬を優しく撫でた。

「そろそろ、俺の家族になる覚悟はできたか？」

飛び出した言葉は、予想していなかったものだ。

目を見開いていると、今度は頬をからかうようにつつかれる。

「こいつをはめる前に、お前言っただろ。『もしもう一度会えたら、今度こそあなたの家族になるから』って」

「でも、あれは……」

「そのあとのことはお前の意志じゃない。だからもう、どうでもいい」

「どうでもいいなんて、思えるわけないです」

だってサフィーヤは、リカルドに自分の仲間を殺させたのだ。

「その上、あなたをずっと……」

「あれはナディーンのせいだ。お前じゃない」

「全部が全部そうだって、言い切れない」

ナディーンに操られていたが、抗えなかったのはサフィーヤが弱かったからだ。それにいびつな関係でも、リカルドが側にいることを喜んでいる自分は確かにいたのだ。

それを必死で訴え、自分を罰してほしいとリカルドの胸に縋りつく。

けれどリカルドの手は、優しく頬や背中を撫でるばかりだった。

「罰してほしいというなら、なおさら俺の家族になれ」

その上リカルドは、何度言い聞かせても言葉を変えない。

「マフィアと家族になるなんて、これ以上ない不幸だろうが」

側にいれば常に命の危険にさらされるし、荒事も日常茶飯事だと言われた。けれど、それよりもっと辛い地獄を経験してきたサフィーヤには不幸だとは思えない。

それに何より、リカルドの提案はサフィーヤがずっと望んできたことなのだ。

「……それは私には不幸じゃない」

「じゃあ、家族としての義務もつけるか」

「義務……？」

「俺の相手にふさわしいように、苦手なドレスで毎日着飾れ」

リカルドの笑う顔を見て、サフィーヤはようやく気づく。

（……ああそうか。彼は最初から私を罰する気なんてないんだ）

あんなに酷い目に遭ったのに、彼はサフィーヤを幸せにするつもりなのだ。

それを肯定するように、罰と称した優しい提案はなおも続く。

「あとは肉体労働もしてもらおう。それも、極寒の地でな」

そこでリカルドは、スーツの胸ポケットから一枚の写真を出す。

次の提案もきっと罰にはならないと思いながら写真を覗き込み、サフィーヤは息を呑む。

写っていたのは旅芸人の一座にいたときに世話をしていた動物たちだったのだ。

「この写真……どうして……」

「スカルズからさっき渡されたんだよ。動物たちの件も、あいつに任せてたからな」

「あの子たちは、みんな無事ですか？」

「あの旅芸人の一座は資金不足で解散したらしい。あの動物たちは競りにかけられていたが、すべて買い取って今は農場にいる」

今もまだ檻の中だが、前とは違って敷地は広く、くつろいでいるようだと教えてくれる。

「だが、お前を恋しがってずっと泣いてる奴もいるらしい。だから次の休暇は、農場で動物の世話をしろ」

世話は得意だろと笑う声に、サフィーヤは渡された写真をぎゅっと胸に抱きしめる。

「言っておくがすごく寒い場所だから覚悟しろ。雪と、オーロラしかない場所だからな」

「……オーロラ？」

リカルドの提案を突っぱねるつもりだったのに、思いがけない言葉がサフィーヤの心を引き寄せる。

「……そこは、オーロラが見えるんですか？」

「ああ。農場があるのは、俺の故郷の近くだからな」

穏やかな眼差しを見て、サフィーヤは思わずリカルドの胸に強く頬を押し当てる。

リカルドが叶えようとしてくれているのは、家族になりたいという願いだけではないのだと、気づいてしまったのだ。

「約束、覚えていてくれたんですね……」

「お前とのことで、忘れたことなんて一つもねえよ。辛いこともあったし、そのせいでお前を苦しめたが、俺だって詫びたいって思ってるんだ」

縋りつくサフィーヤを優しく抱きしめ、リカルドは唇を額にそっと押し当てる。

「責任感じてるなら側にいろ。それで、今度こそ俺を幸せにしてくれよ」

「でも私が側にいたって……」

「むしろいなきゃ困る。言っておくが、これは腕輪が言わせた言葉じゃねえぞ」

ただでさえ胸がいっぱいなのに、リカルドがくれる嬉しい言葉はさらに重なって、サフィーヤを戸惑わせた。

「もう、それくらいにしてください」

「どういう意味だよ、それ」

「リカルドが嬉しいことをたくさん言ってくれるから、幸せすぎて……」

後半は言葉にするつもりはなかったのに、思わず口から滑り出てしまう。

「……なら、全部受け入れろ」

戸惑うサフィーヤを宥めるように、大きな手のひらが頭を優しく撫でた。

シャオの手伝いをするのに邪魔だったので、今ウィッグをつけていない。

だからきっと、いつも以上にサフィーヤは貧相に見えるだろう。

なのに愛おしいものでも愛でるような顔で、リカルドの指が短い髪をかき回す。

「こうされるのも、幸せか？」

尋ねられ、サフィーヤは戸惑いつつもこくんと頷く。

「なら、これはどうだ？」

頭を撫でていた手が、柔らかな頬をからかうようにつつく。

じゃれつくような手つきだが、それでも十分幸せだった。

「あなたがしてくれることは、全部嬉しくて幸せです」

小さく微笑むと、リカルドがそっと顔を近づける。

自然と目を閉じると、優しいぬくもりが唇に重なった。

舌を使わない、甘いだけの口づけに自然と涙がこぼれる。

「泣くなよ。止められなくなるだろ」

「だって、今のも幸せで……」

「お前の幸せは安すぎるな」

苦笑を浮かべ、そこでもう一度キスをされる。

触れるだけの戯れのような口づけだったが、二度三度と続くと、まるで彼の恋人になれたような錯覚さえ覚えた。

「私には安くても十分です」

「十分じゃねえよ。こんなの、まだ全然足りねえ」

そう言って、リカルドはサフィーヤの小さな手を取りぎゅっと指を絡めた。

「安い幸せにも、過去にも縛られるな。お前は自由になって色んな幸せを見つけろ」

「自由なんて、私には無理です……」

「無理なんて言うなよ。俺が絶対に、お前を過去から自由にしてやる」

そんな言葉と共に、リカルドの顔がぐっと近づき、触れるだけでは終わらない深い口づけが施された。

重なる唇が、絡まる舌が、サフィーヤを大事にしたいと告げている。

彼の優しさに包まれて、何もかも辛いことはすべて忘れてしまいたいと願ってしまう。

リカルドの手によって少しずつ身体の熱が高まっていくと、それに伴い、彼女の中の覚悟が少しずつ揺らいでしまう。

（……でも、彼に甘えたら駄目だ。自由になるべきなのは、私じゃない）

リカルドは自分の意志でサフィーヤを家族にしようと言ってくれた。腕輪に言わされたことではなく、彼自身がそう願ってくれた。

たまらなく嬉しいけれど、リカルドの腕にはまだ魔法具が残っている。

そしてそれが、彼の優しさと温かさをいずれ壊してしまうのではという恐怖に、サフィーヤは勝てなかった。

絡んだ指をほどき、リカルドの頬を両手でそっと挟む。

「なんだ？　たまには、お前からキスしてくれるのか？」

楽しげな笑顔が、サフィーヤの心を優しく抉った。キスをねだるくらい彼は自分を好きでいてくれる。それが嬉しいのに、サフィーヤは応えられない。

「キスより、もっと酷いことをあなたにします」

涙をこらえながら告げれば、リカルドの目が見開かれる。ようやく、彼はサフィーヤの悲しい覚悟に気がついたのだ。

「駄目だ、サフィーヤ……！」

「ごめんなさい。でも、あなたに酷いことをするのはもうこれが最後です」

記憶の中の自分がそうしていたように、もう一度だけサフィーヤはリカルドと腕輪に命令をする。

(これが、本当に最後……。次に目覚めたとき、あなたは今度こそ自由だから)

リカルドの瞳を強く見据え、サフィーヤは彼に魔法をかける。

「もう一度、私の犬になりなさい」

心からの命令は、絶大だった。

リカルドは苦しそうに頭を押さえ、優しかった目から少しずつ光が消えていく。

「言うな……、それ……以上……」

「言葉をなくすのは、あなたのほうです。犬らしく、物言わぬ奴隷に堕ちなさい」

最後の抵抗をするようにリカルドは口を開いたが、こぼれたのは苦しげな吐息だけだった。それでも何かを伝えようと、彼は必死に唇を寄せてくる。

けれどそれが重なる前に、最後の命令をサフィーヤは口にした。

「そして、優しくて温かい本当のあなたは、私が死ぬまで絶対に目覚めないで」

その言葉で、リカルドの瞳から光が消えた。

完全に動きを止め、静かに呼吸だけを繰り返す。

記憶の中で見た、従順な犬がただじっと虚ろな目で主を見ている。

自分で願ったことなのに、それが酷く辛かった。

「どうか、私を許さないで」

固く引き結ばれたリカルドの唇に、サフィーヤはそっと口づける。

彼女の犬は、従順にそれを受け入れ優しく応えた。でもそこに、彼の心がないのは明らかだった。

「……リカルド、私……」

なのにキスをすると、彼のぬくもりを手放せなくなる。

そしてそれを、彼女の犬は察知しゆっくりと顔を傾けてくる。それどころか、大きな手のひらが細い首筋を妖しく撫でた。

拒まなければと思うのに、どうしても身体が動かない。

命令すれば止まるとわかっていても、最後にもう一度触れられたいという願いだけは捨てられなかった。

（……今夜だけ。もう一度だけ……）

初めて彼に抱かれた夜からずっと、本当は彼にキスをされ触れられたかった。

その願いがいまさらあふれ出し、歯止めが利かなくなる。

我に返ったら傷つくとわかっていながら、結局彼女はリカルドの腕に身を預けた。

「……最後に、もう一度だけ」

切ない声に導かれ、望んだとおりの淫らなキスを施される。

あまりにむなしい行為なのに、身体の奥に官能の灯がともった。

こんな一方的な行為はいけないとわかっていながら、リカルドのぬくもりを身体に刻みつけたいと願う気持ちは止まらない。

それを腕輪が受け取り、リカルドがサフィーヤの着衣を乱す。

彼女が願った行為はどこまでも優しく、ささやかで、まるで子供のままごとのようなものだった。

胸や肌を滑る指先は、まるでためらっているかのように弱々しい。それが自分の迷いだとわかっていたが、止めることはもう叶わなかった。

「……んッ、リカ……ルド……」

丁寧に口づけられ、肌に触れられ、彼女の身体を望むとおりに悦ばせてくれる。

でも部屋に響くのは、ただ一人彼女の声だけだ。

ゆっくりと熱を高められながらも、心は少しずつ凪いでいく。

「リカルド……、リカルド……」

もう二度と名前を呼んでくれることはないとわかっているのに、サフィーヤは虚ろに繰り返す。自分の愚かさから目を背け、サフィーヤはリカルドの手がもたらす心地よさに、溺れ続けることしかできなかった。

第六章

ナディーンの約束した日は、無情にもやってきた。

彼が指定した場所は、カーゴから車で二時間ほどの場所にある丘陵《きゅうりょう》地帯だった。

この辺りは戦前、まだ国家が残っていた頃からオスティーナファミリーが所有する土地で、ブドウ畑が広がっている。

オスティーナファミリーにとっては大事な故郷であり最も大切な場所だったが、今そこを牛耳っているのはナディーンとその配下たちだった。

元々この辺りにいた住民たちも逃げ出してしまったらしく、収穫を終えたブドウの木だけが寂しく並んでいる。その間を時折歩いているナディーンの配下は、壊れた人形のように不気味な足取りでふらついていた。

目的地へと向かう車の中からそれを見ていたサフィーヤは、その異様な光景に僅かな恐怖と不安を覚えた。

「あいつらも、たぶんサフィーヤちゃんに使ったのと同じ魔法具を使われているんだろうな」

そんな感想を漏らしたのは、車の運転を任されているスカルズだった。

車にはスカルズとシャオ、そしてサフィーヤとリカルドの四人が乗っている。

リカルドは今も命令に従い、物言わぬ犬として付き従っていた。

「噂じゃ、あいつオスティーナの家族や身内を魔法具で操っているらしい。だから、反撃にも出られなかったんだろうな」

マフィアは非情だと思われているが、それは敵や裏切り者に対してだけだ。むしろ仲間には寛容で、女子供には決して手を出さない。

だがナディーンにそんな容赦はない。弱い者を選んで魔法具で操り、銃を持たせたらしいとスカルズは告げた。

「彼らを解放できないか、ナディーンと話してみます」

「あんまり期待しないほうがいい。あいつは頭のネジが外れてるし、人道的な選択なんてきっとしないよ」

「けど……」

「君は、決めたとおりに行動するんだ。ドン・サルヴァトーレ同様ナディーンにとっても君は泣きどころだ。……失えば、嫌でも奴は止まる」

スカルズの言葉に、サフィーヤは頷くほかなかった。

（でもそうだ、きっと私が上手くやればナディーンは止まる）

　これからすべきことは、もうすでに決まっている。

『君は自分の意志で死ぬんだ。ナディーンの目の前で、壮絶にね』

三日前、スカルズから提案されたのはサフィーヤにとってあまりに酷なものだった。

自分の意志で死ねば、ナディーンはサルヴァトーレファミリーに無用な恨みを抱かない。

それにリカルドも腕輪から解放されることができると、スカルズは言っていた。

　そしてその提案を、サフィーヤは心のどこかでは予想していた。

（この街に来たときに、すべきだったことをするだけ。ただ、それだけ……）

リカルドのために、彼の自由のためにこの命を差し出す。

むしろ願っていた最期を迎えられてよかったと思いながら、服の下に隠した銃をそっと撫でる。

「着いたぞ、行けるか」

気がつけば、車はブドウ畑の中に立てられた大きな邸宅の前に停まっていた。

頷き、サフィーヤはドアを開ける。

車から降りようとすると、無言でリカルドがそれに続こうとした。距離が近づくと離れがたい気持ちが芽生えるが、ぐっとこらえながら手で押し返す。

「あなたはここにいて。何があっても絶対に、動かないで」

命令に、リカルドがゆっくりと身を引く。

虚ろなその顔を目に焼きつけてから、サフィーヤはスカルズに目で合図を送る。

「ご武運を」

そう言ってシャオが扉を閉めると、車は来た道を戻り始める。

見送りたい気持ちをこらえ、ただ一人残されたサフィーヤは屋敷へと身体を向ける。

「……ついに、あなたはあの犬を捨てたのですね」

聞き覚えのある声に、視線と身体が強ばる。恐怖を押し込めながら声のするほうを見れば、二階にあるバルコニーにナディーンが立っていた。

その左右には仮面をつけた男たちが銃を構えていたが、彼女一人だとわかると銃口がゆるりと下がる。

「彼は私の犬じゃありません」

「でも、ずいぶん可愛がっていたじゃないですか」

「私には、彼しかいなかったから」

サフィーヤの言葉に、ナディーンの視線が少し冷たくなる。

「あなたはいつも、私を無視しますね」

「無視したのはあなたのほうです」

あんな再会でなければ、サフィーヤは彼をこんなにも憎く思わなかっただろう。

今だって、心の底から嫌っているわけではない。かつての彼は優しかったし、自分やリカルドにしたことがなければ再会を喜べたはずだ。

「……なぜ私を操って、望んでもいないことをさせたんですか？」

問いかけると、ナディーンは穏やかに微笑む。

「あなたが王女として幸せになるためには、必要なことでした」

「そもそも、私は王女に戻りたいなんて望んでいません」

確かに奴隷同然の日々は苦しかったが、王女に戻ったとしてもそこに幸せなどなかったのだ。家族は皆サフィーヤを愛していなかったし、実際ナディーンの傀儡となり王族に戻ったあとも満たされたことなどなかった。

リカルドを使い、家族の機嫌を取り、優雅な暮らしに戻ったところで、あるのは虚無感だけだった。

「それはあの無能な王族たちがいたからでしょう。だからこそ、最後はあの犬にすべて殺させた。あなたは女王となり、あの空爆がなければ幸せな未来があの国にあった」

ナディーンは強く主張するが、王族や王宮の者たちを殺してまで手に入れる価値が、あの王座にあったとはどうしても思えない。

それを自分の口からしっかりと伝えたくて、サフィーヤは声に力を込める。

「無駄に殺して、奪って、そうやって手に入れた国なんて私はいりません」

過去形ではなく、いらないと断定したのはナディーンがしていることを止めたいと思ったからだ。

「……あなたは本当に欲がない。そういう姫様だから、私は……」

だがどんなに強く言っても、ナディーンは理解した様子がない。

むしろ不気味に笑って、サフィーヤを見下ろすばかりだ。

(この人には、やっぱり言葉が届かない)

どこで壊れてしまったのか、どうしてそうなってしまったのか、サフィーヤには理解できなかった。でも彼を止めなければいけないと、それだけはわかる。

「ナディーン、私はあなたの王女にはなれません」

「でも、もう国は用意しましたよ？　マフィアたちの作ったいびつな国だが、ここなら今度こそ幸せになれる」

そう言って、ナディーンが小さなネックレスを取り出した。

その中心で輝く赤い宝石を見た瞬間、サフィーヤの背筋に悪寒が走る。かつて自分を苦しめていた魔法具についていたのと、同じ宝石に見えたのだ。

「今度は決して壊れぬ細工《さいく》をしました。これで、あなたは永遠に私だけの姫様です」

やはりナディーンは間違いを繰り返すつもりのようだ。それを止めることはできないとわかりサフィーヤは覚悟を決める。

そして彼女は、隠し持っていた銃に手を伸ばした。

(やるなら、今しかない……)

そう思って銃をたぐり寄せるが、予想に反してなかなか上手くいかない。

なぜだろうと思ったところで、サフィーヤは自分の手が震えていることに気がついた。

銃を抜き、自分に向けて引き金を引く。その練習は何度もしてきたのに、なぜだか身体が言うことを聞かない。

それでも必死に銃を摑んだとき、突然足下に何かが転がってきた。

「ああそうだ。死ぬなら銃ではなく、ナイフで死んでくれませんか？」

驚いて視線を上げれば、ナディーンがバルコニーの柵に優雅に寄りかかり、心の底から嬉しそうに笑っている。

「どう……して……」

「死ぬつもりだったのでしょう？　それもあの犬のために」

見抜かれていたのだと気づくと、握ろうとした銃が手からすり抜ける。

落ちた銃を拾うこともできず、サフィーヤはナディーンの視線に囚われる。

「あなたはずっとあの犬のことばかり可愛がる。だからその想いごと、どのみちあなたを壊すつもりだったんです」

「じゃあ、まさか私を……」

「殺すつもりでしたよ。これは人だけでなく物も操れる道具ですからね」

不気味な笑みをたたえたまま、ナディーンは手にしたネックレスを軽く振る。

「ほらよく見てみなさい、私の騎士たちは皆もう死んでいる」

ナディーンが指を鳴らせば、側にいた彼の傀儡たちがゆっくりと仮面に手をかけた。

外された仮面の下から現れた顔に、サフィーヤは悲鳴を上げる。

その顔は腐り果て、中には白い骨がむき出しになっている者までいたのだ。

「生きた人間を操ることも可能ですが、どのみち人形になるならいっそ物のほうが管理しやすい」

あまりに惨《むご》い考えだが、ナディーンは自分の罪深さに全く気づいていない。

仮面の下からサフィーヤを見つめる瞳には、僅かな喜びさえ浮かんでいた。

「姫様の身体は綺麗なままにして差し上げます。そういう魔法具も、ちゃんと用意してありますからね」

言葉を重ねながら、仮面を外したナディーンの焼け爛《ただ》れた顔にはおぞましい狂気が浮かんでいる。

サフィーヤが死ねば、彼の目的は潰《つい》え暴走は止まると思った。けれど目の前の男が抱えている執着は、そんな生易《なまやさ》しいものではない。

「心も魂も美しい身体に閉じ込め、永遠のものになる。そして棺《ひつぎ》の代わりに、私の作る幸せの国でずっと一緒に暮らしましょう」

サフィーヤの死を今か今かと待つナディーンの姿はあまりに恐ろしく、身動きさえ取れなくなる。

そのまま立ち尽くしていると、焼け爛れた顔にだんだんと不満が浮かび始めた。

「まさか、いまさら死が怖くなったのですか？」

怖くないと、ほんの少し前までは本気で思っていた。

でも今は、指一本動かせない。自分が死ねばリカルドたちが助かる。ナディーンを止められると思ったが、その理由は根底から覆されてしまった。

（いや、それがなくても……私は……）

胸に芽生えた恐怖の大きさに、いまさら気づいて愕然とした。

「早くしてください。それとも、私がして差し上げたほうがいいですか？」

「い……いや……」

「ああ、その顔……！　嫌悪に歪む顔も美しい……」

だが突然、浮かんでいた苛立ちがふっと消える。

代わりにナディーンの顔を歪めたのは、大きな喜びだ。

「その顔で死ねるよう、やはり私があなたを殺しましょうか。……ああ、いや、やはりもっと美しい顔で死んでもらおう。やはり、あの顔がいい……」

何やらブツブツとつぶやきながら、ナディーンの姿が消える。

今のうちに逃げるべきだと思ったが、身体はまだ動かない。

そうしているうちに、ナディーンが屋敷の入り口から宝石のようなものを手に持って出てきた。

「姫様は誰かのために嘆《なげ》き悲しむ顔が一番美しい。だから、それを引き出しましょう」

「……あなた、いったい何を……」

「これは、カーゴに仕掛けた魔法具を起動する鍵です。この石を砕くと、破壊の魔法が発動する」

「だめ、やめて！」

「そう、その顔が見たかったんですよ。……私が焼かれたときも、そうして泣いてください！　だから私は、あなたを守ると決めたんです！　ずっと、ずっとずっとずっと！」

血走ったその目にもはや理性はないとわかり、サフィーヤは落とした銃に飛びつく。

そのままナディーンに銃口を向けるが、それよりも早く彼は無情にも石を砕いた。

「さあ、あと数秒で大勢が死にますよ」

嘆き悲しめと笑うナディーンの顔を見て、もう止められないのだと悟る。

ならば彼の望みが叶わないよう、いっそ自分の頭を吹き飛ばしてしまったほうがましかもしれない。

手にした銃を握り直し、サフィーヤは銃口を自分の首筋に当てた。

しかしいざ引き金に手をかけると、手が震えて指が動かない。

その上なぜか、こんなときなのにリカルドの顔が脳裏によぎる。

(なんで、いまさら……)

家族になろうと言ってくれたときの記憶が蘇り、リカルドを裏切ってしまった後悔が胸を抉った。

「……リカルド」

そしてサフィーヤは、ようやく気づく。

いつの間にか、サフィーヤにとって自分の命はたやすく捨てられるものではなくなっていたのだ。

(私が本当に望んでいたのは、彼を自由にすることじゃなかった……)

リカルドと共に生きる未来だったのだと気づき、その手から銃が滑り落ちる。

「……サフィーヤ、伏せろ!」

そのとき、二度と聞けないと思っていた声が背後から響く。

幻聴だろうかと戸惑った瞬間、前触れもなく彼女の身体がすさまじい衝撃で吹き飛ばされた。

世界がバラバラになったかのような衝撃に意識が飛びかけるが、馴染みある逞しい腕がサフィーヤの身体と意識をその場に縫いつけた。

気がつけば目の前は真っ暗だった。息苦しさも感じたけれど、痛みはあまりない。

あまりに突然のことに混乱していると、何かがサフィーヤを包む闇を退けた。

「あぁくそっ、遠くに仕掛けろって言ったのにあの馬鹿が……」

忌々しい声と共に、何かがぐっとサフィーヤを持ち上げる。

慌てて顔を上げると、そこには瓦礫と埃《ほこり》まみれになったリカルドの姿があった。

「リカルド、どうして……」

「そんな当たり前のこと、聞くんじゃねぇよ」

笑顔を浮かべているが、リカルドの額は深く切れて血が流れている。

見れば、額だけでなく全身がボロボロだった。特に背中は焼け爛れ、かなり酷い有様になっている。

一方サフィーヤは、足腰が痛むものの大きな傷はない。

ドレスはボロボロになっているが、リカルドと比べるとあまりに被害が少なかった。

「守って、くれたんですか……？」

「当たり前だ。俺は、お前の犬なんだからな」

傷の少ないサフィーヤを見て、ほっとしたようにリカルドがこぼす。

その腕に身を預けていると、周囲の視界が少しずつ良くなり始めた。

舞い上がった土埃の向こうに広がっていた光景は、先ほどまでとは一変していた。

建物は半壊し、その後ろにあったブドウ畑は広範囲が消失している。

あまりの光景に言葉を失っていると、すぐ側で不気味なうめき声が響く。

「……犬の……分際で……」

その声がナディーンのものだと気づいた直後、側の瓦礫が崩れ土煙が舞う。

ゆっくり立ち上がる人影にサフィーヤが息を呑むと、彼女を守るようにリカルドが立つ。

「自分の魔法具で焼かれる気分はどうだ？」

リカルドの声に、返ってきたのは忌々しそうなうなり声だった。

「私のモノを……利用、したのか……」

「三日待ってやる、なんて悠長なことを言った報いだな。それだけあれば、俺と俺の有能な部下なら探し出せる」

だとしたら、先ほどの爆発は街に仕掛けられていた魔法具によるものだろう。

だからナディーンが起爆させたと同時に、爆発が起きたに違いない。

「姫様……ごと、殺すつもり、だったのか……？」

「そんなわけねぇだろ。何があってもこいつは俺が守る」

「……犬が、騎士を気取る…な……！」

「騎士なんて気取っちゃいねえよ。俺はお前が言うように、ただの犬だ」

言葉と共に、リカルドがボロボロになった上着とシャツに手をかけた。戦いに邪魔だと判断したのか、彼はそれらをすべて引きちぎる。

「下がれサフィーヤ、こいつは俺が殺《や》る」

ナディーンの気配を察知し、リカルドが右手を軽く振る。

それに従おうとしたとき、サフィーヤは彼の身体に異変が起きていることに気づいた。

リカルドが持ち上げた右腕には、蛇の形となった腕輪が巻きついていたのだ。

いや、巻きついているという生易《なまやさ》しいものではない。

獲物の肉を食い破り引き裂くように、腕輪はリカルドの右腕を幾重《いくえ》にも貫き、その先端は腕だけでなく胸にまで達していた。

「その腕、どうして……」

ただならぬことが起きたのだと気づき、サフィーヤは彼の腕に縋った。

「お前の命令に抵抗したら、腕輪がさんざん暴れてな。表面を焼くだけじゃ従わせられないと思ったのか、本気で躾けにきやがった」

軽い口調で言うが、その躾が生易しいものではなかったことは想像に難くない。

「だが逆に従えてやったから問題ねぇよ。サフィーヤを守る気持ちは本物だって示したら、こいつはわかってくれたらしい」

隆起する筋肉に沿って巻きつく蛇は、確かに動く気配はない。

それにひとまずほっとしていると、別の脅威が土煙の向こうから姿を現した。

「犬に、姫様は……渡さぬ……」

「お前も、ずいぶんタフだな」

フラフラとこちらに近づいてくるナディーンを見て、リカルドは苦笑する。

だがサフィーヤには彼のように笑う余裕はない。

(なぜ、動いていられるの……？)

そこにいたのは、確かにナディーンだった。だが彼の身体は一部がちぎれ、到底起き上がれる状態には見えない。

だが彼は立ち上がり、ゆっくりとこちらに近づいてくる。

「あいつ、自分に魔法具を使ったのか」

リカルドの言葉に目をこらせば、ナディーンの首にはサフィーヤにかけようとしていたネックレスがかかっている。

「じゃあ、彼はもう……」

「抜け殻になってまでサフィーヤを求めるか。……まるで、どっかの誰かと同じだ」

近づいてくるナディーンから守るように、リカルドがサフィーヤの前に出る。

その途端、獣のようなうなり声が迸る。

「姫様を……守り……幸せにするのは……私だ……！」

「どこで誰と幸せになるか、決めるのはサフィーヤだろ！　こいつのことを何も知らねえお前こそ、騎士を気取るな！」

次の瞬間、獣へと転じたリカルドがナディーンに飛びかかる。すでに朽ちかけていた身体はいとも簡単に倒され、手始めに彼の腕が飛んだ。声にならない悲鳴を上げて、ナディーンはのたうちながらサフィーヤへと必死に腕を伸ばす。

その手と眼差しから目を背けたかったけれど、懸命にこらえたのはナディーンへの精一杯の償いだった。

肉ごと魔法具が引きちぎられ、哀れな騎士はついに動かなくなる。その骸を見ながら、サフィーヤは強く胸を押さえた。

「どうして、そこまで私を……」

「こいつはたぶん、お前を想ってたわけじゃねえ」

うつむくサフィーヤを上向かせたのは、リカルドの声だった。

その声と顔もまた、苦しげに歪んでいる。

「……こいつは、何かに縋らなきゃ生きていけなかったんだ」

だとしたら自分も同じかもしれないと、サフィーヤはぼんやり思う。

サフィーヤもまたリカルドに縋り、自分の命さえ委《ゆだ》ねようとした。そんな自分が壊れずにいたのはたぶん、縋りついたリカルドが強かったからだろう。

「私がもう少し強かったら、この人は救われたのかもしれません……」

ナディーンが砂漠に消えたときも、死んだものと思い探しもしなかった。傀儡にされていたときも、リカルドを見るばかりで彼を全く顧みなかった。

あのとき少しでもナディーンに何かできていたら、別の未来もあったかもしれないと後悔が募る。そんなサフィーヤに、リカルドがそっと身を寄せた。

「こいつを救えたのはこいつ自身だけだ。それでもこの結果が気に食わねえなら、二度と後悔しないようお前が強くなれ」

「強く、なれるでしょうか……」

「なりたいって思えばな」

弱いまま、死んでいきたくないと今は思う。そしてその気持ちがあるなら、自分も変わっていけるかもしれないと、リカルドの言葉が前を向かせてくれた。

でもそんな決意とは裏腹に、サフィーヤの身体からは少しずつ力が抜け始めた。

近づいてきたリカルドに縋りつくと、意識を保つことすら難しくなってくる。

張り詰めていた緊張がほどけ、リカルドが側にいる安心感に負けてしまう。ここで倒れてはいけないと思ったが、あやすように頬をくすぐる尾の心地よさにはどうしても勝てなかった。

「眠れ、サフィーヤ。あとは全部、俺が片付ける」

「でも……」

「でもはなしだって、何度言ったらわかる」

起きたらお仕置きしてやると笑う声に誘われ、サフィーヤはリカルドに身を預ける。

「安心しろ。もう誰にも、お前を傷つけさせない」

覚悟を秘めたその声を聞きながら、サフィーヤはゆっくりと目を閉じた。

◇◇◇

ふと気がつくと、サフィーヤはただ一人懐かしい景色の中にいた。

そこは幼少期を過ごしたアリアーナの離宮にある、父の本が置かれていた図書室だった。

本棚にそっと手を伸ばすと、自分の手は子供のように小さい。

昔に返ったようだと驚いていると、奥から誰かが走ってくるのが見えた。

顔を向けると、そこにいたのはあのナディーンだった。彼の姿に一瞬身体が強ばるが、すぐ冷静になれたのはこれが夢だとわかっていたからだろう。

ナディーンの顔にはまだ火傷の痕はなく、寂しげな笑みだけが浮かんでいる。

『……姫様、どうすれば私はあなたの騎士になれるのでしょうか？』

その問いかけに、サフィーヤは覚えがあった。

昔、まだ彼が騎士に成り立ての頃、彼はよくこうして彼女に尋ねてきたのだ。

『ナディーンはもう、私の騎士よ？』

『ですが、私は半端者です。騎士になれたのも、あなたを守るためではなく、傷つけるためだ』

奴隷の子であるサフィーヤには能なしの騎士がお似合いだと、王族たちが笑っていたことを思い出す。実際、ナディーンは覚えが悪く剣の腕も立たない。

けれどサフィーヤには、なんの問題もなかった。

『側にいてくれるだけで、私は嬉しい』

『そう言ってくれるあなただから、私はこの手で幸せにしたいんです』

サフィーヤを見つめる目には、どこか辛そうな色が滲む。

(そういえばあの頃、彼はずっと辛そうだった)

けれど幼い彼女は、なんと言葉を返せばいいかわからなかった。

そのせいで彼が道を違《たが》えたのかもしれないと思いつつ、サフィーヤはそっとナディーンの手を取る。これは夢で、サフィーヤはかつてのサフィーヤではない。だから何か、声をかけてあげたいと思ったのだ。

とはいえ、あの頃からサフィーヤも大きく成長できたわけではない。故に言葉に困っていると、不意にリカルドの顔が頭に浮かぶ。

部下思いで懐の深い彼のように、自分もナディーンを安心させたい。そう思うと胸の奥から言葉がわき上がる。

『私は、自分で幸せになるから大丈夫よ』

『それは、私は必要ないということですか？』

『ううん。ただ、あなたにはあなたの幸せを見つけてほしいだけ』

そこで微笑み、サフィーヤはナディーンを抱きしめる。

『でも私は、姫様の幸せそうな姿を見ていたいのです』

『だとしたら、なおさら何もせず見ていてほしい。あなたが安心できるほどの幸せは、自分の手でしか掴めない気がするから』

虐げられ、自分らしくあることを許されなかったサフィーヤは、まだ自分の求める幸せがはっきりと見えていなかった。

だからこそ未来を描けず、リカルドのために命を投げ出せる気でいたのだ。

でも本当は、生きてやりたいことがたくさんあった。リカルドの側で、幸せを見つけたいと思う気持ちは確かにあった。

それが恐怖という形で、自死を踏み留まらせようとしていたのだと今はわかる。

『今はまだリカルドに頼りきりだけど、私、もっと強くなるから』

いつか自分の足で歩き、色々な幸せを見つけられるようになりたい。

生きたいと願えるようになったおかげで、そんな気持ちさえ芽生えている。

『もう、私の手は必要ないのですね……』

『手を差し伸べてくれたことは嬉しい。でも誰の手を掴んで、誰と幸せになるかは自分で選びたい』

サフィーヤの言葉に、ナディーンはそっと身を引く。

『でもあのリカルドはマフィアです。幸せになるのはきっと大変ですよ』

『大変でも、そこに幸せがあるなら頑張りたいの』

今までのようにただ流されるだけでなく、困難には抗ってみたい。

そんな気持ちが伝わったのか、ナディーンの姿が遠ざかり始めた。

それに合わせてアリアーナの景色が薄れ、周囲が闇に閉ざされていく。

真っ暗な中に取り残されると怖かったが、ただ立ち尽くすばかりではない。

（リカルドは、どこにいるんだろう……？）

ただ待つのではなく、彼に会いたいと願いサフィーヤは歩き出す。

闇は深くなったが、前に進み続ければどこからか賑《にぎ》やかな声が聞こえてくる。

その中にリカルドの声があると気づき、彼女は微笑んだ。

目覚めは近いと察した直後、サフィーヤは夢と現実の境目に立たされた。

「ああもう、お前は本当にうるせえな！　サフィーヤが起きちまうだろう！」

「いや、ドン・サルヴァトーレのほうがオレの五倍はうるさいよ？」

「……僕に言わせれば、どちらもです」

無駄に賑やかな声が、サフィーヤの周りを取り囲んでいる。

それがなんだか嬉しくて、彼女はゆっくりと目を開けた。

おぼろげな視界の中、最初に飛び込んできたのはスカルズとシャオの顔だ。だがすぐさま、それをリカルドが押しのける。

「お前らはサフィーヤの視界に入るな」

「横暴すぎない？　サフィーヤちゃんが助かったのは、オレのおかげだよ？」

「その逆だろ。こいつを焚《た》きつけて、自殺しかねない状況にしたのはどこの誰だ！」

ひときわ大きな声で喚き散らしているのはリカルドとスカルズで、その勢いにサフィーヤは飲まれてしまう。

自分の話題だとわかっていても、この二人の会話に割って入るのは無理そうだと思っていると、可愛らしい獣の手が不意に額を撫でた。

「うん、熱はもう大丈夫そうですね」

優しく笑いかけてくれたのはシャオで、穏やかな声に少しほっとした。

今なお口喧嘩を続けている二人からそっと視線を逸らし、サフィーヤはシャオに身体を向けた。

「あの、ここは……」

「あなたの寝室です。無事、帰ってきたんですよ」

シャオの言葉に、サフィーヤは倒れる前のことを思い出す。

後は任せろと言ったリカルドがのんきに喧嘩をしているということは、ナディーンの問題は無事解決したのだろう。

「具合はどうですか？」

尋ねられ、サフィーヤは改めて自分の身体を観察する。

治療のためか、ウィッグは外され肌触りのいい寝間着を着せられていた。その裾をまくると手足には所々小さな傷が残っているものの痛みもなく、大きな怪我などもなさそうだった。

「少し身体が重いですが、大丈夫です」

「しばらく無理はしないでくださいね。極度の緊張と疲労で、三日近く寝込んでいたんです」

「そんなに、長い時間……？」

「おかげでドンがうるさくて」

シャオの言葉に、不満げなうなり声が響く。

思わずリカルドのほうを見ると、気まずそうな顔がサフィーヤをチラリと見た。

「あんなことのあとだ、心配になるに決まってるだろ」

「不安にさせて、ごめんなさい……」

「そんなことより、もっと他に謝ることがあるだろ」

叱るような声とは裏腹に、サフィーヤを見つめる視線は優しかった。引き寄せられるように身体を起こすと、リカルドはすばやく抱き支えてくる。

「……あなたに、酷いことをしてごめんなさい」

「怒ってるのはそこじゃねえよ」

「でも私があなたに命令したから腕輪が……」

「そんなのはどうでもいい。それより、俺が怒ってるのは勝手に死のうとしたことだ」

サフィーヤの身体を自分の胸に引き寄せ、リカルドは苦しそうに息を吐く。

「私、あなたに迷惑をかけたくなかったんです……」

「だとしても、二度とするな」

その声からリカルドの切実な願いが伝わってきて、サフィーヤのほうからもぎゅっと彼に縋りつく。こうやって彼のぬくもりを感じていると、なぜこれを手放せると思ったのか本当に不思議だった。

「しません。……それにもう、きっと同じことはできないです」

「死ぬのは、怖かっただろ」

「あんなに怖いなんて、思いませんでした」

「思えるようになってくれてよかったよ。ここに来た頃は、本気でためらいもなかったからな」

「あのときは、そうすべきだと思ったんです」

「でも違うって気づいたのか？」

頷くと、リカルドが安堵の笑みを浮かべる。

「叶うなら、もう少し早く気づいてほしかった。銃弾は入ってなかったが、それでもお前が死のうとしてるのを見て、俺がどんだけヒヤヒヤしたと思ってる」

「み、見てたんですか？」

当たり前だと小突かれると同時に、銃弾が入っていないという言葉にはっとする。

思わずスカルズとシャオを見れば、二人は妙にニコニコしていた。

「あの、もしかして初めからお二人は……」

「君みたいな可愛い子に、本気で死ねなんて言うわけないでしょ？」

そう言って肩をすくめたのはスカルズだ。だがその物言いに、リカルドが待ったをかける。

「とかいって、俺たちを殺しかけたのはどこの誰だ！」

「だって、ナディーンを確実に吹き飛ばせる距離に魔法具を置けって言うから」

「おかげで、危うくサフィーヤまで吹っ飛ぶところだっただろうが！」

「僕も尻尾、焦げちゃったんですけど……」

「シャオくんはどんくさいだけでしょ。それにサフィーヤちゃんに関しては、ドン・サルヴァトーレが華麗に守ると思ってたし」

などと笑う顔を見ると、あの爆発は三人の中では織り込み済みだったようだ。何も知らなかったのは、どうやら自分だけらしい。

それに戸惑っていると、ガミガミ言い合っている二人に代わってシャオが「すみません」と頭を下げた。

「ナディーンは、どんな魔法具を持っているかわからなかった。だから確実に仕留めるため、何かに注意を向けさせる必要があったんです」

「それが、私……ですか？」

「彼の気を引くにはあなたを囮にするのが一番だって、スカルズが言い出したんです」

「いや、オレだって本気で死んでほしいなんて思ってなかったよ。ただサフィーヤちゃんが目の前で『私が死ぬ』って言い出したら、あいつは絶対見過ごさないと思ったからさ」

あと……と、さりげなくリカルドから距離を取りながら、スカルズは僅かに声をすぼめる。

「サフィーヤちゃんを囮に使うって言ったら、ドン・サルヴァトーレが激怒するのは目に見えてたからね。そして君を追い詰めれば、絶対腕輪が躾けてくれると思ったからさ」

「でも、それでもし何かあったら、どうするつもりだったんですか？」

リカルドを見れば、彼の右腕には腕輪が食い込んだままだ。無理やり服従させたと言っていたが、抵抗にあって死んでいたらと思うとスカルズを恨む気持ちが芽生える。

しかしサフィーヤに睨まれて、スカルズは嬉しそうに笑うばかりだった。

「自分が死にかけたことじゃなくて、ドン・サルヴァトーレのことを心配するんだね君は」

「だって私、リカルドが助かるのを条件になんでもするって言ったんです」

「だから、ちゃんと君が死なないよう裏で手を回したんでしょ。っていうか、そもそもサフィーヤちゃんが死んで大団円なんてうまい話はないし、そんな手抜かりだらけの計画実行しないよ」

「だとしても、誇らしげに言うことじゃねえだろ」

そこでリカルドに睨まれ、スカルズはふざけた調子でシャオの背中に隠れた。

「いやでも、おかげで腕輪にも打ち勝てたんでしょ？　もっとオレを褒めてほしいなぁ」

「むしろ、殺されないだけマシだと思え」

「いやでも、そこまで言うならシャオくんにも怒ってよ！　この子だって、サフィーヤちゃんが死ぬしかない空気めっちゃ出してたでしょ！」

「僕はあなたの計画に乗っただけです。それにまあ、最悪の場合サフィーヤさんに死んでもらうのも手かなぁとは思いましたし」

にこやかに言われ、一瞬その場の空気が凍る。

「ほら、一番極悪人じゃない！」

「いや、真面目に死んでほしいとは思っていませんよ。たとえ腕輪が外れても、サフィーヤさんを失えば、ドン・サルヴァトーレが壊れるのは確実。そうなれば、ファミリー存続の危機です」

笑みを崩さぬまま、シャオは小瓶を薬棚から取り出してきた。

「だから、本当はこの毒薬を飲んでもらおうかなと思ったんです」

棚から取り出された毒々しい小瓶を笑顔で掲げるシャオ。

悪気がないその顔を見て、もちろんリカルドは憤る。

「おい、なんだそれは！　お前サフィーヤに何飲ませようとしやがった！」

「一時的に心臓を止め、仮死状態にする薬です。まあ時々そのまま止まり続けちゃうこともありますけど」

てへっと可愛く笑うシャオに、リカルドが本気で怒り始めた。

今にも殴りかかりそうな彼の腕を摑み、サフィーヤは落ち着かせようと必死になる。だがシャオは火に油を注ぐように、言葉をさらに重ねる。

「もし、サフィーヤさんがナディーンに操られる可能性があれば使うのもやむなしと思っていました。実際、二人の間には魔法によるつながりのようなものが見えたんです」

シャオの言葉に、サフィーヤはナディーンの夢を思い出す。

以前彼の夢を見たのも、もしかしたら彼の魔法だったのかもしれない。

「サフィーヤさんに何も教えなかったのも、そのつながりによってナディーンにこちらの意図を読まれないようにするためだったんですよ」

「私、もしかして気がつかないうちに、また魔法具をつけられていたんでしょうか？」

「それは大丈夫です。調べましたが、魔法具の類いはなかった」

だからこそ、薬を飲ませるのはやめたのだとシャオは告げる。

「それにサフィーヤさんがためらいもなく死を選んだ時点で、危険を冒してまで腕輪を外す必要はないと気づいたんです。あなたは絶対にドン・サルヴァトーレを守る人だとわかったので」

そう言って、シャオは小瓶をリカルドに渡した。

「でもドン・サルヴァトーレの大事な人を傷つけようとしたのは事実です。怒りが収まらないなら、私にそれを飲ませてもかまわない」

「仮死状態になるだけなんだろ？」

「二割は死にますけどね」

「わりと危ねぇだろが」

そう言うと、リカルドが小瓶の蓋をそっと開ける。

まさか飲ませるつもりかとサフィーヤが驚いた直後、彼は中身を床にぶちまけた。

カーペットに染み込む薬をあえて足で踏み広げ、リカルドはようやく満足げに笑う。

「罰として、お前はカーペットのシミ抜きだ。スカルズ、お前もだぞ」

「なんでオレまで!?　ってか、そんな地味な罰ある!?」

「派手好きなお前らには、地味な罰のほうがこたえるだろ？　サフィーヤは今晩俺の部屋で寝かせるから、朝までに綺麗にしろ」

言うなり毛布ごとサフィーヤを抱え上げ、リカルドは部屋を出る。

二人が気になって肩越しに背後を見れば、文句を言いながらもその顔には笑顔が浮かんでいる。

「サフィーヤちゃんも、リカルドのお仕置き頑張って」

扉が閉まる直前、そんな言葉をかけてきたのはスカルズだった。

それを無視して歩くリカルドの腕の中で、サフィーヤは身をすくませる。

「私も、お仕置きですか？」

「シミ抜きですむと思うなよ」

「むしろ、ちゃんと罰してほしいです」

そう言って腕輪が絡む右腕をそっと撫でると、呆れたようなため息が漏れる。

「これのことは、もう気にするなって言っただろう」

「だけど、痛そうで……」

「見た目は酷いが、こいつは完全に沈黙してる。だからもう、そんな顔するんじゃねえよ」

リカルドの寝室にたどり着き、サフィーヤはベッドに下ろされる。

だが身体に巻きついた腕は離れず、それどころか彼はサフィーヤの頭に頬をグリグリと押しつけてきた。

「でも今もまるで腕輪に操られてるときみたいですよ？　本当に大丈夫なんですか？」

「別に操られてねえよ」

「だってそんな、子犬みたいな動き……」

「操られてねえ」

「耳も、よしよしされたがってるときみたいに動いてますし」

「それは腕輪じゃなくて俺自身がよしよしされたがってるからだよ、わかれよ！」

まさかの発言に、サフィーヤは固まった。

「とりあえず、いったんよしよししろ」

ものすごい目力で迫られ、慌てて彼の頭に手を伸ばす。

そのまま柔らかな髪と獣耳を撫でていると、なんとも言えない切ない気持ちが込み上げてきた。

「……もう、こうできないと思っていました」

「むしろ毎日してもらうからな」

「してもいいんですか？」

「してくれないと困る。俺はお前と、お前のよしよしがないと生きていけねえ」

幸せそうに耳を伏せながら、上目遣いにサフィーヤを見つめる眼差しはいつになく甘い。

「狼ってのは一途なんだ。それに惚《ほ》れた相手は絶対に手放さねえ」

「惚れたって、まさかあの……」

「そろそろわかれよ。お前に縋りついてたのは、こいつのせいなんかじゃねえ」

右腕を持ち上げ、リカルドはサフィーヤの顎をそっと摑む。

そして彼は啄むような優しいキスを何度も落とした。愛情のこもった口づけに、涙がこぼれるのは必然だった。

「でも、ガキは興味ないって前に……」

「確かに出会ったときお前は子供だったし、男女の愛情とは別だと思ってた。でも今のお前を、もうガキだとは思えねえよ」

頰を伝う涙を唇で拭いながら、リカルドはサフィーヤの輪郭をなぞる。

「どんどん綺麗になっていくから正直焦った。大人の顔して中身は無垢で、そういうお前をめちゃくちゃに愛してやりたいと、ずっと思ってた」

もう腕輪の魔法はないはずなのに、重なる言葉はこれまで以上に甘い。

嬉しいのになぜだか恥ずかしくて、サフィーヤのほうは満足に言葉を返すことすらできなかった。

「だから今度こそ、俺の家族になれ。そうすれば、ずっと側にいられるだろ」

まっすぐな求愛を受け、ようやくこれは夢や幻ではないのだと実感する。

そしてもう、リカルドの言葉を退ける必要はない。今は自由に願いを口にしていいのだと気づき、サフィーヤはぎゅっとリカルドの首に縋りついた。

「なりたい……。本当はずっと、ずっとなりたくて……」

涙と嗚咽で途切れ途切れになりながらも、胸に秘めてきた願いを必死に言葉にする。

「ならお前は俺のものだって、その身体にも心にも教え込んでやる」

言葉と共に口づけが深くなり、リカルドの熱と香りが身体を包み込む。

「何があっても俺の側で生きたいって、そう思わせてやる」

「もう、思っています」

「まだまだ足りねえよ。これから色々な物を見て、色々な幸せを知って、それでも俺が一番特別だってそう言わせてやる」

俺は我が儘《わま》だからなと、笑う顔に自分はこの先何度も恋をする。

そんな予感を覚えながら、サフィーヤからも唇を寄せる。

「ああ、お前のキスは相変わらずつたないな」

「もっと、上手くなります」

「キスの他にも色々上手くなれ。初心なお前も可愛らしいが、最後に抱いたときはさすがに物足りなかった」

言葉と共に浮かんだ笑顔はどこか意地悪だった。

それを見た瞬間、サフィーヤは息を呑む。

「あの、最後ってまさか……」

「お前が、俺を犬にしたときだ」

意識があったとは思わず、サフィーヤは恥ずかしさと申し訳なさに手で顔を覆う。

「ごめんなさい、あのときは最後だと思ったからどうしても触ってほしくて……」

「そんな顔をするな。俺に触れてほしいって思ってくれたのは、嬉しかった」

「嫌じゃ、ありませんでした?」

「嫌じゃない。ただああいうおねだりは、俺の自由が利くときにしてほしいが」

大きな手のひらがサフィーヤの首筋を撫で、白い肌にそっと爪を立てる。こそばゆさと共に官能の火がくすぶり始め、恥ずかしさに頬が赤く染まる。

「じゃなきゃ、お前を満足させてやれないだろ？」

「……ッ、ふ……」

「しかしお前は本当に初心だな。あんな優しい触れ方じゃ、なかなか気持ちよくなれなかっただろ」

「それは……」

「元気になったら、思う存分抱いてやる。サフィーヤが一番好きな触り方で、何度もいかせてやるからな」

細められた目には情欲の兆しが見えたが、それをこらえる気配を感じた。たぶんサフィーヤの身体を気遣って、今は触れずにおこうと思っているらしい。

（でも、今がいい……）

長年の願いが叶ったのを実感したい。ようやく手に入れた大きな手を全身で感じたい。

そんな気持ちが止まらなくなり、遠ざかろうとしていた腕を思わず掴む。

「我が儘、言ってもいいですか？」

目を見てねだると、リカルドはわかりやすく狼狽える。

「お前まさか……」

「今、触ってほしいです。それにリカルドに、名前を呼んでほしいです」

むなしい一夜の記憶を、この幸せで上書きしたい。そんな思いで縋りつけば、観念したように大きな耳が伏せられる。

「お前には、敵わねえな」

「じゃあ……」

「ひとまず一回だけだ。身体が辛かったら、すぐやめるからな。あとあんまり煽るなよ」

「煽りません」

「とか言って、お前無自覚に可愛いからな」

少し困ったような声に、思わず頬が熱くなる。

(この可愛いって言うのも、今は本心……)

そう思うと、喜びに身体がこそばゆくなる。

「おいっ、言ったそばから可愛い顔するなよ」

「し、してません。ただ恥ずかしくなっていただけで」

「恥ずかしがる顔が、特に可愛いんだよ。だから堂々としてろ」

そんなの絶対無理だと言おうとしたが、それよりも早く唇を奪われる。

「……ん、……あっ……」

与えられる口づけに夢中になっていると、着せられていた夜着越しにリカルドの手がサフィーヤの身体を撫でた。存在を確かめるように優しく身体の線をなぞり、最後はゆっくりとリボンをほどかれる。

「あ……胸……見えちゃう……」

「嫌なら拒め。今なら、まだ止められる」

自分の胸に添えられた手を見て、サフィーヤは頬を赤らめ固まる。

嫌な気持ちなど欠片もないが、念を押すリカルドの顔は少し険しくて不安になる。

「……リカルドは、嫌じゃないですか？」

「嫌だったら、こんなことしてねえだろ」

「でもこのましたら、もっと違う場所にも触ってほしくなるかもしれないし」

「お前、純情すぎて完全に小悪魔だな……」

呆れたような声に、やはりリカルドは嫌なのだろうかとうなだれる。

だがすぐに顎を摑まれ、上向かされると同時に唇をこじ開けられた。

「……ッふ、んん……」

乱暴に舌を絡ませ、リカルドが吐息ごとサフィーヤの口腔を貪る。

顔の角度を変え、唾液を流し込みながら施されるキスはあまりに荒々しく、どんどん息が上がってしまう。

でも苦しいのに、やめたくない。もっともっと彼が欲しい。

「あぅ……ん、……リカ……ルド」

思考と共に声も快楽に染まり、甘ったるい声がより深く交わりたいと訴える。

「わかってる。お前の願いは、ちゃんと叶えてやる」

そう言って、リカルドが優しく微笑みながら唇と頬、そして短い髪にそっと口づけを落とした。

それから彼は果実の皮をむくように着衣を剝ぎ取り、サフィーヤの肌を露出させる。

色白な肌はすでに赤く色づき始め、目の前の獣に食われるのを今か今かと待っている。

以前より大きくなった乳房を揺らし、濡れた瞳で愛撫を待つその表情にはこの街に来た頃の幼さは欠片もない。

「俺に、触れられたかったのか？」

問いかけに、サフィーヤは小さく頷いた。

まだ戸惑いは残っているが、たぶんずっとこうされるのを待っていたのだ。

「私、最近……我が儘になってるんです」

「我が儘？　お前が？」

「ずっとリカルドの側にいたいし、それに時々、こうしたいって思うときがあって……」

「だから、あの夜も俺に抱かれたのか？」

小さく頷くと、胸に後悔が芽生える。

「最後だと思ったら、我慢できなかったんです」

「俺に抱かれたいと、思ってくれたのは嬉しいよ。嬉しいからこそ、やるせなかったが」

そこで、リカルドはそっと耳元に唇を寄せる。

「名前を呼ばれるたび、サフィーヤと名前を呼び返してやりたかった」

「私も、呼ばれたかったです」

「それに俺のやり方で、気持ちよくさせてやりたかった」

むなしい行為のときとは違い、リカルドらしい力強さで大きな手が乳房をぎゅっと揉みしだく。

「あのときはお前の考えるようにしか動けなかったからな」

「……ッ、あ……胸は……」

「抱かれたがっていたくせに、不慣れなせいで俺の動かし方がわかってなかっただろ」

「だって……まだ……」

「そうだな。媚薬に乱《みだ》されていたときを抜かせば、ちゃんと抱いてやれたのは一回だけだったからな」

背後から抱きかかえられ、両手で二つの乳房を手で覆われる。ぷくりと熟れ始めた乳首を同時にこねられ、耳元で囁かれるとそれだけでサフィーヤは心地よかった。

「……正直、この三週間は地獄だった」

「あっ……それって……」

「俺も、本当はずっとこうしたかった」

耳を舌で舐《ねぶ》りながら、リカルドは指先で乳首をこねる。

「あッ……先端……は……」

「ここを強くすると、感じるだろ？」

ビクビクと腰が跳ねるということは、きっと感じるということなのだろう。

そういうことすら自分は理解していないのだと、いまさらのように思い知らされる。

初めて彼に抱かれた夜、魔法の媚薬のせいでサフィーヤは何もわからぬまま快楽を与えられ果て続けた。その記憶は未だ曖昧だし、唯一ちゃんと覚えているのは優しく抱かれた最後の一回だけだ。

ただ身体はあの夜のことをしっかりと覚え、リカルドもまたサフィーヤがどこで悦び感じるかを記憶しているらしい。

「あ、乳首……強く……しちゃ……」

「お前は、これが好きなはずだ」

赤く熟れた乳首をこねられ、強さを変えながら執拗なほど攻められる。

それだけで腰の奥が弛緩し、太ももの間がしっとりと濡れていくのを感じた。

同時に、大きな手のひらがサフィーヤの肌をゆっくりとなぞる。

以前より丸みを帯びた身体の線を探るように、腰回りを優しく撫でられると身体の熱がじわじわと上がっていく。

（リカルドの手……気持ちいい……）

もっと触ってほしい。できたらもう少し、胸は強くしてほしい。

そんなはしたない思いがあふれた瞬間、まるで考えを読んだかのように、リカルドがサフィーヤの身体を反転させ、ベッドの上に押し倒す。

「あと、こうされるのも好きだろ？」

笑顔を見せたあと、リカルドは荒々しく乳房に食らいつく。

「ア……ッ、それ……ッ」

傷がつかない程度に歯を立てられ、しゃぶるように胸に吸いつかれると、得も言われぬ心地良さがあふれて止まらない。

その上肌を撫でていた手はすでに下腹部へと到達し、濡れた花襞を指で擦り始める。

（そこ……も、強く……）

「サフィーヤは、強くされるのが好きだな」

思わず頷いてから、サフィーヤは小さく息を呑む。

「……腕輪は……ないのに……」

「どうしてわかったかって？」

頷くと、悪戯をするようにリカルドの舌先が胸の頂をペロリと嘗める。

「この三週間、ずっと側でお前を見てきたんだ。顔を見れば、考えはわかる」

「あっ……くすぐっ……たい……」

「それだけじゃないのもわかるぞ。気持ちよくて、たまらねぇだろ？」

「は、い……ッ。気持ち……いい……」

どうせわかってしまうなら、恥じらったり気持ちを隠したりする必要はきっとない。

そんな気持ちがサフィーヤを素直にさせる。

「だから……もっと、強く……」

「ああ。俺も、激しくするほうが好きだ」

「本当……に……？」

「それにお前が可愛すぎて、優しくするのも限界だった」

言いながら、リカルドはサフィーヤの足を抱え上げ、股をぐっと開く。

凛々しい顔がゆっくりと臀部に近づいていくのを見て、恥じらいと共に込み上げてきたのは期待だ。

「ここを嘗められるの、好きだったよな？」

まだ身体を重ねる前、リカルドに嘗められたときのことが頭をよぎって、身体がかっと熱くなる。

「蜜がこぼれ始めたが、想像だけで気持ちよくなったのか？」

「だって、最初に嘗められたとき、すごく……よかったから……」

「ああくそ、あのときの記憶がねえのがいまさらつらい」

「なら、今覚えれば……ッ」

言葉の途中だったが、突然花弁に食らいつかれたせいで声は甘い吐息に変わってしまう。

「あッ、……あっ、ああっ……！」

サフィーヤの入り口は、最初に嘗められたときよりもずっと容易く舌の侵入を許した。すでに濡れていた隘路は獣の舌で押し広げられることに歓喜し、ぐちゅぐちゅと蜜をあふれさせる。

「待って……あッ、はげ……しい……」

もたらされる愉悦は想像以上で、食らいつかれた腰がビクンビクンと跳ね上がる。揺れる下腹部を押さえ込まれながら、より深い場所を舌が抉る。同時に蜜を強く吸い上げられ、長い牙が花芽をかすめた。

「ああッ……ンッ……ン……！」

それだけで達しそうになっていることに、たぶんリカルドは気づいている。濡れそぼった双眸をチラリと窺ったあと、彼は肉洞から舌を引き抜き小さく笑った。

「……まって……」

「本当に、待っていいのか？」

直後、サフィーヤの花芽をリカルドの舌が抉った。

「あッああ、ああん……！」

ひときわ大きな嬌声がこぼれ、一気に絶頂の直前まで押し上げられる。

そこであえて舌使いを弱められ、息をつかされた。

「……ンッ、んん！」

かと思えば、今度は舌先でつつくように芽を舐められ、サフィーヤは背をしならせる。

色づいた肌に汗が滲み、高まった熱に理性が焼かれ始める。

獣のようにシーツに爪を立て、必死に愉悦をやりすごそうとするが、リカルドはそれを許さない。

気がつけば隘路に指を入れられ、中にある弱い場所まで攻められた。

緩急をつけながら外と内の両方を刺激され、じわじわと絶頂へ押し上げられていく。

「……あぅ……もうッ、ン……もうっ……だめ」

あと一歩というところで再び刺激が弱まり、咽《むせ》び泣きながら全身を震わせる。

「ンッ、はや……く……おね、がい……」

ねだることへの恥じらいが消えると、目の前の男が満足げに笑う。

「ああ、今度こそいかせてやる」

たぶん彼は、サフィーヤが甘くねだるのを待っていたのだろう。

懇願を受け、先ほどより激しい指使いが隘路を抉り、中を押し広げる。

同時に舌が蛇のように花芽に絡みつき、押しつぶすように強く責め立てた。

「は……ッ、ああああァッ！」

ようやく上り詰めた頂から、サフィーヤは瞬く間に突き落とされる。

目の前が真っ白になり、愉悦に落ちた身体は淫らに震えた。

ピンと張り詰めた手足は人形のようにガクガクと揺れ、全身から汗が噴き出す。

強すぎる法悦に呑まれ、彼女はしばしの間我を忘れた。

そのうちに少しずつ身体の感覚が戻ってきたが、甘い痺《しび》れはまだ消えない。

それどころか少しずつ強くなっていると気づいたとき、何かが自分の隘路をほぐしていることに気づく。

それがリカルドの指だと気づく間もなく、凛々しい顔が淫らに蕩けた顔を覗き込んだ。

「少し狭いが、いいか？」

頭は働いていなかったが、彼の瞳に滲む情欲を見れば何を望まれているかわかる。

「手加減できなかったら、悪い」

「いい……、大、丈夫……」

舌っ足らずな声で答えながら、招くようにリカルドの背中に手を回す。

そうしていると亀頭が弧を描くように、花弁の入り口にあてがわれる。

「あ……んっ、リカ……ルド……」

名を呼ぶと、太い先端がぐっと隘路を広げ始めた。

「……ああ、さすがに少し狭い……か……」

「ン……っ……ッ」

「痛いか？」

本当は少し痛かったが、慌ててかぶりを振る。

「無理するな」

「でも、欲しいの……」

「……ああくそっ、煽るんじゃねえよ」

言葉と共に熱い息を吐き出しながら、リカルドが荒々しく腰を押し進める。

痛みは増したが、胸の奥からあふれる多幸感がすぐにそれを消した。それに一気に挿入されたおかげで、痛みも一瞬ですんだらしい。

「リカルドが、中に……」

「そうだ、お前の中に全部収まった」

そこで動きを止め、リカルドがサフィーヤの頭を優しく撫でる。

それから二人は、しばしの間何もせず抱き合っていた。

身体をつなげたこの瞬間を、大事にしたいという気持ちもまた重なっていた。

「サフィーヤ」

望みを叶えるように、いつになく優しい声が名前を呼ぶ。

それが律動の合図だと知り、サフィーヤは微笑みながら頷いた。

甘く見つめ合ったあと、二人は唇を合わせる。

深い口づけが始まると同時に、ゆっくりとリカルドが腰を揺らし始める。

すでに一度達したあとなのに、サフィーヤはまたすぐ自分が絶頂へと昇り始めていることに気がついた。

でも今度はリカルドと共に果てたくて、頑張って呼吸を合わせる。

「……ああ、サフィーヤ」

口づけの合間にこぼれる声は、熱情に濡れている。それを聞いただけでゾクゾクしてしまい、ついリカルドの唇を手で塞いでしまった。

「……なん、だよ……」

「声だけで……いっちゃうから、だめ……」

「俺はお前のその言葉だけでいっちまいそうだ」

可愛いことを言うなと叱られ、今度はリカルドのほうから唇で言葉を封じられる。

そうしているうちに腰つきが激しさを増し、二人の息が荒く乱れ始めた。

隘路を抉る肉棒が逞しさを増すのを感じ、彼もまた果てようとしているのだと気づく。

「いっしょ……に……」

「ああ。一緒だ……」

お互いの背に腕をきつく回し、二人はより激しくお互いを求め合う。

肌と腰を打ち合わせ、唾液を絡ませながら深く口づけ、その目にお互いだけを映しながら激しい熱へと身を投じる。

「ン……ッ、サフィーヤ……！」

「リカ……ルド――！」

そして二人は、お互いの名を呼び合いながら幸せの中で果てた。

一度目を超える多幸感の中、リカルドの熱がサフィーヤの中を満たしていく。

しかし一度では、彼のものは全く衰えない。それどころかさらに欲深く、隘路を押し広げようとしている。

「すまん、今抜く」

己のものがサフィーヤの負担になると思ったのか、リカルドが僅かに腰を引く。だが彼が去ってしまうのは、なんだか寂しかった。

「私は、まだ……」

「獣人の性欲を嘗めるな、一回や二回じゃ終わらねえ。それにお前まだ、本調子じゃないだろ」

「それでも、せめてもう一度……」

リカルドの首に縋りつき、もっとしてほしいとサフィーヤはねだる。

彼の雄を補える隘路もまた絡みつくようにうねり、それに合わせて凜々しい顔がかすかに歪む。

「おいっ、少し緩めろ」

そう言われても、身体が勝手に彼を求めてしまうのだからどうしようもない。

「……無理そう、です」

「無理そうってお前……」

「どうしてこうなるのか、自分でもわからなくて……」

たぶんリカルドと離れたくない気持ちが、身体を動かしているのだと思う。でもそれをやめさせる方法が、サフィーヤには全くわからない。

「あなたを放さないのは、いけないことですか？」

「いや、俺は嬉しいが……」

そこで、リカルドが何かに気づいた顔になる。

「そういえばお前……、男女がどうして抱き合うのかわかってるのか？」

問われ、サフィーヤは小さく首をかしげる。

「……くっつきたい、から？」

「なんだか、猛烈にいけないことをしているような気になってきた」

そう言って僅かに腰を浮かせたが、すぐさまサフィーヤの内側が彼をぎゅっと抱きしめたので、出るに出られないと呻かれる。

「……まあいいか、責任は取るつもりだしな」

「責任？」

「とりあえずお前がねだるならもう一回抱いてやる。そのあと、色々教えてやるよ」

そこでちゅっと唇を優しく啄まれると、全身に温かな喜びが満ちていく。

「嬉しいです。私、色々なことを知りたくて」

「じゃあまずは、改めてキスの仕方を教えてやる」

そんな言葉と共に深まる口づけに、サフィーヤはうっとりと目を閉じる。

そして彼女はリカルドの教えに身体を委ね、再び身体の熱を高めたのだった。

◇◇◇

長い夜が明け、窓からは温かな光が差し込んでいる。

その光に照らされた美しい横顔を撫で、リカルドは目を細めた。

ようやく自分の腕へと返ってきた少女をしばし見つめたあと、無垢な寝顔にそっと口づけを落とす。

やはり無理をさせたのか、二度目の絶頂を迎えたあと彼女は気を失うように眠ってしまった。

ひとまず熱などがないことを確認したあと、小さな身体を大事に抱え込みながら、腕に残る腕輪の残滓《ざんし》に目を向ける。

リカルドを苦しめていた魔法はもう完全に消えている。けれどこの胸にはまだ、サフィーヤを愛おしく思う気持ちが残っていた。

(腕輪は、偽りの感情を与えていたわけじゃなかったんだな)

サフィーヤを大事に思う気持ちも、子犬のように甘えたい気持ちも、すべてリカルドの中にあったのだ。辛い現実と誤解の果てに押し込めてしまった気持ちを、腕輪は表に出していただけだったと今はわかる。

素直にサフィーヤを愛せ。守り慈しめと腕輪は訴えていたのだ。

それを受け入れ、命をかけてサフィーヤを守る覚悟ができたからこそ、腕輪は自ら機能を止めたのかもしれない。もう、自分は必要がないとでもいうように。

けれど腕輪が機能を停止したことに、今は不安もある。

腕輪が無邪気な愛情ばかりを増幅させていたから気づかなかったが、リカルドの中にはもっといびつで歪んだ愛もまた存在していたからだ。

「サフィーヤ、俺はもう……お前を手放してやれそうもない」

彼女が自分の元を離れようとしたことで、リカルドは改めて自分にとってその存在が大きいものだと気がついた。

いや、もうずっと前からサフィーヤはリカルドのすべてだったのだ。

犬にされたことを恨みながらも、自分に固執するサフィーヤに心のどこかでは惹かれていた。時折顔を覗かせる純粋な一面を、たまらなく愛おしく思っていた。

だから喪失に心を病《や》み、生きる気力さえ失っていたのだろう。

あのときの痛みを思い出すと、もう二度と手放すものかという気持ちは強くなる。

マフィアである自分は彼女にふさわしくないと思ったこともあったが、たとえサフィーヤを不幸にしてでも側に置いて愛したいと今は願ってしまっている。

でもそれは、大きな危険を孕むものだ。

腕輪は消えたが、サフィーヤはリカルドを縛る枷であり、最大の弱点である。

ドン・サルヴァトーレという王を狙う者は多く、彼らはサフィーヤにも牙をむくだろう。

そのすべてから守るのは到底不可能で、脅威から遠ざけるには誰にも見つからない場所に彼女を閉じ込めてしまうほかない。

(サフィーヤを失うくらいなら、いっそ……)

ふと芽生えた考えにリカルドは驚き、啞然とした。

彼女を失うくらいなら、永遠に閉じ込め愛し続けたい。脅威のない場所で、自分だけを見つめて暮らしてほしい。

そんな気持ちが膨らみ、慌ててぐっと歯を食いしばる。

(だが、それじゃあサフィーヤは幸せにはなれねえ)

以前リカルドは、彼女が幸せな未来を思い描けるようにと、明るい未来を提示した。その言葉通り、サフィーヤは日の当たる場所で自由に生きるべきなのだ。

自分勝手な欲望を必死にこらえ、リカルドは縋るように小さな身体を抱きしめる。けれど触れれば触れるだけ、彼女を失うかもしれないという恐怖は増していくばかりだ。

(こんなんじゃ、あのナディーンと一緒じゃねぇか)

自分の思い描く幸せを押しつけ、サフィーヤの未来を奪おうとする男に自分が重なる。サフィーヤにナディーンは弱い男だと語ったくせに、同じ間違いを犯そうとしている自分が滑稽だった。

それに思わず笑い、ぼんやりと腕輪を眺める。いっそのこと、もう一度馬鹿な犬に戻してくれと考えて、リカルドははっと気づく。

(そうだ。……俺が犬に戻れないなら、いっそ……)

頭に浮かんだ考えに、リカルドはふっと笑みをこぼす。それからしばしの間、彼は自分がすべきことに思いを馳せた。

頭に浮かぶのはすべて、サフィーヤとの未来を紡ぐための計画だった。

(俺はナディーンとは違う。俺なら、上手くやれる)

ゆっくりと身体を起こし、リカルドは腕輪を見つめた。

その顔に浮かぶ笑みは、サフィーヤに向けていた優しいものとは違う。交易都市の王と呼ばれた男にこそ似合う歪んだものだった。

(ああそうだ、きっとこのときのために俺はこの地位を築いたんだ)

いらないと思っていたすべてを駆使し、サフィーヤと永遠に生きる。そんな覚悟と共に笑みを深めていると、甘い声がリカルドを呼んだ。

横から視線を感じると、彼の顔が甘ったれた犬のものへと戻る。

「……悪い、起こしたか？」

尋ねながら横を向けば、愛おしい少女がリカルドに微笑んでいた。

「眠れないんですか……？」

「お前とのこれからを考えていたら、目が冴えちまってな」

もう一度身体を横たえ、サフィーヤに頬を寄せる。そうしていると、純粋な愛情だけがあふれ、不穏な笑みと考えは消えていく。

尾を振り、耳を伏せる姿はさぞ滑稽なことだろう。

だがこれもまた、リカルドの本性だ。

「リカルド、子犬みたいな顔してます」

「子犬みたいな俺は嫌か？」

「嫌なわけ、ないです」

むしろ好きだと言いたげな笑顔に、リカルドはそっと口づける。

（サフィーヤが好きだと言ってくれるこの俺を失わないためにも、俺は『ドン・サルヴァトーレ』になろう）

マフィアのドンとして、この交易都市の王として生きる覚悟を持とうと決めて、今だけはサフィーヤに甘える。

「なら頭を撫でてくれ。そうしたら、俺がお前を幸せにしてやる」

笑顔でねだれば、小さな手がリカルドの頭を優しく撫でる。

魔法の腕輪に代わり、これからはこのぬくもりがリカルドの心を縛る愛の枷になる。

（でもこんな枷なら上等だ）

いっそ永遠に縛られたいと願いながら、リカルドは愛おしい少女を腕の中に囲い込んだ。

第七章

季節は巡り、サフィーヤはカーゴで二度目の冬を迎えようとしている。

ナディーンの死により彼のかけた魔法は消え、都市は元の平穏を取り戻した。

爆発によって倒壊した歓楽街などには傷跡は残っているが、復興はずいぶんと進んだ。

そしてサフィーヤもまた、長く辛い日々から解放されようやく人並みの生活を送ることができるようになった。

自分のような存在がリカルドの側にいていいのかと不安を抱えていた時期もあったけれど、ならばふさわしいと思ってもらえるように己を磨いていこうと、近頃は思えるようになっている。

そしてそのためにと、サフィーヤはリカルドの勧めで大学に通っている。

できたばかりの小さな大学だが、教授や生徒の質も高い。

中でも何千冊もの蔵書を誇る図書館がサフィーヤのお気に入りで、今日も彼女は授業が終わるとそこにこもっていた。

「ねえサフィーヤさん、年末の聖夜祭に一緒に行かない？」

不意に声をかけられ、サフィーヤは顔を上げる。

気がつけば、同じ授業を受けている学友たちが彼女を取り囲んでいた。

同年代の女子と話すのはまだ少し緊張するけれど、口数の少ないサフィーヤにも学友たちは声をかけ親切にしてくれる。

「ごめんなさい。冬期休暇の間は、旅行の予定があって」

「もしかして噂の彼氏と？」

「サフィーヤさん、素敵な年上の彼氏がいるんでしょ!?　どんな人!?」

誘いを断って気を悪くされたらと思っていたが、なぜだか皆目を輝かせている。

一方、サフィーヤは言葉に困る。

リカルドだと知られても問題はないし、実はもう何度もそう言っているのだが、まるで信じてもらえないのだ。

どうやら『私の恋人はドン・サルヴァトーレなの』という言葉は、カーゴの若い女の子たちが恋人の存在を誤魔化すときに使う常套句らしい。

結果、サフィーヤは恋愛話が苦手な恥ずかしがり屋だと認識されている。

「ねえ、どんな人？　かっこいい？」

「年上で、スーツがとてもよく似合う人です」

「人族？　獣人？　顔は誰に似てる？」

「ドン・サルヴァトーレです」

矢継ぎ早に飛んでくる質問に戸惑いつつも、サフィーヤは大真面目に答えた。だが、

「またまた照れちゃって」と学友たちは笑う。

それに困っているとき、小さな咳払いが背後から響く。

うるさくしたことを怒られるのかと思って振り返り、サフィーヤたちは固まった。

「サフィーヤ、迎えに来たぞ」

こちらに近づいてくるのは、花束を抱えたリカルドだったのだ。

大学には許可さえあれば誰でも入れるが、なぜ彼がここにと驚きを隠せない。

「お前の友人か？」

「は、はい。今も、聖夜祭に誘ってくださって」

説明すれば、凛々しい相貌が優しく崩れた。

「サフィーヤから、とてもいい友人ができたと聞いている。よければ、これからもぜひ仲良くしてやってくれ」

彼の肩書きに臆した気配はあったが、学友はうら若き乙女ばかりだ。

リカルドが微笑めばたちどころに頰を赤く染め、ぽーっとした顔で頷く。

「では、サフィーヤを連れていくぞ。悪いが、これから彼女と旅行なんだ」

言うなり、リカルドに手を引かれる。

そのまま図書館の外に連れ出されたところで、サフィーヤはようやく我に返った。

「あ、あの、旅行はまだ先じゃ……」

「予定が早まったんだ。最後に一つ仕事があるが、少しでも早く二人きりになりたくてな」

言いながら、リカルドは持っていた花をサフィーヤに手渡してくる。

「今年こそ、オーロラを見ような」

優しい微笑みに、サフィーヤは思わず花束ごとリカルドを抱き寄せる。

ナディーンに関する後始末が長引き、去年はオーロラが見える時季にリカルドの故郷に出向くことができなかったのだ。いつでもいいとサフィーヤは気にしなかったけれど、リカルドは今年こそはと旅行に誘ってくれたのである。

「オーロラもそうですが、リカルドと二人きりになれるのも嬉しいです」

この一年、彼はずっと忙しくしていたのでなかなか二人きりの時間を取るのが難しかった。サフィーヤも色々と学ぶことが多かったし、周囲の目を気にせず一月《ひとつき》以上過ごせる休暇がずっと待ち遠しかったのだ。

ウキウキとした気持ちで車に乗り込めば、当たり前のようにリカルドが抱きついてくる。

「なあ、少しだけよしよししてくれねぇか？」

「いいですけど、まだお仕事残ってるんですよね」

「だからこそだ。それに、今ちょっと嫉妬してるし」

「嫉妬って、誰にですか？」

「大勢に纏わりつかれてただろ」

言うなりグリグリと頭を押しつけてくる仕草に、サフィーヤは苦笑する。

「ただ囲まれてただけですよ」

「でもあんな近い距離だぞ」

「そもそもみんな女子ですし」

「けど近かっただろ」

不満げにうなるリカルドは、完全に子犬状態である。

「罰としてよしよしだ」

「罰じゃなくても、普段からよしよししてますよね」

「今日はまだしてもらってねぇだろ」

昨晩もさんざんしたのにという言葉は飲み込んで、サフィーヤはリカルドの頭を撫でる。

女友達にまで嫉妬むき出しなのには呆れるが、こうしてねだられるのは嫌ではない。

再会してからもう一年以上経ったが、彼からの愛情は陰りを知らず、相も変わらず甘えてくれるのは嬉しかった。

「あぁくそ、やっぱり大学入る前に結婚しとくんだったか」

「女学生はさすがに……って、怖じ気づいたのはリカルドじゃないですか」

「俺の故郷じゃ、二十になるまでは子供なんだよ。その上学生じゃ、犯罪みたいだろ」

「犯罪って、マフィアのドンが何言ってるんですか……」

呆れながら、リカルドの頭をポスポスと軽く叩く。

以前は押されるがままだったが、この一年でサフィーヤもさすがに言いたいことを言えるようになった。

表情や言葉も豊かになり、時折挙動不審になる恋人にもしっかりツッコめるようになっている。

「彼女たちはみんな友達です。それにしばらくはずっと一緒なんですから、いいじゃないですか」

「確かに、しばらくはサフィーヤを独占できるか」

「はい。だから最後のお仕事も、頑張ってくださいね」

「ああ。すぐに終わるから、いい子で待ってろよ」

お決まりの台詞を口にされるとなんだかこそばゆくて、サフィーヤは照れながら頷いた。

◇◇◇

カーゴから北に十キロほど離れた、御三家の一つオスティーナが持つワイナリーでの会食が、リカルドの今年最後の仕事だった。

サフィーヤはワイナリーの側にあるホテルに預けている。今夜はそこで一泊する予定で、彼女との一夜に心は弾んだ。

しかしそれを顔には全く出さず、リカルドはワイナリーの扉をくぐる。

「若造が一番最後とは、訾められたものだな」

案内された特別席に着けば、老いた男たちの不満げな声がする。

「急に呼び出したのはそちらだろう」

向けられた視線はどれも鋭いが、リカルドは動じることなくワインのつがれたグラスを手に取った。

老いてはいるが、ただならぬ雰囲気を持つ男たちは、御三家と呼ばれるマフィアのドンだ。ナディーンによる襲撃で痛手を負った彼らは、この一年ずっとサルヴァトーレファミリーに援助を申し入れてきている。それをリカルドはずっと無視してきたが、ここ最近急に態度を強めてきたため、会食に顔を出すことにしたのだ。

どうやら彼らは、リカルドが囲っているサフィーヤこそがナディーンの一件の元凶であると、どこからか聞きつけたようだ。

彼女の名を出し、迷惑料を払えと迫り、今後自分たちに手を出さないよう協定を結びたいと言ってきたのは数日前のこと。

部下たちの多くはこれを機に御三家を潰そうと提案したが、リカルドはそれを蹴った。

サフィーヤが原因だったのは事実だし、下手に突っぱねれば彼女の身が危ない。ならばここは受け入れ、協定を結ぼうと部下を説得した。

そしてそのあたりのことも、三人は周知しているらしい。

「それにしても、あなたがここまで女に尽くす男だとは思わなかったよ」

御三家の一人、グワンのドンがワインを傾けながら不意に笑う。

それに他のドンも同意するのを見て、リカルドは僅かに目を細めた。

「俺にとって、ただ一つの守るべきものだ」

「ただ一つというなら、ファミリーやカーゴはいいのかい？」

「ああ、別にいらねぇよ」

「なら迷惑料として、街ごともらうと書いておけばよかったか」

グワンのドンが言葉を重ねると、他の二人もつられて笑う。

それをぼんやり眺めたあと、リカルドはワイングラスをゆっくりと傾けた。

「別に欲しけりゃくれてやるが」

あまりに簡単に言ってのけるリカルドに、三人は戸惑ったように視線を合わせる。

冗談ではなく本気で言っているのだと気づいたのか、その目には協定を変えようかという算段が見て取れた。

それを察し、強欲な男たちだとリカルドは笑う。

「……まあ、本気で奪えればの話だがな」

そんな言葉と共に、リカルドがグラスを空にする。それを見て、ドンたちは何か合図をするようにそれぞれが窓の外へと目を向けた。

だが彼らの視線に応える者はいない。

その意味に気づく間もなく、老獪《ろうかい》なドンたちの顔が苦痛に歪む。

「この場所は、とっくの昔に俺の縄張りだ。お前たちの部下はもう、みんな死んでいる」

「……お前、まさか……」

苦しげな声を絞り出したのは、オスティーナのドンだった。ふくよかな顔は青ざめ、胸をかきむしりながら彼は呻く。

同様に、他の二人も相貌を歪め、息を荒く乱していた。

「……ワインに、毒、を……」

「しばらく身体が動かなくなるだけだ。じじいに毒なんて飲ませたら、すぐ死んじまう」

そんな言葉と共に軽く指を鳴らすと、シャオとスカルズが部屋に入ってくる。

彼らがその手に銃を持っていると気づいたドンたちは恐怖に顔を引きつらせた。

「お前らは殺さないから安心しろ。下手に死なれちゃ、後継者争いだなんだと無用な戦争を起こしかねないからな」

殺す気はないと証明するために、リカルドはそこで銃を下ろすように指示する。

二人は言われたとおり銃をしまい、代わりにそれぞれが小さな腕輪を懐から出した。

「命も金も奪うつもりはない。――ただ、俺は干渉されたくないだけだ」

シャオはとスカルズは三人のドンの側に立ち、動けぬ彼らの腕を持ち上げる。

それを見て、リカルドはゆったりと席を立った。

「だからお前らを、俺の犬にする」

そしてリカルドは、部下の手から受け取った腕輪を三人のドンにはめた。

その途端彼らの顔からは理性が消え、その瞳は虚ろに揺れる。

「犬に堕ちた屈辱は、俺への反抗心ごと綺麗に消してやるから安心しろ」

あの屈辱は常人には耐えられないと笑って、リカルドは手酌で自分のグラスにワインを注いだ。

「二度とサルヴァトーレに関わるな。そして、この地に争いを持ち込むな。サフィーヤの平穏を脅《おびや》かすようなら、その腕輪と俺が貴様らを喰らい尽くす」

リカルドの言葉に合わせ、腕輪は蛇を思わせる形となり腕に食らいつく。

だが痛みさえ感じないのか、ドンたちは虚空を見つめるだけだった。

腕輪はしばし暴れ回ったが、最後はまた元のなんの変哲もない腕輪に戻る。

「それは協定の証だ。大事にしろ」

そう言うと、ドンたちの目にまた光が戻る。腕の傷にも気づかぬまま、彼らはまるで何事もなかったかのように笑った。

「では協定に」

そう言ってリカルドがグラスを掲げれば、三人もまた同様にグラスを手に取った。

三人のドンが何事もなかった顔でワイナリーを出て行くのを眺めながら、リカルドは新しいグラスを二つテーブルに置く。

ドンたちの代わりに席についたのは、彼の腹心たちだった。

「それにしても、ドン・サルヴァトーレもえげつないことするね」

乾杯の音頭もなく勝手にワインを飲み出したのはスカルズで、傍若無人な振る舞いにリカルドは苦笑する。

「えげつないどころか、優しすぎるくらいだろ。腕輪ははめたが、あいつらは今までと何も変わらず生きていけるんだ」

「でも、ドンの犬に堕ちたことには変わりないだろ？」

「犬になるのもそう悪いことじゃねえ。いい飼い主に躾けてもらえば幸せだろ」

「あなたがいい飼い主になると？」

「少なくとも、今までよりは稼がせてやるつもりだ」

先ほど三人にはめたのは、リカルドに使われた物よりもっと強力な魔法具だ。

相手を服従させ、記憶や心さえ容易く操られる代物である。

「ほんの少し頭をいじってやったから、少なくとも、今までみたいな非効率で暴力的なビジネスからは手を引くはずだ。これから戦争は減っていくだろうし、まともに働いたほうが金は稼げる」

「でもそれに反発する部下も出てくるかもよ？」

「そうしたら、あいつらが勝手に殺すだろ」

そっけなく返すと、小さな笑い声が側で響く。

見れば、笑っているのは子供らしからぬ表情でワインを掲げているシャオだ。

「僕はいいと思いますよ。こういうやり方も」

「オレだって嫌いじゃないよ。むしろサフィーヤちゃんのおかげでドンがふぬけになるんじゃないかと思ってたから、心配した」

「いや、俺は実際ふぬけだろ」

「ふぬけはこんな真似しません」

「ふぬけはこんな真似しないって」

部下二人の言葉が重なり、リカルドは苦笑を返す。

「ふぬけだよ。だからこそ、どっかの誰かみたいに魔法に頼ってる」

ドンたちにはめたのは、かつてナディーンが集めていた魔法具だ。彼が亡き後、リカルドはそれを探し利用することを思いついたのだ。

ナディーンとの一件で、リカルドはサフィーヤを二度と手放さないと決めた。

そのためには、ドン・サルヴァトーレという存在を絶対的なものにし、何者にも脅かされない状況を作るしかない。

故にリカルドは、自分の敵となり得る者を自分の犬として躾けることにしたのだ。

御三家はもちろん、もうすでに近隣諸国の王や為政者の中にもリカルドの犬は少なからず潜んでいる。

そして彼らは、自分たちが犬にされていることに気づいていない。

ナディーンのような強引なやり方では無用な火種を生むし、魔法の存在は隠すからこそ意味がある。

牙を抜かれていると知らぬまま、為政者たちはリカルドの望み通りに行動し、サフィーヤの幸せのための世界を作ることになるだろう。

中には抵抗しようとする者もいるかもしれないが、並の人間にはこの腕輪は外せない。

そもそも魔法に縛られていると気づかせなければ、抗う者はいない。

知るのはリカルドと、彼の腹心である二人の部下だけだ。サフィーヤにも、このことは言うつもりはない。

彼女は何も知らず、リカルドたちが作る幸せな世界で生きていくのだ。

「そろそろサフィーヤのところに帰る。後始末はお前らに任せるぞ」

そう言って立ち上がると、二人は静かに頷いた。

恋人に会える期待で尾が揺れると、そこでスカルズが小さく吹き出した。

「極悪非道なドン・サルヴァトーレが、まるで子犬みたいだね」

「そのほうが、可愛がってもらえるだろ」

かつてはいちいち腹を立てた物言いを、最近は軽くいなす余裕ができた。

「可愛がってもらいたいなら、黒い腹は見せないほうがいいよ」

「白い腹しか見せねぇよ」

自分のしたことを知っても、サフィーヤは自分から離れない気がしたが、できることなら何も知らずに笑っていてほしい。

そんなことを思いながら、リカルドは間近に迫った恋人との逢瀬に胸を弾ませた。

終章

カーゴを出てから約三日。

列車と車を乗り継ぎ、サフィーヤたちは無事リカルドの故郷の森へとやってきた。

「寒くねえか？」

耳元で尋ねる声の甘さに頬を染めながら、サフィーヤは恋人の胸に身体を寄せる。

「リカルドが側にいるので、暖かいです」

答えながら、サフィーヤはすんだ夜空に目を向けた。

雪深い山間に建つロッジで、二人はオーロラが出る瞬間を待っている。

せっかくだからとバルコニーに出たが、カーゴとは比べものにならないくらい空気が冷たい。

「オーロラ、今夜は出るでしょうか」

「出そうな気はするが、これぱっかりは運だな」

「運は、あまりないので心配です」

「ないもんか。今までは不運続きだった分、突然上向くことはざらにある」

言いながら、リカルドはサフィーヤの唇をそっと奪った。

「それに俺は無駄にあるほうだ。お前にも分けてやる」

「キスで、分けられます？」

「やってみなきゃわからないだろう」

言うなり先ほどより深く口づけられ、サフィーヤの身体も心も蕩けてしまう。

（でも確かに、今の私は不運ではないかも）

この一年、サフィーヤはずっと幸せだった。

リカルドに愛され、守られ、勉強したいという望みも叶っている。

彼がマフィアである以上穏やかな生活は送れないと思っていたが、予想に反してこの一年はあまりに平和だった。

おかげでサフィーヤは人間らしくなり、リカルドもまた感情がより豊かになった。

傭兵時代のような明るさを取り戻し、仕事中でも笑うようになった気がする。

以前より丸くなったと言われているが、かといってリカルドの威厳が損なわれているわけでもなく、相も変わらず部下たちからは慕われている。

（でもこの平和が続いているのは、リカルドがドン・サルヴァトーレとして努力をしてくれているからだ）

サフィーヤの前では子犬のように甘えてくるリカルドだが、彼がマフィアであることに変わりはない。優しさを取り戻したように見えるが、その顔が時折別人のように見えることがある。

必死に隠そうとしているが、サフィーヤにはわかる。リカルドはサフィーヤのために、今後も王として振る舞い続けるのだと。

それを申し訳なく思う気持ちもあるが、彼の力なくして平和が維持できないことはわかっている。タチアナに根付くマフィアたちの均衡を保つのに、ドン・サルヴァトーレという男は必要不可欠なのだ。

ならば恋人である自分にできるのはリカルドを支え、与えられた幸せを享受すること。

そしてリカルドが願ってくれたように、過去に縛られず自由に生きることこそ、恩返しになると今は思っている。

「俺じゃなくて空を見とけよ。そろそろオーロラが出そうだぞ」

無意識に恋人の顔をじっと見つめていたと気づき、サフィーヤは頬を赤らめる。けれどまだ、視線は逸らせそうにない。

(うん、やっぱり大好き)

この一年でサフィーヤは多くを学び、様々な幸せを得た。

その中でも、やはりこうしてリカルドと過ごす時間が一番愛おしくて幸せだと思う。

「あんまり可愛い顔をするな。待てができなくなる」

待てなんてしなくてもいいのにと思った瞬間、リカルドに唇を奪われる。

まさか心を読まれたのかと思っていると、長いキスのあとにやりと笑われた。

「サフィーヤは、俺の理性を奪う天才だな」

「わ、私……何も……」

「腕輪はもう機能してないが、顔を見れば考えてることはわかる」

「じゃあ、大好きって思ったことも？」

「知ってるよ。飼い主様にこんなにも愛されて、俺は幸せな犬だな」

リカルドは嬉しそうだが、その言い回しに、サフィーヤは少し拗ねた気持ちになった。

「あなたは犬じゃなくて、私の大事な人です」

「悪かった。つい、甘えたい気持ちが先走った」

かつては犬扱いをさんざん嫌がっていたのにと、拗ねた気持ちに代わって笑いが込み上げる。以前とは違い、様々な感情が入れ替わる自分の心が、今は楽しかった。

「もしかして、今よしよしされたいです？」

「よしよしどころか、お前とボールで遊びたい気分だな」

マフィアらしいキリッとした顔で断言するリカルドに、サフィーヤは思わず笑った。

「キスもよしよしもボール遊びも、全部しましょう」

「約束だぞ？」

「ええ。この休暇中は、リカルドにずっと甘えられたいです」

かつてサフィーヤは自分の望みを何一つ口にできなかった。

だからこそ、今はもう何も我慢したくないと、気持ちはすべて言葉にする。

「甘えられるだけでいいのか？」

「もちろん、甘えたいです」

「なら、ずっとこうしていよう」

再びキスをされ、大きな手がサフィーヤの頬を撫でる。

「愛してる、サフィーヤ」

「私も、愛しています」

二人は想いを伝えるために、強く抱き合い唇を重ねる。

長く辛い過去を超え、ようやく結ばれた二人を祝福するように、たなびく光の川が空を覆ったのはそのときだ。

けれど、二人がオーロラに気づくのは、幸せなキスをあと三度ほど重ねてからのことだった。


【了】

あとがき

このたびは『狼マフィアの正しい躾け方』を手に取っていただきありがとうございます！　八巻《はちまき》にのはです！

獣人っていいですよね!!

そんな主張を叫びたくなるほど書きたかったネタに、今回は挑戦させていただくことができました。

以前猫耳ヒーローは書かせていただきましたが、正統派の獣人は初めて！

その上同じくずっと書いてみたかったマフィア設定とのセット！

私が書くとどうしても頭に『残念』がついてしまいますが、今までのヒーローたちよりは基本スペック高めのヒーローは書いていいて楽しかったです。その分ギャップが酷いですが。

ただ形態変化が多いので、イラストレーターさんの辰巳仁《たつみじん》さんには苦労をおかけしてしまいました。

デザインのパターンが多くて大変だったかとは思いますが、どのモードのリカルドも大変素敵でした。

素晴らしいイラスト、本当にありがとうございます！

そして今回も的確な意見と素敵な感想をくれた編集のHさん。

おかげさまで、無事最後まで書き上げることができました。ありがとうございます！

このあとがきを書いている今は終わりの見えない緊急事態宣言の中ですが、本が出る頃には書店などにも気軽に行けるようになっていれば良いなぁと思っております。

それではまた、お目にかかれることを願っております！

八巻にのは

Sonya
ソーニャ文庫

この本を読んでのご意見・ご感想をお待ちしております。

◆ あて先 ◆

〒101-0051
東京都千代田区神田神保町2-4-7 久月神田ビル
㈱イースト・プレス　ソーニャ文庫編集部
八巻にのは先生／辰巳仁先生

狼《おおかみ》マフィアの正《ただ》しい躾《しつ》け方《かた》

2021年7月4日　第1刷発行

著　　者　八巻《はちまき》にのは
イラスト　辰巳仁《たつみじん》
装　　丁　imagejack.inc
D T P　松井和彌
編　　集　葉山彰子
発 行 人　安本千恵子
発 行 所　株式会社イースト・プレス
〒101－0051
東京都千代田区神田神保町２－４－７ 久月神田ビル
TEL 03－5213－4700　FAX 03－5213－4701
印 刷 所　中央精版印刷株式会社

ISBN 978-4-7816-9701-7
定価はカバーに表示してあります。

Sonya ソーニャ文庫の本

ティナの白い足を愛でていいのは俺だけだ!

騎士隊長クレドは女性が大の苦手。副官ティナはクレドに想いを寄せていたが、突然、騎士団を去ってしまう。副官に去られ、さらには「実は女だった」と知ったクレドはパニックに陥るが、「失いたくない」という気持ちが恋だと自覚して——?

『野獣騎士の運命の恋人』 八巻にのは

イラスト 白崎小夜

Sonya ソーニャ文庫の本

余に卑猥な夢を見せてほしい

夢を操る力を持つターシャは、いやらしい夢を希望する客に応えていたせいで『淫夢の魔女』と呼ばれていた。不本意な呼び名が原因で拉致され、皆に恐れられている皇帝バルトに「卑猥な夢」を所望されてしまう。しかも淫夢で皇帝のモノを奮い勃たせなければ処刑!?　さっそく夢を操るが……。

『寡黙な皇帝陛下の無邪気な寵愛』 八巻にのは

イラスト 氷堂れん